PINO IMPERATORE

BENVENUTI IN CASA ESPOSITO

LE AVVENTURE TRAGICOMICHE DI UNA FAMIGLIA CAMORRISTA

GIUNTI

Progetto grafico di collana: Yoshihito Furuya
Progetto grafico di copertina: Adria Villa
Illustrazione in copertina: © Sonia Maria Luce Possentini

http://narrativa.giunti.it

Via Bolognese 165 – 50139 Firenze – Italia
Via Borgogna 5 – 20122 Milano – Italia
Prima edizione: gennaio 2012

Ristampa	Anno
7 6 5 4 3 2 1 0	2017 2016 2015 2014 2013

A tutte le capuzzelle senza nome

«Stanca, rassegnata, innocente, invasata,
nuda, svergognata, tradita, condannata.
Ma è la mia città.
Sporca, avvelenata, incivile, incendiata,
sempre affollata, devota, ammutinata.
Ma è la mia città.
E la nottata non passa mai.
Bella, appariscente, invidiata, invadente,
volgare, indecente, violenta, incandescente.
Ma è la mia città.
Voce incosciente, insidiosa, insolente,
amara, ammaliante, miracolata, irriverente.
Ma è la mia città.
Ma domani chi lo sa.
Vedrai che cambierà,
magari sarà vero.
Ma non cambierà mai niente
se ci credo solo io.»

Edoardo Bennato, *La mia città*

I

'O PULLASTRO NUN S'È CUOTTO BBUONO

Patrizia Scognamiglio coniugata Esposito veniva ritenuta, nel giudizio del maschio medio napoletano, una femmina fresca e tosta. Lei ne era consapevole, e se ne compiaceva.

Quella sera si guardò le unghie delle mani laccate di verde e si convinse d'aver scelto la tinta più idonea per chiudere l'anno alla grande. Slacciò un bottone della camicetta per sistemarsi una bretella del reggiseno che a fatica reggeva due poppe quinta taglia naturale, ripassò un'ultima pennellata di fard sugli zigomi e s'avviò verso il corridoio. Gli stivaletti maculati tacco tredici le tormentavano i calli sui mignoli, ma il sacrificio era necessario.

Giunta sulla soglia della camera da pranzo, osservò la truppa e fece un sorriso d'approvazione.

"Tutto in ordine, tutti ai loro posti" pensò scostandosi dalla fronte un ciuffo della chioma ossigenata.

Si avvicinò alla tavola e si sedette alla destra di suo marito Tonino, anni trentacinque sciupati dalla calvizie e da una imbarazzante pancetta, brillantino all'orecchio sinistro, lampadato, ufficialmente disoccupato. E orfano di padre.

Tonino si piegò verso di lei e le sussurrò: «Patty, sei la più bella fra tutte le belle».

«Grazie, amo', tu si' 'o core mio» rispose Patrizia. E stampò sulla guancia del consorte un cerchio di rossetto color prugna.

Tonino ebbe un fremito. S'era scervellato per l'intero pomeriggio alla ricerca di una frase unica, originale. Ora l'aveva pronunciata, con successo. La cena di San Silvestro poteva avere inizio. Con la famiglia al gran completo.

Le prime due sedie alla sinistra di Tonino erano occupate dalla quattordicenne Tina e da suo fratello Genny, di quattro anni più piccolo.

Capelli biondi ondulati, occhi vispi, corpo slanciato, un sorriso intrigante: Tina aveva una bellezza semplice ed eterea. Adesso, però, mostrava segni d'impazienza. Con le braccia incrociate sul petto, stava riflettendo sulla necessità che il tempo in certe occasioni dovesse scorrere molto più in fretta del normale.

Ben altre meditazioni solleticavano la capocciona di Genny, sulla quale svettava una cresta alla mohicana indurita dal gel. Fin dalla nascita, il ragazzetto subiva il fascino dei cibi ad alta concentrazione di grassi e carboidrati, che inevitabilmente si trasformavano in rotolini di ciccia. E in quel momento la sua libido alimentare, stimolata dai profumi provenienti dalla cucina, era vicina al punto di sublimazione.

Alle venti in punto Patrizia batté tre volte la punta d'un coltello su un bicchiere.

"Mo' comincia la santa messa" pensò suo padre Gaetano, seduto accanto a lei, con i baffetti alla Clark Gable e un papillon rosso al collo.

La tuttofare Olga s'affacciò nella stanza: «Signora, posso iniziare?».

Senza voltarsi, Patrizia diede l'ordine: «Vai, attacca».

Genny, che per ingannare l'attesa aveva mangiato quattro fette di pane, dilatò le pupille: «Alé!».

Olga portò a tavola tre vassoi traboccanti di mozzarelline di bufala, paste cresciute, pizzelle di ciurilli, freselle con pomodorini, panzarotti e palle di riso. L'antipasto.

In capo a cinque minuti era finito tutto. I più voraci furono Genny e sua nonna Assunta Russo, moglie di Gaetano.

«Mammà, non esagerare, che ti sale la pressione» disse Patrizia.

Assunta non le rispose nemmeno, impegnata com'era a gustare un panzarotto. Il suo appetito insaziabile ben si conciliava con un fisico tracagnotto. «Sembra un comò bombato»: questo era il più cortese complimento che avesse ricevuto in vita sua. Ma lei non si curava dei commenti del prossimo. Già da ragazza, per difendersi dagli sfottò, s'era trincerata dietro un carattere burbero e scontroso. Poi all'età di trentadue anni, quando tutti ormai la ritenevano spacciata ai fini procreativi e muliebri e la menzionavano come fulgido esempio di zitellaggine, aveva avuto uno scatto d'orgoglio ed era riuscita a farsi portare all'altare da Gaetano, che all'epoca era uno degli scapoloni più intriganti di Napoli. Un uomo brillante, ottimista e guascone, curioso del mondo e del genere umano.

Come avesse potuto Gaetano convincersi ad ammogliarsi con Assunta e a resisterle al fianco per tanti anni era un mistero irrisolto per l'antropologia e la psicanalisi. Secondo l'opinione più diffusa, egli aveva compiuto questa scelta per disporre di un bersaglio verso cui scagliare le frecce della sua scanzonata ironia. E in verità, durante quasi quarant'anni di unione coniugale, Assunta gli aveva offerto clamorosi spunti di divertimento. Anche adesso, mentre osservava le movenze irrequiete della moglie, Gaetano dava l'impressione d'aspettare il momento opportuno per sparare una battuta che la facesse innervosire ancora di più. Un micione appostato davanti alla tana del topo.

Il primo piatto, uno spaghetto con le vongole, fu approvato all'unanimità. Perfino Tina roteò la forchetta con eccitazione. Tonino e Patrizia fecero la scarpetta e Gaetano chiese il bis.

La pietanza fu gradita anche dalla signora seduta di fronte ad Assunta, ovvero Manuela Innocenti, madre di Tonino. Di origini fiorentine, garbata nel gesto e nella parola, per la circostanza sfoggiava un tailleur blu che rendeva incantevoli i suoi sessantatré anni d'età. Da ragazza aveva ammaliato molti giovanotti, ma solo a uno aveva donato il suo amore: Gennaro Esposito, che era in Toscana per il servizio di leva. Dopo un breve fidanzamento, Gennaro l'aveva sposata e portata con sé a Napoli, nel rione Sanità, dove gli Esposito vivevano da generazioni.

Con i secondi la stanza si saturò di profumi di mare: capitone fritto, baccalà, polipo all'insalata, spigola al vapore.

Sul capitone si scatenò l'immancabile scontro tra favorevoli e contrari.

«Che orrore! Come fate a mangiarlo?» disse Tina con una smorfia di disgusto.

Genny ignorò il rimprovero della sorella e continuò a sgranocchiare, con la testa nel piatto, la coda del capitone.

«Ecco qua: ogni anno 'a stessa storia» commentò Patrizia.

«Ma è un serpente, mamma!»

«Cara nipote, devo correggerti» intervenne Gaetano leccandosi le dita unte. «Il capitone non è un rettile, ma un pesce: è 'a femmina dell'anguilla. È nu poco bruttariello, ma che ce ne importa? *Ogni scarrafone è bello a' mamma soja*.»

«Sarà pure un pesce, ma non mi piace» rispose Tina. «E poi oggi l'ho visto vivo nella vasca da bagno e m'ha fatto senso.»

«E dove dovevo metterlo, in un acquario?» fece Tonino levandosi dai denti una lisca di baccalà. «L'aggie accattato dal migliore pescivendolo giù alla Pignasecca. Era lungo un metro e mezzo e pesava più di due chili.»

«Scusate, possiamo cambiare argomento?» propose Patrizia.

«Tina, pe' piacere, scordati 'o capitone e mangiati l'insalata 'e rinforzo.»

Per meglio dire: quel poco che era rimasto dell'insalata di rinforzo. Difatti, approfittando della distrazione dei parenti, Assunta aveva mangiato una gran quantità di cavolfiori, papaccelle, sottaceti, acciughe, broccoli e olive di Gaeta.

«Azz, noi parliamo e tu arraffi?» disse Gaetano, che aveva sorpreso la moglie con le mani nell'insalatiera.

«Quanno se magna se cumbatte cu 'a morte!» sentenziò Assunta.

Le parole della mamma di Patrizia provocarono nella stanza due movimenti rapidissimi, pressoché impercettibili. Nel terrario Sansone con la zampa posteriore sinistra si grattò il basso ventre, mentre Giggetto, sdraiato su un divano stile Impero sormontato da un quadro a olio che ritraeva una natura morta con fagiani e piselli, per un attimo smise di rosicchiare una carota.

Sansone l'iguana e Giggetto il coniglio erano i due animali domestici degli Esposito. Tanto differenti quanto solidali. Entrambi sensibili a tutto ciò che accadeva in casa. Quasi umani.

Sansone era un'iguana *meditans* lunga mezzo metro, di colore verde e con gli occhi rossi. Tonino l'aveva acquistata a Forcella da un extracomunitario. Quando l'aveva portata a casa, s'era scatenato un putiferio.

«Che devi fare con questa bestia schifosa? Cacciala subito fuori!» aveva strillato Patrizia.

«Schifosa? È bellissima. Anzi è bellissimo: è maschio. Avrei voluto piglia' nu pitone, ma costava assai.»

«Toni', ma si' cretino?»

«No, nun so' cretino. Tenere 'na bestia come questa in casa, ci dà importanza. E poi non fa niente di cattivo.»

Effettivamente Sansone s'era rivelato un animale del tutto innocuo. Trascorreva le sue giornate in uno stato catalettico, come se stesse applicando chissà quale tecnica ascetica fondata sul distacco dal mondo e dalla carne. Si muoveva solo nelle ore notturne, e ogni mattina veniva ritrovato in una posizione diversa da quella del giorno precedente. Gaetano lo adorava. Spesso trascorreva con lui ore e ore, avventurandosi in monologhi che spaziavano dalla metafisica al tressette.

Giggetto, invece, era un coniglio nano di razza polacca, bianco con gli occhi blu, e aveva libertà assoluta di gironzolare per la casa. Gli era stato imposto un solo obbligo: depositare i bisognini in un recipiente di plastica. Ma non sempre lui obbediva, perché era dispettoso e anarchico per natura. Quand'era un batuffoletto, Tina l'aveva ricevuto in regalo da un'amica. Avrebbe voluto chiamarlo Bunny ma Patrizia, che credeva nella reincarnazione, s'era intromessa e aveva finito per battezzarlo Giggetto in ricordo d'uno zio defunto. Non c'era stato verso di farle cambiare idea.

«Zio Giggetto così ci proteggerà» aveva pontificato.

Alla fine della cena Olga sventagliò sotto le mascelle dei banchettanti una decina di canestri pieni di frutta secca e frutta di stagione: castagne e datteri, prugne e fichi, arachidi e noci, e poi mandorle, pistacchi, pinoli, semi di zucca, meloni, ananas, kiwi.

Olga era contenta che la serata fosse andata bene. Ucraina innamorata di Napoli, era stata assunta dagli Esposito come babysitter dopo la nascita di Tina, ed era poi diventata a tutti gli effetti un membro ausiliario della famiglia, in cui svolgeva compiti di cuoca, cameriera e donna delle pulizie. Alta, taciturna, paziente e nerboruta, parlava benissimo l'italiano e il napoletano. Aveva una forza spaventosa. Tonino giurava d'averla vista una volta sollevare il frigorifero con un solo braccio, mentre con l'altro spazzava il pavimento. Per questo suo aspetto da omaccione in gonnella, nessun maschio aveva osato chiederle la mano. E lei con serenità s'era rassegnata alla condizione di nubilato, che le dava un'ampia autonomia.

Il tocco di classe conclusivo spettò a Gaetano, che per tre decenni aveva esercitato alla Sanità la professione di maestro pasticciere, tanto da meritarsi il plauso anche di avventori provenienti da paesi dell'entroterra. Alcuni suoi ex garzoni avevano aperto negozi in vari quartieri di Napoli, e quando lo incontravano gli facevano l'inchino, lo abbracciavano e ricordavano con emozione i vecchi tempi.

Con un sorrisetto da bimbo, Gaetano corse in cucina a prelevare due enormi guantiere avvolte in una carta stagnola rossa e infiocchettate con nastri dorati. Le dispose al centro della tavola e le aprì con mano leggera, come se stesse schiudendo bauli ricolmi di pietre preziose. Gli occhi dei commensali scintillarono davanti a mustacciuoli e roccocò, struffoli e susamielli, paste reali, paste di mandorla, torroncini, cassatine.

«Un gentile omaggio da parte degli allievi della premiata ditta Scognamiglio» esclamò Gaetano con orgoglio.

Tutti applaudirono.

Gli adulti accompagnarono la degustazione dei dolci con sorsetti di limoncello. Genny si scolò la terza lattina di Coca-Cola e Tina si sciacquò il palato con acqua naturale.

Assunta, che nel corso della cena aveva bevuto mezzo litro di Lacryma Christi, piegò il capo e s'addormentò. Gaetano non stava aspettando altro. A gesti chiese ai presenti di fare silenzio e si preparò a mettere in atto quello che lui chiamava *lo scherzetto*.

«No, papà, non lo fare» sussurrò Patrizia senza convinzione.

Genny, Tina e Manuela si tapparono le orecchie divertiti.

Gaetano si posizionò dietro la moglie e produsse un ululato da licantropo.

Giggetto andò a rifugiarsi sotto un cuscino. Sansone mosse lievemente un occhio.

«Uè, aiuto, aiuto, che è successo, addò m'avite purtato?!» gridò Assunta ridestandosi.

«È passato 'o gatto mammone» disse Gaetano con un tono di voce tenebroso.

«Ma ucciditi, tu e 'o gatto mammone!» imprecò Assunta. «Tieni sempre voglia di pazziare. Tu la devi finire di sfottermi, hai capito? E voialtri, che cazzarola tenete da ridere?»

La domanda fu sostenuta da uno sguardo infuocato rivolto a Manuela, che stava ridacchiando al pari degli altri. Tra le due donne non c'era mai stato dialogo. Opposte come il giorno e la notte.

Manuela tentò di sdrammatizzare: «Suvvia, signora, suo marito stava solo scherzando».

«Ja', mammà, non ci intossichiamo la fine dell'anno» aggiunse Patrizia.

«E voi non intossicate a me!» gracchiò Assunta.

Gaetano guardò la coniuge dall'alto verso il basso: «Moglie, ti porgo le mie più sentite scuse. Mettiamo una pietra su quello che è accaduto e prepariamoci a levare i calici e ad accogliere con cuore giocondo l'arrivo del nuovo anno».

«Tra poco è mezzanotte!» disse Patrizia con eccitazione. «Olga, appiccia 'a televisione!»

Tina la corresse: «Mamma, si dice *accendi*, non *appiccia*».

«E va be', 'o risultato è 'o stesso» rispose Patrizia.

Olga accese il cinquantadue pollici che occupava un angolo della stanza e lo sintonizzò su un canale che stava trasmettendo una festa di Capodanno in piazza. Quindi portò a tavola un bottiglione di Moët & Chandon e le coppe di cristallo di Boemia che Patrizia riesumava solo a San Silvestro.

Quando in tv il presentatore concluse il conto alla rovescia,

Tonino fece esplodere lo spumante. Il tappo rimbalzò sul soffitto e andò a colpire Assunta su una tempia.

«Scusatemi…» abbozzò Tonino mortificato.

Prima che la moglie avesse il tempo di reagire, Gaetano prese la parola: «Un anno delle nostre vite è passato e quello nuovo è appena iniziato. Nella qualità di più anziano del nucleo familiare qui riunito e sotto questo stesso tetto convivente, auguro a tutti voi e a me medesimo di vivere i prossimi dodici mesi in pace, serenità e salute. *Vento dietro e acqua davanti*: la fortuna ci sia propizia e ci faccia fare la traversata nel migliore dei modi. Auguri!».

Sansone e Giggetto si scrutarono con aria zuccherosa.

Sull'onda dell'entusiasmo, Assunta diede al marito un buffetto amoroso.

Tonino si cavò dalla camicia la catena in oro massiccio che portava sempre al collo, da cui pendeva un cammeo con la foto in bianco e nero del padre Gennaro. Baciò l'effigie, poi abbracciò moglie e figli e propose: «E mo' jamme a spara' 'e bbotte!». Durante il mese di dicembre, con duemila euro di spesa, aveva accumulato sul tetto un vero e proprio arsenale di fuochi d'artificio.

Le donne declinarono l'invito. Patrizia comunicò che aveva l'impellente bisogno di farsi una doccia, salutò tutti e andò a barricarsi in bagno. Tina disse che doveva mandare messaggi d'auguri agli amici e si dileguò nella sua cameretta. Assunta s'inventò che le faceva male 'a capa e si ritirò nell'appartamento che divideva con Gaetano al piano di sopra. Manuela riferì d'essere molto stanca e salì anche lei al secondo piano, nell'alloggio in cui viveva da sola. Olga, alle prese con il lavaggio delle stoviglie, non fu interpellata.

«Toni', ti faccio compagnia io» fece Gaetano, che aveva scorto una gran delusione sul viso del genero.

«Vengo pur'io, pa'!» strillò Genny.

I tre maschi di casa Esposito indossarono giubbotti e cappelli, salirono al terzo piano, passarono davanti al monolocale in cui dimorava Olga, attraversarono uno stanzone semivuoto che in famiglia veniva chiamato «salone delle feste», e tramite una scala in ferro raggiunsero il terrazzo della palazzina, che aveva al centro un gazebo in legno e negli angoli quattro grossi vasi di agavi. Da lì si godeva la vista di mezzo quartiere. Non c'era vento, e il freddo era tollerabile. Il cielo era limpido, ma al posto delle stelle c'erano bagliori di tutte le gradazioni cromatiche. Il rione Sanità era illuminato e stordito da luci, spari, boati, colpi di pistola, fucilate. In ogni vicolo e piazza c'erano deflagrazioni. La guerra dei botti era in pieno svolgimento, come nel resto della città e in tutto l'hinterland.

Con un coltellino, Tonino tranciò il nastro adesivo che sigillava una scatola di cartone alta più di un metro. Spalancò i lembi e cominciò a estrarre contenitori di vari colori e dimensioni. *'E bbotte.*

«Tiè, queste so' per te, statte accuorto» disse a Genny. E gli consegnò tre confezioni di bengala, stelle filanti e candele magiche.

«Don Gaeta', volete partecipare pure voi?» chiese al suocero.

«No, Toni', preferisco solo guardare, mi piace di più.»

Gaetano in vita sua non aveva mai ceduto alle lusinghe dei botti, ma non biasimava chi decideva di festeggiare in questo modo. E si faceva una risata ogni volta che sentiva parlare di sequestri di esplosivi o di appelli delle autorità. «Nessuno riuscirà mai a bloccare quest'usanza» ripeteva. «Per parte mia, le botte non le voglio sparare. Facendo corna, se proprio mi devono portare all'ospedale, dev'essere per altri motivi.»

Tonino iniziò con l'artiglieria leggera: raudi, tracchi, girandole, rendini, qualche cipolla e un *Rambo Raptor*. Completò questa prima fase con una fontana *Strauss*, che produsse fischi, crepitii e una cascata di stelle rosse, blu e verdi. Si accese una sigaretta, fece partire un paio di razzi *Soviet* e guardò in direzione di Materdei, come se stesse aspettando un segnale. E il segnale arrivò dopo pochi secondi: due razzi *California* salirono da un palazzo distante meno di un chilometro in linea d'aria.

"Peppe *'o Sistimato* ce sta pure quest'anno..." pensò Tonino con un ghigno.

Peppe Esposito, detto *'o Sistimato* perché amava fare le cose per bene, era un cugino di Tonino. Anche lui aveva la passione per i botti. Ogni Capodanno i due si davano appuntamento dopo la mezzanotte per una gara pirotecnica.

Tonino piazzò a terra un *Titan* e fece partire sei bombette con triplice apertura a peonia. Peppe rispose con un *Festival Ball* di colori assortiti.

Tonino diede fuoco alle micce di un *Banditos* e di un *Diabolik*, che rischiararono la Sanità con aperture a salice color oro e stelle scoppiettanti. Peppe replicò con un *Tigre* e un *Rodeo West*.

«'A battaglia è tosta» disse Tonino a mezza voce. E si affidò a un *Crazy Wife* e a un *Godzilla*: due minuti di lanci con spettacolari chiusure.

Peppe passò in vantaggio con un *Terminator*, un *Apache*, una pupatella, una bomba oscura e una strenta che si concluse con sfavillanti raffigurazioni di stelle, rose e cuori. Una cosa mai vista a Napoli.

«'A faccia d' 'o diavulo, e dove l'ha pigliata 'sta novità?» si chiese Tonino. «Eh, ma mo' ti fotto io, Peppi'...»

Ficcò la testa nello scatolone e prese l'arma segreta: un mortaio da cento millimetri. Fece scivolare al suo interno una granata cilindrica che s'era fatto confezionare da un fochista di fiducia e accese la miccia. Il proiettile salì fino a centocinquanta metri d'altezza e si aprì disegnando le cifre dell'anno appena cominciato: 2010.

Genny rimase a bocca aperta e Gaetano si complimentò: «Bravo, Toni', bravo, questa m'è piaciuta assai».

Tonino sorrise compiaciuto, ma la sua felicità durò poco. All'improvviso, dal tetto del palazzo di Peppe si levò una gran fiammata e un oggetto lucente salì rapido verso il cielo. Dopo duecento metri di corsa, si divise in due parti, ciascuna delle quali si aprì quattro volte per comporre, a caratteri cubitali, la scritta BUON ANNO.

«Ma vafanculo!» inveì Tonino.

«Papà, che c'è?» chiese Genny.

«Niente, niente, jammece a cucca'» tagliò corto Gaetano, che aveva riconosciuto la disfatta del genero. «Toni', accompagno io 'o guaglione a dormire. Buonanotte.»

Appena il suocero e il figlio scomparvero alla vista, Tonino diede un calcio al mortaio, e per sfogarsi fece esplodere in strada una serie di botti che avrebbe voluto conservare per altre occasioni: un *Magnum*, un *Cobra*, un *Kamikaze* e un *provolone del monaco*. Sprecò finanche la potentissima *capa 'e Lavezzi*, la bomba che nell'immaginario collettivo partenopeo aveva sostituito lo storico petardo denominato *pallone 'e Maradona*.

Patrizia già russava. Per non svegliarla, Tonino si cambiò nel bagno, poi al buio si coricò accanto a lei e la annusò. Odorava di baccalà e bagnoschiuma al limone. Avrebbe voluto abbracciarla e fare l'amore, perché gli avevano detto che chi scopa a Capodanno scopa tutto l'anno. "Che strunzata" pensò, e chiuse gli occhi per addormentarsi.

Capì subito che l'operazione non sarebbe stata semplice. La rabbia per la sconfitta pirotecnica e un roccocò che gli si era inchiodato sullo stomaco non riuscivano a fargli prendere sonno. Si girò e rigirò più volte, andò in cucina a fumare, tornò sotto le coperte più nervoso di prima, si alzò di nuovo per bere, rimase seduto per mezz'ora sulla sponda del letto e solo alle tre crollò tra le braccia di Morfeo.

Invece di cullarlo, il dio del sonno lo trascinò in uno dei frequenti incubi che agitavano le sue notti. Così Tonino sognò di cadere in ostaggio di una banda di Barbapapà guidata da Assunta in abiti sadomaso. La suocera lo teneva legato a una sedia a dondolo e lo obbligava, sotto la minaccia di un frustino, a ripetere un milione di volte la frase: «Resta di stucco, è un barbatrucco!». Cercando di mettersi in salvo, Tonino si ritrovò sotto la cupola dei Teletubbies, senza immaginare che i colorati pupazzotti, con l'intenzione di dare una svolta alla loro pallosa esistenza, si fossero trasformati in maniaci sessuali. Lo seviziarono per tre giorni. Alla fine di ogni abuso facevano «Ciao ciao!» a Tonino e si davano il cambio. Quando fu il turno del più selvaggio, Dipsy, quello con l'antenna dritta, Tonino si svegliò gridando.

Patrizia, in quel momento impegnata in una conversazione onirica con un capitone, saltò dallo spavento: «Madonna benedetta, che è?!».

Tutto sudato, ancora intontito, Tonino cacciò un altro urlo ed esclamò: «Dipsy me vo' schiatta' 'a capa!».

«Te la schiatto io 'a capa, se mi fai piglia' un'altra paura accussì!» protestò Patrizia.

Tonino si stropicciò gli occhi, accese la lampada sul comodino e riprese il controllo delle sue azioni: «Scusami, Patty, scusami…».

«Eh, scusami, scusami… Il medico t'ha ordinato di curarti con le pastiglie, ma tu non l'hai pensato proprio.»

«È vero, ma io me lo scordo…» mugolò Tonino.

«E cerca di non scordartelo più, che mi stai facendo veni' l'esaurimento pure a mme!»

Gli schiamazzi s'erano sentiti per tutta la casa. Persino su da Olga. Ma nessuno s'era alzato né preoccupato. Ormai tutta la famiglia aveva fatto l'abitudine a quelle periodiche baraonde notturne. Nei primi tempi accorrevano tutti al capezzale dello spaccatore di timpani. Poi avevano desistito. L'abbandono definitivo era avvenuto nell'alba in cui Tonino aveva raccontato d'essere stato rapito da un gruppo di marziani travestiti da ballerine brasiliane.

Solo Sansone e Giggetto continuavano a spaventarsi a morte. L'iguana si avvinghiava a un ramo del terrario, mentre Giggetto spariva dalla circolazione fino all'ora di pranzo.

Tonino guardò l'ora sul telefonino. Erano quasi le sette.

«Che dici, mi vado a fa' 'na camomilla?» chiese alla moglie.

«Vatti a fa' quello che vuoi tu!» rispose Patrizia girandosi dall'altra parte.

Tanta voglia di rialzarsi, Tonino proprio non ce l'aveva.

"Mo' faccio 'o tentativo d'addormentarmi..." pensò.

Fissò la statua di padre Pio che troneggiava sul canterano in mogano accanto al letto, si fece il segno della croce e spense la luce.

Il santo di Pietrelcina lo fece scivolare subito nel sonno. Qualcun altro, invece, ritenne che un'oretta di dormita gli potesse bastare: alle otto il cellulare intonò la *Cavalcata delle Valchirie*.

«Ma porca puttana, chi è?» borbottò Tonino afferrando l'apparecchio.

Osservò il display: numero sconosciuto. Per un attimo meditò di non rispondere, ma qualcosa gli suggerì che era meglio farlo. Cliccò sul tasto verde e accostò il telefonino all'orecchio.

«Pronto...»

In risposta udì una voce maschile, rauca e perentoria. Tonino la riconobbe all'istante.

«'O pullastro nun s'è cuotto bbuono.» Questa fu l'unica frase che l'interlocutore pronunciò prima di riattaccare.

Tonino ebbe un brivido. Abbassò il braccio, e con apprensione rimase a guardare il vuoto.

«Chi era?» chiese Patrizia senza girarsi.

«Ah, ti sei svegliata…» mormorò Tonino.

«E per forza, con questa suoneria…»

«Era Tatore *Mezarecchia.*»

«Che voleva?»

«Pietro mi vuole parlare. Sarà successo qualcosa.»

«Qualcosa d'importante, per farti chiamare il primo dell'anno a quest'ora.»

«Sì, sicuro, qualcosa d'importante. Assai importante. Devo andare immediatamente. A Pietro non piace aspettare.»

II

TONI', LEVA MANO

Il rione Sanità è adagiato in una conca del quartiere Stella, sotto le colline di Capodimonte e Materdei. Non è centro storico e non è periferia. Ha una storia a sé, fatta di riti antichi in cui la vita va a braccetto con la morte. Qui nobili e plebei, borghesi e proletari, hanno sempre coabitato gli uni al fianco degli altri, adorando le stesse icone sacre. I volti degli abitanti del luogo, i vicoli, i palazzi nobiliari, le piazze, le cavità sotterranee narrano una vicenda collettiva marchiata dalla lotta per la sopravvivenza.

Tonino Esposito era nato qui. E qui voleva vivere e morire. Come suo padre, il padre di suo padre e chissà quanti avi di cui s'era persa memoria. Risiedeva nella parte occidentale del rione, sulla salita dei Principi. La palazzina, un vecchio edificio dei primi del Novecento, era un'eredità di famiglia. L'aveva ristrutturata abusivamente a sue spese e aveva voluto ospitarvi prima i suoceri e poi sua madre Manuela quand'era diventata vedova. Suo fratello Raffaele, di sei anni più grande, aveva invece lasciato la Sanità e s'era accasato in provincia di Caserta.

Nel garage della palazzina, quella mattina del primo gennaio, Tonino si rivide bambino a correre appresso alle galline nella masseria che suo padre aveva costruito ai Camaldoli. Gli era venuto questo ricordo per un'associazione d'idee: da mezz'ora nella sua testa giravano come trottole le parole che *Mezarecchia* gli aveva detto al telefono. *'O pullastro nun s'è cuotto bbuono.* La frase poteva significare tutto o niente, ma in ogni caso non lasciava presagire nulla di positivo.

Il parco macchine degli Esposito contava nove veicoli: un monopattino e due tricicli prossimi alla rottamazione, una mountain bike, due bici da passeggio, uno scooter Scarabeo, una Smart a uso e consumo esclusivo di Patrizia e un SUV Yeti nero che veniva messo in moto solo quando la famiglia doveva varcare i confini del rione per impegni di un certo rilievo. Tonino mise in moto lo Scarabeo, uscì dal garage e si diresse contromano verso via San Vincenzo, procedendo a zigzag tra petardi esplosi, sacchetti di rifiuti e suppellettili immolate sull'altare del nuovo anno.

Svoltò in via Sanità, passò sotto il Ponte dei Francesi e s'infilò nella zona più vecchia del rione. Parcheggiò davanti a un basso di via Santa Maria Antesaecula, a pochi metri dalla casa in cui era nato Totò. Bussò alla porta. Gli venne ad aprire una donna minuta, avvolta in uno scialle di lana.

«Buongiorno, donna Filome', buon anno.»

«Buongiorno, Toni', buon anno pure a te. Entra.»

Tutte le volte che metteva piede in quell'ambiente, Tonino veniva attratto da un tavolino su cui erano allineati dei santini, dei lumini, una decina di portafoto in argento coi ritratti di persone defunte e un mezzobusto di san Vincenzo Ferrer, *'o Munacone*, patrono della Sanità.

«Donna Filome', come andiamo?»

«E come deve andare, figlio mio, tiramme annanze. L'artrosi se fa senti', 'a vicchiaia è 'na brutta bestia.»

«Ma no, siete ancora giovane, salute a voi.»

«Eh, so' giovane, so' giovane…» commentò la donna con amarezza. «Tu invece vuoi crescere ancora, che sei rimasto all'impiedi? Accomodati. Vuoi a Enzuccio?»

«Sì. Ci sta?»

«Sta ancora durmenno. È andato a fare un veglione ed è tornato tardi. Mo' te lo vado a scetare.»

«Grazie, donna Filome'.»

Tonino si sedette al centro della stanza, accanto al tavolo. Tutt'intorno, le pareti mostravano macchie d'umidità. Sul lavello c'era una pila di scodelle bisunte.

Enzuccio, un ragazzo di poco più di vent'anni, smilzo e con i capelli lunghi, comparve in pigiama.

«Buongiorno, don Toni', quali comandi?»

«Cia', Enzu'. Mi devi accompagnare a fare un servizio urgente.»

«Datemi cinque minuti e so' pronto.» E tornò dentro.

«Toni', mentre aspetti, te la pigli 'na goccia 'e cafè? L'ho fatto da poco» disse Filomena.

«Con piacere.»

A Napoli il caffè non si rifiuta mai. Chi osa declinare l'invito, viene guardato con sospetto.

Enzuccio fu di parola: dopo neanche cinque minuti, era già vestito.

«Torno a ora 'e pranzo» fece alla madre.

«'A Maronna t'accumpagna» augurò Filomena. «E a voi, Toni', tanti saluti a casa.»

«Servirò.»

Appena furono sulla verandina che cingeva l'entrata del basso, Enzuccio domandò: «Don Toni', vi vedo accigliato. È accaduto qualcosa?».

«M'è arrivata 'na convocazione da don Pietro.»

«Ah… È cosa grave?»

«Probabile. Mo' andiamo là e capiamo.»

In sella allo Scarabeo, Tonino ed Enzuccio percorsero la stretta salita Capodimonte, fino al Moiariello. Si fermarono davanti a una villa circondata da un alto muro di tufo e protetta da telecamere.

La villa di Pietro De Luca, boss del rione Sanità.

Accanto all'imponente cancello di ferro c'era un videocitofono con un solo pulsante. Tonino lo premette con un senso d'inquietudine.

I due grossi battenti verniciati di nero, azionati dall'interno, si spalancarono come il sipario d'un teatro. E agli occhi di Tonino ed Enzuccio apparve il palcoscenico. Sulla ribalta, un viale acciottolato divideva a metà un giardino con palme, pini e fontane. Sul fondale, una villa in stile pompeiano, con un portico a colonne e fregi a stucco sulla facciata.

Al centro del viale si ergeva un uomo corpulento: Tatore *Mezarecchia*. Lo chiamavano così perché durante una rissa un emulo di Mike Tyson gli aveva mangiato un lobo. Lui aveva ricambiato staccandogli il naso.

Tatore era uno dei due guardaspalle del boss. L'altro si chiamava Ciruzzo, ma nel rione era conosciuto come *'o Schiattamuorto* per la sua abitudine di partecipare, anche senza invito, a funerali e visite di condoglianze. Si presentava alle esequie vestito di nero e piangeva a più non posso, soprattutto se il morto l'aveva ammazzato lui.

«Buongiorno, guagliu'» disse Tatore.

«Cia', Tato', oggi stai tu di turno? Grazie per gli auguri di buon anno che m'hai fatto stamattina» ironizzò Tonino.

«Dovere» replicò Tatore. «Ja', nun perdimme tiempo. Enzu', piglia 'o motorino e vieni appresso a me. Toni', tu sali: 'o capo te sta aspettanne.»

«Ma Enzuccio nun vene cu mme?»

«No. Don Pietro vo' sulo a te.»

Tonino entrò nella reggia del boss. C'era già stato altre volte, sapeva dove trovarlo. Al secondo piano, nel suo studio.

Salì le scale con trepidazione, tra busti di marmo e arredi preziosi. Si toccò un paio di volte il petto, nel punto in cui serbava la foto del padre. Le convocazioni di De Luca richiedevano una forte protezione dall'aldilà.

La porta dello studio era aperta. Dall'interno proveniva una soffice melodia.

«È permesso?»

«Trase, Toni'.»

Una stanza regale, completamente invasa dalla luce. La vetrata Tiffany sullo sfondo creava giochi di ombre sul pavimento di maioliche vietresi e sul soffitto, affrescato con scene di caccia. Sulla parete di sinistra c'era una libreria zeppa di volumi antichi e moderni. Sul lato opposto, una fila di quadri d'arte contemporanea, la scultura di una Venere e una coppia di diffusori stereo da cui zampillavano le note di *Please, please, please, let me get what I want* degli Smiths. Il passato unito al presente.

Pietro De Luca era seduto dietro la sua scrivania hi-tech, intento a battere sulla tastiera di un portatile. Fissò Tonino e si alzò con un movimento atletico, la camicia bianca fuori dai jeans, i capelli castani a spazzola, la giacca e gli stivali neri. Un uomo prestante, con uno sguardo che faceva squagliare le femmine e agghiacciare i maschi. Il più giovane esponente della nuova camorra. Amante del bello e del buon vivere, infallibile playboy e spietato criminale.

Anche lui aveva un soprannome: *'o Tarramoto*. L'epiteto gli era stato affibbiato non solo per la sua indole devastante, ma anche perché era nato la sera del ventitré novembre ottanta, quella del sisma. Mentre Napoli vibrava per le scosse telluriche, lui emetteva i primi vagiti nell'ospedale San Gennaro dei Poveri alla Sanità.

«Tutto a posto, Toni'?» disse andando incontro all'ospite atteso. «Hai fatto una buona fine?»

«Sì, ringrazianne 'o Signore. So' stato a casa con la famiglia.»

«Lo so. E po' te si' fatto 'na bella gara 'e fuochi cu Peppe *'o Sistimato*, è vero?»

«L'avete vista?»

«Tu lo sai, 'a ccà 'ngoppe io vedo tutto.»

Tonino lo sapeva. Da là sopra don Pietro vedeva e comandava tutto.

«Assiettete» ordinò il boss indicando a Tonino una sedia. «T'ho voluto far fare 'o Capodanno in grazia di Dio, perché so che ci tieni. Ma 'a verità, t'avrei voluto far chiamare già nei giorni scorsi.»

«Come mai, don Pie'? Ci sto riflettendo 'a quanno m'ha telefonato Tatore.»

«E non sei riuscito a truva' 'a spiegazione?»

«No.»

«Allora verimme se mo' ci riesci.»

De Luca si cavò da una tasca della giacca una grossa banconota di colore rosa e la sventolò sotto il naso di Tonino: «Che è questa?».

La risposta fu immediata: «'Na carta da cinquecento euro».

«Sei sicuro? Guardala bene. Tiè, guardala bene, toccala.»

Tonino prese la banconota, se la girò tra le dita e sbiancò. Era falsa. Fatta benissimo, coi fiocchi e controfiocchi, ma spudoratamente falsa.

«Hai capito, eh? Chesta nun è 'na carta da cinquecento. Chesta è carta p' 'o cesso.»

'O Tarramoto appoggiò una mano su una spalla di Tonino, che sentì gelarsi il sangue.

«Sai dove l'abbiamo trovata, Toni'?»

Una mezza idea Tonino ce l'aveva, ma preferì non dirla.

«L'abbiamo trovata nell'ultima mazzetta che hai consegnato a don Armando *'o Raggiuniere*, dopo che con Enzuccio ti sei fatto il giro dei negozi della zona tua. 'Sta carta viene da là. Ci sta qualcuno dei tuoi clienti ca t'ha pigliato pe' culo. E nun ha pigliato pe' culo solo a te, ma pure a me.»

Una palpebra di Tonino cominciò a fare i capricci. La spiegazione era arrivata: 'o pullastro nun s'era cuotto bbuono.

«Mi dispiace, don Pie'...»

Era la seconda volta in poche ore che chiedeva scusa. Prima a Patrizia, ora a don Pietro. «*Vento dietro e acqua davanti*» aveva detto il suocero la sera prima. Lui il vento e l'acqua li stava prendendo solo in faccia.

«Toni', te l'ho detto diecimila volte: tieni gli occhi aperti, fa' funziona' 'a capa, nun fa' cazzate. 'E cazzate non ce le possiamo permettere. Ma cu tte nun ce sta niente 'a fa'.»

«Cercherò di migliorare» mormorò Tonino guardando il pavimento.

Al boss scappò una risata: «Migliorare? 'Sta barzelletta l'aggie sentuta già!».

«Me vaco a fa' 'n'ata vota 'o giro dei negozi, uno a uno, finché non acchiappo chi m'ha fatto fesso.»

«No, Toni', no, accussì fai un'altra cazzata cchiù grossa di quella che hai fatto. Tu non ti fai nessun giro. 'Sta cosa non si deve venire a conoscere, se no facciamo 'na figura 'e merda mondiale.»

«'E commercianti però devono sapere ca 'o pizzo è obbligatorio da pagare» proclamò Tonino.

«Non si chiama pizzo, ma contributo per la sicurezza!» disse *'o Tarramoto* battendo un pugno sulla scrivania. «'E commercianti questo devono capire: che noi li proteggiamo e li facciamo campare da signori!»

«È giusto, don Pie'.»

Il boss parve calmarsi: «Vieni, Toni', jamme nu poco llà fore, che oggi la giornata è un amore».

Attraverso una porta della vetrata, *'o Tarramoto* e Tonino uscirono su un terrazzo panoramico. Non c'era foschia, e in basso si vedeva l'intera città, da Posillipo a San Giovanni a Teduccio. E l'arco del golfo con le isole, il Vesuvio, il monte Somma, il mare.

«Napoli, Toni'» disse De Luca indicando l'orizzonte. «Dicono ca è 'a città cchiù bella d' 'o munno, ed è vero. Ma sai addò sta tutta 'a bellezza 'e Napule? Sta nel fatto che non cambierà mai. Napoli nun vo' cagna'. 'E napulitani non amano le novità, vonno rimane' comme stanno. Sai quanti vvote ccà c'è stata 'a rivoluzione? Due volte. In più di duemila anni di storia, solo due volte. Cu Masaniello e 'a Pimentel Fonseca. E tutt'e due so' stati accisi. Dai napoletani stessi. Chi arriva ccà e dice ca vo' purta' 'e novità, fa 'na brutta fine. 'A politica d' 'e novità a Napoli nun è desiderata. E in generale, 'a politica dei politici nun conta niente. 'O napulitano tiene le sue abitudini, e le regole se le fa da solo, a piacere suo. Ccà 'a politica ce la facciamo noi napoletani, con le nostre regole. E le rispettiamo pure se qualcuno da fuori ce vene a dicere ca so' sbagliate. Pecché so' 'e regole nostre, ce le siamo date noi, e nisciuno ce le può venire a correggere.»

Il boss assunse un tono paternalistico: «Toni', te sto dicenne 'sti ccose per farti capire che a Napoli si vive secondo 'na logica lineare, che non vuole forzature. Ognuno qua si gioca la partita sua, a seconda di quello che sa fare meglio, cercando di non dare fastidio agli altri e di non ricevere fastidi. Tu 'o ssaje, io ti voglio bene come a un fratello. E sai che cosa è successo due anni fa, il giorno che hanno ucciso a tuo padre. Io stavo là, vicino a lui, come sempre. Lui il capo e io il suo braccio destro. E me porto sempe 'ngoppe 'a cuscienza 'o rimorso di non averlo potuto salvare dalle pallottole di quegli schifosi. Tuo padre è morto sotto i miei occhi. E ti ho raccontato quali furono le sue ultime parole: "Promettimi di proteggere la mia famiglia, e soprattutto a Tonino, non fargli sporcare le mani". Glielo promisi, e 'a prumessa l'aggie mantenuta. Le mani, Toni', non te le ho fatte mai sporcare».

A Tonino vennero i lucciconi.

«Finché ci starò io qui,» proseguì il boss «tu una pistola o un coltello non li vedrai nemmeno co' binocolo. E nella qualità di orfano di don Gennaro, tutti i guagliuni hanno l'ordine di portarti rispetto. A te e ai tuoi parenti. T'ho messo sotto 'na campana 'e vetro, nessuno ti può toccare. Allora ti domando ancora una volta: perché ti sei fissato di fare per forza questo mestiere? Perché devi rischiare? Siente a mme, leva mano. Chesta nun è arte tua. Si' troppo bbuono, nun tieni cazzimma. Mettiti a fa' 'n'altra cosa. Oppure nun fa' niente: te faccie ave' nu sussidio ancora cchiù consistente. Invece di cinquemila, ti do seimila euro al mese. Mo' gli affari ci vanno bene. 'A faida è finita, aggie purtato 'a pace nel rione. E se fosse solo per me, toglierei di mezzo pure 'a droga. 'A droga porta sangue e odio. Io il sangue e l'odio non li voglio. Tu sei incensurato, e non voglio che passi un guaio. Io mi so' fatto due anni a Nisida e uno a Poggioreale, e non l'auguro a nessuno, tantomeno a te, di finire là dentro.»

Tonino aveva ascoltato per tutto il tempo a capo chino.

«Don Pie', io vi ringrazio di queste parole che mi state dicendo. Le apprezzo assai, perché so' dettate dal sentimento. E vi confesso che tante volte ho pensato, come voi avete detto, di levare mano. Ma poi con quale coraggio potrei guardare in faccia a mia moglie, ai miei figli, ai compagni miei? Io non tengo un mestiere, che mi metto a fare? Voi potreste rispondermi: già adesso non fai granché, e lo fai pure male. Però quella volta al mese che faccio l'esattore nei negozi per conto vostro, io mi sento importante. E negli altri giorni vengo rispettato non soltanto perché sono il figlio della buonanima di don Gennaro.»

«Questo ti fa onore, ma ti ripeto: qualche altra cosa la puoi fare. Ti trovo io un'occupazione. Cu tutte 'e cunuscenze ca tengo, nun ce metto niente.»

«No, don Pie', no, vi ringrazio. Mi sento mortificato a deludervi, ma io voglio continuare» disse Tonino con fermezza.

«Come vuoi tu. Io ti ho parlato chiaro, non posso costringerti. Tieni sempre presente che a comandare sono io, e nel rione la mia immagine deve restare pulita e perfetta.»

«Su questo non c'è dubbio.»

I due rientrarono nella stanza.

«So' belli i quadri vostri, don Pie'.»

«Vieni qua, vieni a vedere l'ultimo arrivato.»

De Luca fece avvicinare Tonino a un dipinto: un enorme albero, con le radici aggrappate a uno sperone roccioso, reggeva un intero borgo medievale.

«So' riuscito a farmelo portare dalla Francia da un amico mio antiquario» fece De Luca con soddisfazione. «È di Jacek Yerka, nu pittore surrealista polacco. Nu ggenio. Guarda che colori, che pennellate maggiche.»

«Veramente bello» riconobbe Tonino ripassando a mente le croste artistiche appese in casa sua.

«Bisogna aggiornarsi, Toni', adeguarsi ai tempi. Senza eccedere. Con criterio.»

«Io non voglio essere 'na scartina. Io un giorno voglio essere come a voi.»

«Non so se ti conviene» disse De Luca sfiorando con una mano la cornice del quadro. «Tu tieni 'na famiglia, 'na mugliera, dei figli. Io no. Se mi uccidono, nessuno porterà il lutto.»

«Ma chi vi uccide a voi, voi siete invincibile!»

«Era quello che pensavo di tuo padre, prima che succedesse quello che è successo. A proposito, comme sta donna Manuela?»

«Bene.»

«Portale i miei omaggi.»

«Sicuramente.»

«Mo' va', che tengo da fare. E mi raccomando: nun fa' cazzate.»

Nel giardino, Enzuccio e Tatore stavano disquisendo delle condizioni meteorologiche. Era venerdì, ed Enzuccio scommetteva che il bel tempo sarebbe durato per tutto il fine settimana. Tatore, al contrario, era convinto che stesse per arrivare un acquazzone eccezionale, perché gli prudeva il lobo superstite.

La previsione di *Mezarecchia* fu quella esatta. Mentre Tonino ed Enzuccio erano sulla strada del ritorno, da sopra Capodimonte sbucò un nuvolone nero che scatenò un gran temporale. Per non inzupparsi, i due si ripararono nell'androne di un palazzo. Tonino ne approfittò per rivelare il motivo della convocazione di De Luca.

«Che grandi bastardi, Enzu', ci hanno fatti fessi!»

«Chi?»

«I negozianti nostri. Ci hanno fregati quando abbiamo fatto la raccolta. In mezzo alle carte da cinquecento ce ne stava una falsa.»

«Cazzo! E don Pietro comme ha reagito?»

«E comme aveva reagi'? M'ha fatto 'na schifezza.»

«'A colpa è pure 'a mia...» disse Enzuccio con una punta di afflizione.

«No, tu non ci azzecchi. Dovevo essere io a controlla' 'e banconote prima di portarle a don Armando.»

«Mo' che dobbiamo fare? Dobbiamo tornare nei negozi a domandare chi ci ha fottuto?»

«No, don Pietro non vuole. Però tu fa' 'na cosa: metti spia. Con indifferenza, cerca di sapere chi è stato.»

Quando la pioggia cessò, si rimisero in sella allo scooter.

«Ti devo porta' a casa, Enzu'?»

«No, è presto, lasciatemi al Club Azzurro.»

Aveva cinque fratelli, Enzuccio: due maschi e tre femmine, tutti sposati. Viveva di espedienti, di lavoretti in nero. Pure lui era orfano. Suo padre, Savarese Carmine, fognatore scelto del Comune, era morto giovane.

Enzuccio era molto legato a Tonino e alla sua famiglia. E Tonino ricambiava l'affetto con regali e *assegni di mantenimento*: quando faceva la raccolta nei negozi o doveva svolgere un compito delicato, se lo portava con sé e gli dava cinquanta euro. Anche questa volta lo fece. Enzuccio ringraziò e andò a imbucarsi nel circolo sportivo Club Azzurro, in via Sanità, luogo di ritrovo dei tifosi del Napoli residenti nel rione.

Prima di rientrare nel garage, Tonino si fermò a guardare la sua palazzina. Facciata color albicocca, infissi in alluminio anodizzato e portone d'ingresso in Kitsch Art, accanto al quale un ignoto moroso di passaggio aveva scritto con lo spray: SI' 'A VITA MIA, BIMBA.

"Non è come quella di don Pietro, ma è 'na signora casa" pensò Tonino. "E quando mi faccio i soldi, me ne accatto una ancora cchiù grossa."

Patrizia e Olga erano in cucina, con la radio a palla. Sulle frequenze di Partenope Sound andava in onda la *top five* dei brani neomelodici della settimana: *Te piace 'o biscotto*, *Nu latitante*, *Scivola quel jeans*, *Nun saccio sta' luntano 'a te* e *Spuògliete stasera*. Patrizia cantava e Olga portava il ritmo con un mestolo. Nel terrario Sansone alzava ora le zampe sinistre, ora le destre.

Tonino entrò sulla quartina in versi: «Ma comme si' bella, tu me faje muri', 'sta vocca carnale te voglio vasa', senza maglia mi sembri una favola». E si commosse.

«Uè, Toni', sei tornato presto?» domandò Patrizia abbassando il volume.

«Sì, è stata 'na cosa veloce.»

«Che voleva Pietro?»

«Niente, falso allarme» rispose Tonino cercando di troncare l'argomento.

«Che vo' dicere falso allarme?»

«Voleva solo farmi gli auguri di buon anno.»

«A te? Ma se non t'ha mai cacato! Toni', tu non me la conti giusta.»

«Uh, lasciami stare, so' stanco. Addò stanno 'e guagliuni?»

«Papà ha portato a Tina a fa' 'na passiggiata. Genny sta giocando con la Plàstescion.»

«Benissimo. Je me ne vaco a cucca'. Bonanotte!»

«Bonanotte? Ma non è manco mezzogiorno...»

«Per te. Per me è notte.» E si diresse verso la stanza da letto.

Genny, che stava manovrando un controller nella sua cameretta, con la coda dell'occhio vide passare il padre nel corridoio e lo tentò: «Pa', ti vuoi fare una sfida con me?».

«No, tengo suonno. E sto pure incazzato.»

«E ja', cinque minuti! Ti do la rivincita dell'altra volta.»

Tonino inchiodò il passo. Gli venne in mente che per colpa del figlio e di Giggetto s'era intossicato la sera di Natale. Nel momento culminante di una partita di *Samurai Warriors*, il coniglietto lo aveva distratto, e il suo guerriero Toyotomi Hideyoshi era stato massacrato di botte dai ninja telecomandati da Genny.

Ora si profilava l'opportunità di una rivincita.

«Accetto la sfida, però scelgo io 'o campo 'e battaglia» disse Tonino risoluto.

La decisione non fu delle migliori. Al terzo livello di gioco, il valoroso Toyotomi fu preso a schiaffi e lanciato di peso in una palude da una banda di scalmanati guidata da tale Akechi Mitsuhide.

«Urrà, ho vinto!» esultò Genny.

«Mo' basta!» starnazzò Tonino buttando per aria il controller. «Mo' veramente me so' scucciato! Vado a letto, non svegliatemi prima di domani!»

III

LE ECCEZIONI NON SONO AMMESSE

La fine di gennaio. Giorno ventisette, mercoledì. Pioveva.

Quando a Napoli piove, la gente s'intristisce. Cammina svelta, impreca, non ha voglia di scherzare. A stento si scambia un saluto. La pioggia bagna la città di malinconia.

Tonino s'era appena alzato. Era in camera da letto, in pigiama e pantofole. Guardava l'acqua scorrere sui vetri della finestra e giocava a pari e dispari coi pensieri: «Esco o non esco, esco o non esco?».

Avrebbe preferito restare a casa a poltrire. I ragazzi erano a scuola, Patrizia e Olga fuori per la spesa. Nella palazzina si sentiva solo la voce di Gaetano, che stava cantando a squarciagola una vecchia canzone: «Vierno, che friddo 'int'a 'stu core! E sola tu, ca lle puo' dà calore, te staje luntana e nun te faje vede'. Te staje luntana e nun te cure 'e meee!».

"Che capa fresca tiene mio suocero" pensò Tonino.

Andò in bagno e si guardò allo specchio. La faccia di chi aveva bisogno di almeno una giornata di sonno. Senza incubi e grida.

Ma era il giorno ventisette, il giorno della raccolta del pizzo. Anzi del *contributo per la sicurezza*, come aveva precisato don Pietro. L'ozio era vietato, in quel giorno. Doveva uscire per forza.

Si preparò con indolenza, poi salì dalla madre, al secondo piano.

«Buongiorno, mammà, come stai?» le disse sull'uscio dell'appartamento.

«Bene, grazie.»

«Che stavi facendo?»

«Leggevo» rispose Manuela mostrandogli un volumetto che aveva tra le mani.

«Che roba è?»

«*Ferdinando*, un'opera teatrale di Annibale Ruccello.»

«Ah, sì?» commentò Tonino più con sorpresa che con curiosità. «Ma dobbiamo parlarne qui sulla porta? Non vuoi entrare?»

«No, vado di fretta, so' passato soltanto a salutarti. T'occorre qualcosa?»

«Niente, non ti preoccupare. Esci con questo tempaccio?»

«Oggi è ventisette...»

Manuela si rabbuiò. Conosceva il significato di quella data. Sapeva che cosa sarebbe andato a fare Tonino di lì a poco. Gli accarezzò una guancia: «Stai attento».

«Sì, tranquilla, mammà.»

«Stai attento» ripeté Manuela con dolcezza. «Non voglio perdere pure te.»

«Non c'è pericolo» disse Tonino dandole un bacio sulla fronte. «Scappo, ti lascio con Ferdinando! E nun te fa' distrarre da don Gaetano, che oggi sta allegro assai!»

Mentre scendeva le scale, fece una telefonata dal cellulare: «Enzu', preparati, te vengo a piglia'».

«Don Toni', non è che vogliamo aspettare che spiove un poco?» provò a replicare Enzuccio. «Ci facciamo un bagno.»

«E pazienza. Per come s'è messa la giornata, 'o sole ce lo dobbiamo scordare. Ci vediamo tra dieci minuti» disse Tonino entrando nel garage.

Dal bauletto dello Scarabeo prese un poncho rosso in nylon e se lo infilò. Era un regalo di Olga. Glielo aveva portato dalla Francia, dopo una vacanza a Eurodisney. Sul retro portava stampigliata la faccia di Paperino.

"Mo' piglio pure 'o 'mbrello, quello grande, così mi riparo di più" pensò.

Sotto la pioggia, curvo sul manubrio, con l'ombrello a spicchi arcobaleno appoggiato sulla schiena, Tonino attraversò la Sanità a filo di gas.

«Papà, guarda, è tornato il circo!» gridò un bambino da una macchina.

Enzuccio era sull'attenti davanti al basso, rinserrato in un impermeabile verde militare. Dal cappuccio gli spuntava solo mezzo viso.

«Che chiavica 'e tiempo!» disse mentre montava sullo scooter dietro a Tonino.

«A chi 'o ddici!» confermò Tonino. «Tiè, mantieni tu l'ombrello. Jamme a fa' quello che dobbiamo fare, poi ce ne torniamo a casa e ce facimme nu tuffo nell'acqua bollente.»

Schivando pozzanghere e auto in coda, arrivarono nella zona di via dei Cristallini. La *loro* zona. Lasciarono lo scooter accanto a una panchina nella parte bassa della strada, all'incrocio con via dei Vergini. Chiusero il poncho e l'impermeabile nel bauletto e s'incamminarono a piedi, stretti sotto l'ombrello.

Enzuccio nelle settimane precedenti, con discrezione, aveva cercato di sapere chi potesse essere stato, tra i commercianti taglieggiati, a smerciare la banconota falsa da cinquecento euro. Ma nessuno dei suoi informatori era stato d'aiuto. Ora si presentava l'occasione buona per compiere un'indagine sul campo.

«Cominciamo da don Oreste 'o macellaio» disse Tonino. «Non me l'ha mai contata giusta.»

Raggiunsero il negozio, sul quale spiccava l'insegna IL BAZAR DELLE CARNI.

Don Oreste col suo garzone Massimino era dietro al banco vendita. Sembrava appena uscito da un quadro di Botero: pancione, orecchie a sventola, cappelletto bianco, gote paonazze. Stava illustrando le virtù di una braciola a una cliente, nel tentativo di convincerla a comprarla: «Signo', questa l'ho preparata io con le mie mani. Dentro c'ho messo il pecorino, 'o petrusino, 'a pancetta, l'uva passera e i pignuoli. Credetemi, dopo il primo morso vi leccate i baffi».

La signora non ebbe il tempo di cogliere la gaffe, perché fu distratta dall'apparizione di Tonino ed Enzuccio.

«Don Oreste amabile!» disse Tonino chiudendo l'ombrello sulla soglia.

La faccia del macellaio passò dallo scarlatto al vermiglio: «Buongiorno, don Toni'. Cia', Enzu'».

«Bella giornata, eh?» fece Tonino.

«Bellissima. Fa veni' voglia di andare al mare» scherzò don Oreste. «Siete venuti a ritirare quel *pezzo*?»

«Sì» confermò Tonino.

Il macellaio si voltò verso il garzone: «Massimi', spiccia tu la signora. Io vado un attimo dietro».

Enzuccio e Tonino lo seguirono nel retrobottega. Don Oreste chiuse la porta, si strofinò i palmi delle mani sul grembiule schizzato di sangue, e da uno stipetto prese una busta gialla. «Ecco qua» disse consegnandola a Tonino.

Tonino la aprì e ne estrasse il contenuto. Tre banconote da cinquecento euro. Le ispezionò con i polpastrelli, le osservò controluce, poi le passò a Enzuccio.

Don Oreste fece un'espressione stupita: «Don Toni', non vi fidate? Non le avete mai controllate, le altre volte».

«Nuovi ordini» replicò Tonino. E lanciò l'amo: «E poi, sapete com'è, abbiamo appurato che nel quartiere stanno girando soldi falsi».

Il macellaio aggrottò la fronte: «Soldi falsi?».

Tonino lo fissò negli occhi per studiarne bene la reazione, e scandì lentamente le parole: «Sì, soldi falsi. Soprattutto carte da cinquecento. A vvuje pe' caso v'è capitato?».

Don Oreste sghignazzò: «A me? Ma non lo dovete pensare nemmeno per passatempo! Secondo voi io sono così scemo che non mi accorgo di una carta da cinquecento falsa? Io verifico pure i centesimi».

"Praticamente m'ha chiamato scemo" pensò Tonino.

«Don Ore', è solo 'na formalità» disse Enzuccio. «Noi lo sappiamo che voi siete una persona attenta e precisa.»

«E ci mancherebbe!» si vantò don Oreste. «Ogni mese ho sempre fatto il mio dovere. Don Pietro lo sa: con me può stare tranquillo. Anzi, ne approfitto per chiedervi un consiglio. Gli vorrei far avere un presente, ma non conosco i suoi gusti, e tengo timore 'e fa' 'na brutta figura. Sarei onorato di recapitargli a casa nu poco di carne fresca. Che so, qualche tracchiulella, 'na collana di salsicce, due o tre pollastri paesani. Eh, che dite? Lo faccio contento?»

«Se posso darvi un consiglio spassionato, evitate i pollastri» disse Tonino. «Non li gradisce molto, soprattutto se so' cotti male.»

«Ma io mica glieli mando cotti! Crudi, glieli faccio avere, appena spennati.»

«Lasciate stare. Crudi o cotti, con le penne o senza penne, niente pollastri.»

«Come dite voi, don Toni'. Per questo mi so' permesso di interpellarvi.»

«Arrivederci, don Ore', ci vediamo il mese entrante» fece Tonino. «Enzu', andiamo.»

Uscirono tutti e tre dal retrobottega. La cliente era indecisa sull'acquisto della braciola: «Secondo me dentro c'è troppa uva passera. A mio figlio l'uva passera non piace. A Natale m'ha fatto buttare quattro panettoni».

Massimino la ascoltava sconsolato, con i gomiti appoggiati sul banco.

«Don Toni', che ne pensate?» chiese Enzuccio in strada. «A me è sembrato sincero.»

«Sarà pure sincero, ma me sta antipatico. Non lo so, tiene un'aria troppo placida, parla comme nu filosofo. So' convinto che è nu grande 'mbruglione.»

«E pappone: tene 'na panza quanto 'a cupola 'e San Pietro! Don Toni', mo' dove andiamo?»

«Al negozio di computer. La busta coi soldi dove l'hai messa?»

«Al solito posto: nelle mutande» rispose Enzuccio toccandosi all'altezza dell'inguine. «Ccà sta 'o sicuro.»

«Bene. Però cerca di non far svegliare 'o topolino, che se la può rosicchiare.»

Risero, riparati sotto l'ombrello multicolore. Scherzavano spesso, quando stavano insieme. Tra loro era nata prima l'amicizia e poi la complicità. S'erano conosciuti un paio d'anni prima, quando Enzuccio, come aiutante di un tappezziere, era andato a casa Esposito a montare una tenda. I suoi modi educati e il velo di tristezza che aveva negli occhi avevano subito colpito Tonino. Due mesi dopo, ottenuta l'autorizzazione di De Luca, Tonino lo aveva promosso suo aiutante, un po' per avere compagnia, un po' per sentirsi più protetto durante le commissioni che svolgeva per il clan.

Entrarono nel *Piccì*, negozietto specializzato nella vendita di prodotti informatici.

Il giovane titolare, Stefano, li accolse freddamente. La loro visita mensile lo disturbava. Avrebbe voluto prenderli a calci, denunciarli, ma sapeva quali sarebbero state le conseguenze. Il negozio lo aveva aperto in estate, e subito gli era arrivata la richiesta estorsiva. Aveva opposto un rifiuto, e dopo tre giorni s'era visto piombare addosso Tatore *Mezarecchia*. Le minacce del guardaspalle di De Luca lo avevano costretto ad abbassare la testa.

Stefano aprì la cassa, tirò fuori una busta e la diede a Tonino. Era gialla, come quella di don Oreste. La *regola* era unica per tutti: busta gialla e banconote da cinquecento vecchie di conio e prive di segni d'identificazione.

Sotto lo sguardo distaccato di Stefano, Tonino ripeté l'operazione di controllo effettuata nel retrobottega della macelleria e girò la busta e i soldi a Enzuccio, che se li ficcò nei pantaloni. Poi passò alla fase inquisitoria. La prese alla larga: «Uno di questi giorni vi torno a trovare».

Stefano si mise sul chi va là: «Come mai, signor Esposito?».

«Mia figlia m'ha chiesto un computer nuovo, e la voglio accontentare.»

«Quanti anni ha sua figlia?»

«Quattordici.»

«Cosa le occorre, un Mac o un Windows? Un palmare, un laptop o un desktop *all-in-one*?»

«No, vuole solo un computer...» disse Tonino frastornato.

«Questo l'ho capito. Ma di che tipo?»

Tonino si guardò attorno. Nel locale c'erano marchingegni di tutte le forme e dimensioni. E lui non ne aveva alcuna cognizione. A stento sapeva cosa fosse un mouse. «Un tipo buono, 'na cosa 'e marca» disse. «Un computer che sa fare tutto. Perché oggi con i computer si può fare tutto, no?»

«Dipende. I computer sono macchine, non esseri umani o divinità. Se ho ben capito, le serve una postazione completa, con stampante, scanner, webcam.»

«Sì, proprio quella completa! A mia figlia non deve mancare niente. Magari m'imparo a usarlo pur'io.» Diede di gomito a Enzuccio: «E una volta che ho imparato, ci stampiamo pure i soldi falsi!».

«Quello sarà un po' complicato» osservò Stefano.

«Perché? Io so che si può fare.»

«Certo che si può fare, ma non si usano i personal computer. Vengono utilizzate attrezzature molto più sofisticate.»

«Come quelle di Totò e Peppino nel film *La banda degli onesti*?»

«Più o meno...»

«E voi queste attrezzature non le tenete?» interrogò Tonino.

«E perché dovrei tenerle?»

«Così, per sfizio. Nei momenti di pausa, tra un caffè e l'altro, mettete a friggere qualche banconota falsa e diventate più ricco.»

«Signor Esposito, io non faccio il falsario. Però, se vi occorre, potrei segnalarvi qualche tipografo di alta professionalità che si presterebbe alla bisogna.»

«Chesta me pare 'na proposta interessante...» disse Tonino mettendosi in bocca una sigaretta.

«La prego di non fumare qui dentro. Lo sa, è vietato dalla legge. Ora scusatemi, devo preparare una consegna.»

Via dei Cristallini era un torrente d'acqua e fango, e la pioggia non accennava a diminuire.

«Se a voi sta antipatico don Oreste, a me sta antipatico questo Stefano» disse Enzuccio. «Avete sentito come v'ha risposto? "Io non faccio il falsario..." Gnegnegnè... So' tutti bravi a parlare, dicono che so' onesti, poi all'atto pratico fanno tutto il contrario. S'atteggiano a santarelli, ma sono più peccatori di noi.»

«Attori, Enzu', so' grandi attori» dichiarò Tonino. «'A vita è nu cinema, e ognuno ti fa vedere 'o film suo. Io stamattina sto capendo 'na cosa: ci possiamo sbattere come vogliamo, ma chi c'ha fatto fessi non uscirà dalla tana. Continuamme 'o ggiro, po' essere ca me sbaglio.»

Tra una salumeria e un minimarket, una rosticceria e una boutique d'abbigliamento, visitarono un'altra quindicina di negozi, e Tonino rifece, con improvvisazioni e adattamenti, il siparietto del controllo delle banconote e delle allusioni. Più di un commerciante pensò che la coppia di esattori del racket potesse avere un futuro come duo comico. Enzuccio si dimostrò un'ottima spalla. In un'officina meccanica enumerò con magniloquenza varie *tecniche di appezzottamento* applicabili a motori e carrozzerie di veicoli d'ogni specie. Si fece talmente trasportare dall'eloquio che Tonino dovette strattonarlo per convincerlo ad andare via.

A conclusione del giro, Tonino riconobbe il fallimento dell'indagine: «Che t'avevo detto, Enzu'? La zoccola non è uscita dalla fogna».

«Don Toni', a me invece si sta svegliando 'o topolino» disse Enzuccio mostrando la patta dei pantaloni rigonfia.

«Rocco Siffredi non è nessuno in confronto a te! Ja', vatti a liberare, così portiamo i soldi a don Armando.»

Enzuccio andò nel bagno di un bar, recuperò le banconote dalle mutande, gettò le buste, e insieme al suo principale s'incamminò verso la casa di don Armando.

'O Raggiuniere li accolse nel suo studiolo all'ultimo piano di un palazzo di vico Traetta, dove da trentacinque anni svolgeva il ruolo di fedele servitore della camorra. I boss della Sanità cambiavano, lui conservava sempre il suo posto di contabile. Più di una volta era stato indagato e processato, ma se l'era cavata con assoluzioni per insufficienza di prove. La sua abitazione era stata passata al setaccio da carabinieri, polizia e guardia di finanza, senza alcun risultato.

Uomo di rare parole, don Armando fisicamente assomigliava a Eduardo De Filippo: guance incavate, mani ossute, due graffiti di rughe intorno agli occhi. Nessuno conosceva la sua età. Sul suo conto correvano voci leggendarie. Si diceva che facesse parte della massoneria, che avesse tre lauree e una cassaforte segreta in una grotta. Lui lasciava dire, e nell'ombra proseguiva la sua attività.

«Enzu', caccia i soldi e dalli a don Armando» ordinò Tonino.

Enzuccio eseguì. Don Armando si umettò il pollice della mano destra e con movimenti veloci contò le banconote. Trentamila euro tondi tondi. Segnò la cifra su un pezzo di carta, vi aggiunse la sigla E.T., lo piegò, ci mise il denaro in mezzo e fece sparire il tutto in una tasca interna della giacca.

«A posto, guagliu', potete andare» dichiarò.

«Don Arma', mi posso permettere 'na domanda?» disse Tonino.

'O Raggiuniere sapeva cosa volesse chiedere E.T. «Prego, Toni'» rispose.

«Il mese scorso, quando vi abbiamo portato i soldi, non vi siete accorto della carta da cinquecento falsa?»

«E sì che me ne sono accorto» disse don Armando. «Quando m'è passata sotto le dita, l'ho riconosciuta subito.»

Tonino ed Enzuccio si guardarono sconcertati.

«E scusate, perché non me l'avete detto?» domandò Tonino.

«Perché non è un compito che spetta a me. Io devo contare il denaro, vedere se è giusto e farlo avere a don Pietro. Tutto il resto non m'interessa.»

«Però con me un'eccezione potevate farla.»

«Toni', questo lavoro non ammette eccezioni. O si fa così o niente.»

«Hai capito, Enzu'? Abbiamo imparato un'altra lezione: le eccezioni non sono ammesse!» vociò Tonino per le scale. «Intanto 'a figura 'e niente l'abbiamo fatta noi. Ah, se fosse ancora vivo mio padre! Jamme a piglia' 'o mezzo e andiamocene a casa, va'.»

Tenendosi abbracciati per non scivolare, tornarono in via dei Cristallini e la percorsero in discesa fino all'incrocio con via dei Vergini, dove avevano parcheggiato lo scooter.

«Mannaggia a Bubbà!» imprecò Tonino appena giunsero sul posto.

Enzuccio non realizzò subito: «State ancora pensando a quello che ha detto *'o Raggiuniere*? E non gli date retta!».

«Ma che cazzo me ne strafotte a me d' *'o Raggiuniere*?! 'O mezzo, Enzu', 'o mezzo: non ci sta più!»

Enzuccio fissò lo spazio attorno alla panchina. Vuoto. Lo Scarabeo aveva preso il volo.

«Ma porca puttana troia!» gridò Tonino.

«Calma, don Toni', calma. Può darsi che è passato 'o carrattrezzi e se l'è portato perché stava in divieto di sosta.»

«Ma qua' carrattrezzi, Enzu'? Hai mai visto un carrattrezzi nella Sanità?»

«No...» ammise Enzuccio.

«E quindi? Se l'hanno arrubbato!»

«Don Toni', riflettiamo: s'arrubbavano 'o mezzo a voi? Proprio a voi? Chi avrebbe il coraggio di farvi questo sfregio?»

«Enzu', mi sai trovare un'altra spiegazione?»

«No...»

«Allora statte zitte, accussì nun dici strunzate!»

Enzuccio non riusciva a capacitarsi: «Cose 'e pazzi, non ci posso credere... Andiamo a fa' 'a denuncia, magari li acchiappano».

Tonino ebbe la tentazione di piegargli l'ombrello sulla testa: «'A denuncia? Enzu', che tu sappia, dopo 'na denuncia s'è mai trovato un motorino, una macchina, un portafogli rapinato? E poi t'immagini, io che vado al commissariato Stella a fa' 'a denuncia? "Buongiorno, ispetto', so' venuto a denunciare il furto del mio mezzo." "Sedetevi, come vi chiamate?" "Esposito Antonio." "Per caso siete parente della buonanima di don Gennaro Esposito?" "Sì, sono il figlio minore." E quello si fa una schiattata di risa che si sente fino a Capri!».

«Questo è vero. Volessimo avvisa' a don Pietro? Lui sicuro che il motorino lo fa ricomparire immediatamente.»

«Peggio ancora! Se lo viene a sapere, sputa in faccia prima a me e poi a te.»

Enzuccio si grattò una tempia: «Ci resta una sola alternativa».

«Quale, Enzu'?»

«Tornarcene a casa a piedi.»

«Bravo.»

«Senza nulla togliere al dispiacere che avete perso il mezzo, ci sto male pure per il fatto che dentro ci stava il mio impermeabile. Per me aveva un valore affettivo: era di mio padre.»

«E tu figurati che lisciabusso mi farà mia moglie quando saprà 'o fatto! Enzu', beato a te che non sei sposato. Il matrimonio è la tombola dell'amore. Per non parlare di Olga, che mi rinfaccerà di aver speso soldi per regalarmi 'o poncho 'e Paperino. Gliel'avevo ordinato io di portarmelo da Eurodisney.»

Tonino rientrò a casa alle tredici e trenta, nero come la notte. Passò davanti alla cucina senza salutare Patrizia e Olga, che erano intente a preparare il pranzo. Si chiuse in bagno, si liberò degli abiti fradici e si fece una doccia. Poi in accappatoio andò nella camera matrimoniale, si distese sul letto come un morto, con le mani intrecciate sulla pancia, e iniziò mentalmente a contare. Arrivato a dieci, Patrizia entrò.

«Che hai passato?» gli chiese la moglie.

«Non mi sento bene.»

«Cioè?»

«Sto moscio. Forse sarà il tempo.»

«Non t'ho sentito entrare col mezzo...»

«L'ho prestato a un amico» fu la prima scusa che gli venne da dire.

«Sì? Non l'avevi mai fatto...»

«E mo' l'ho fatto! Patty, pe' cortesia, lasciami riposare.»

«Riposare? Tu nun faje niente dalla mattina alla sera!»

«Embè, che vuo'? Ti dà fastidio?»

«Uè uè, muoviti, vieni di là a mangiare!»

«Non tengo fame.»

«Vuo' fa' 'o diggiuno? Hai fatto un fioretto?»

«Sì, ho fatto un fioretto alla Madonna di Pompei, va buo'?»

Il telefono di casa squillò.

«Chesta sarà pe' tte, hanno già chiamato prima» disse Patrizia voltandosi verso il corridoio. «Olga, porta il telefono all'ammalato!»

«Chi ha chiamato?» chiese Tonino.

«Il nome non l'hanno detto.»

Olga giunse di corsa e diede a Tonino il ricevitore.

«Pronto...»

Una voce maschile sconosciuta: «Antonio Esposito?».

«Sì, chi siete?»

«Un amico. Sienteme bbuono, Anto': se vuoi riavere il tuo Scarabeo, fatti trovare oggi pomeriggio alle cinque a Porta Piccola, davanti all'ingresso del bosco di Capodimonte. Portaci mille euro.»

Tonino si sentì mancare: «Eh?...».

«Che è, si' surdo? Mill'euro! E mi raccomando, Anto': vieni da solo. Nun fa' scemenze, che ti teniamo sotto osservazione.»

«Allora? Chi era?» domandò Patrizia quando Tonino si staccò il ricevitore dall'orecchio.

«L'amico al quale ho prestato 'o motorino. Più tardi devo anda' a pigliarmelo.»

«Non te lo porta nemmeno fino a qua? Devi andare tu a pigliartelo? Toni', ma tu sei proprio un pachiochio! Andiamo, Olga, jamme a cucina', lasciamo l'infermo a fare il fioretto.»

Cavallo di ritorno.

Tonino pensò per due ore a questa espressione, che nel gergo della malavita indica l'operazione con cui un ladro pretende un *riscatto* in denaro per la restituzione di un'auto o di una moto rubata. Lui della malavita faceva parte, ma adesso era dall'altro lato della staccionata.

"Ha detto bene Enzuccio: so' cose 'e pazzi!" pensava tra sé e sé. "A me, proprietamente a me, fanno 'o cavallo di ritorno? Ma io li devo uccidere, mo' che vado là! Faccie nu massacro, 'na strage, nu quarantotto!"

Meditò di picchiare a sangue gli estorsori. Di acquistare un mitra e di gonfiarli di piombo. Di portarsi dietro un'accetta per farli a pezzi, con l'aiuto di Olga e di Ciruzzo *'o Schiattamuorto*.

Alle sedici e trenta, invece, si ritrovò da solo, e disarmato, su una fermata d'autobus del corso Amedeo di Savoia, ad aspettare un pullman che lo trasportasse sul luogo dell'appuntamento. In tasca aveva le chiavi dello scooter e mille euro prelevati di nascosto dalla cassetta dei risparmi familiari.

Giunto a destinazione, si mise davanti all'ingresso del parco di Capodimonte, come gli era stato ordinato. Aveva smesso di piovere, e dall'altro lato della strada, tra un bar e un'edicola, c'erano alcuni turisti e un gruppetto di giovani.

"Tra di loro ci sta sicuramente il palo" pensò.

Lo Scarabeo gli sbucò alle spalle, dall'interno del parco. Tonino ne riconobbe subito il rumore e si girò. In sella c'erano due ragazzi a volto scoperto, con cappellini di lana calati sulle orecchie.

"Mai visti" pensò Tonino. "Non sono della zona. Brutte facce, sicuramente so' tossici, i più pericolosi."

«Antonio Esposito?» domandò quello seduto dietro. Aveva una mano infilata in una tasca del giubbotto.

«Sì, sono io» rispose Tonino.

Quello davanti mosse la testa per fargli capire di seguirlo.

I due si diressero verso Miano, svoltarono nella prima traversa a sinistra e si fermarono ad aspettare, col motore acceso.

Appena Tonino arrivò a un passo, il ragazzo alla guida parlò: «Hai portato 'e soldi?».

«Sì.»

«E cacciali.»

«Voi datemi prima 'o mezzo.»

Quello di dietro smontò, senza togliersi la mano dal giubbotto. Il tipo seduto davanti fece scattare il cavalletto. Tonino prese le banconote da una tasca dei pantaloni e gliele porse. In quel momento, abbassando lo sguardo, notò che il parafango anteriore dello scooter era danneggiato.

«Oh, me l'avite ammaccato!»

«Può capitare» disse quello con la mano nascosta.

«Come, può capitare? Io vi sto dando mille euro. Ma di dove siete, guagliu'?» si sbilanciò Tonino.

«Nun so' cazzi che ti riguardano. Piglia 'o mezzo e vattenne!»

Tonino rimase impietrito.

«Te si' 'ncantato? Aggie ditto vattenne!» urlò più forte il ragazzo, e diede un violento schiaffo in faccia a Tonino, spaccandogli un labbro.

Tonino sentì in bocca il sapore del sangue. In silenzio, salì sullo Scarabeo. Sganciò il cavalletto e partì. Mentre girava l'angolo, con la coda dell'occhio guardò alla sua destra. I due ragazzi non c'erano più.

Guidò come un automa fino al tondo di Capodimonte. Tremava tutto, per il freddo e per la paura. Si fermò davanti alla basilica dell'Incoronata, si tamponò con un fazzoletto la ferita alla bocca e aprì il vano portaoggetti dello scooter, la cui serratura era stata forzata.

Il libretto di circolazione c'era. Da lì avevano preso il suo nome e il suo indirizzo. Anche il bauletto aveva segni di effrazione. Ne alzò il coperchio e vide che l'impermeabile di Enzuccio e il poncho erano scampati alla violenza.

Paperino gli sorrise, con gli occhioni azzurri e il becco spalancato.

IV

ANIME PEZZENTELLE

Era arrivato il momento. Il filo che li univa era sfilacciato, poteva spezzarsi da un momento all'altro. Aspettare oltre avrebbe significato dover affrontare nuovi litigi, nuove tensioni. Il futuro, a queste condizioni, sarebbe diventato molto più incerto.

Dovevano agire, subito. Chiedere aiuto a chi riusciva a leggere nelle pieghe delle vicende umane, a chi sapeva combattere il Male col Bene.

«Toni', tu stamattina esci?» chiese Patrizia fingendo di sciacquare un bicchiere nel lavello della cucina.

«Penso di sì» rispose Tonino, seduto al tavolo a sfogliare distrattamente un depliant pubblicitario. «Vorrei andarmi a fare 'na lampada. E tu?»

«È finito 'o zucchero, devo andarlo a comprare.»

«'O zucchero? Perché non ci mandi a Olga?»

«No, è meglio che vado io. L'ultima volta m'ha preso 'na marca scadente.»

Erano guardinghi, si osservavano di sottecchi. Ciascuno dei due aveva un segreto. Se lo portava dentro da anni. L'altro non avrebbe mai dovuto conoscerlo. Mai.

Patrizia capì che Tonino non si sarebbe schiodato dalla sedia e decise di fare la prima mossa. «Allora vado» disse asciugandosi le mani con uno strofinaccio. «Tu ce la fai a tornare per ora di pranzo?»

«Sicuramente» rispose Tonino con falsa indifferenza. «Non ci metto molto.»

Patrizia prese una giacca a vento giallo fluo dall'attaccapanni nel corridoio, la indossò sopra la tuta rosa, si mise una borsetta a tracolla e uscì.

Non appena sentì chiudersi la porta, Tonino andò fuori, sul balconcino. Si appoggiò con i gomiti sulla ringhiera, vide Patrizia allontanarsi con la Smart verso via Buonomo, si fumò una sigaretta e rientrò in cucina. Guardò l'orologio sulla parete. Le nove e trenta. "È presto" pensò. "Vado più tardi, con calma. Tanto 'o Capitano può attendere."

Patrizia arrivò in perfetto orario all'incontro che aveva fissato tre giorni prima. Quando suonò il campanello dell'appartamento dove era già stata tante volte, mancavano due minuti alle dieci. Su una targhetta accanto alla porta, al terzo piano del civico tredici di piazza Cavour, era inciso un nome: WANDA.

Un ragazzo dalla carnagione olivastra le venne ad aprire e la fece accomodare in una stanza. «Vado a chiamare la signora» disse.

Le pareti erano ricoperte di drappi rossi. Al centro un tavolino tondo con due sgabelli. In un angolo un mobiletto basso su cui erano poggiati cofanetti, piccole sculture di foggia orientale, statuine di Madonne, candele, bambole di pezza.

Wanda si presentò vestita con un caffettano turchese, le mani piene di anelli, due grossi orecchini d'oro a cerchio, i capelli corvini raccolti con una fascia. «Me lo sentivo che saresti venuta questo mese, Patty» disse con voce pacata. «A febbraio si sente sempre il desiderio di purificarsi.»

Da cinque lustri Wanda svolgeva il lavoro di cartomante professionista. S'era diplomata nella prestigiosa Accademia degli Arcani di Marsiglia ed era considerata un talento delle arti divinatorie. A

Napoli la chiamavano *'a Riggina d' 'o Tarocco*. Dal lunedì al sabato, nei giorni dispari riceveva nello studio di piazza Cavour, in quelli pari ai Quartieri Spagnoli. La domenica andava in diretta su una decina di tv locali. Il ragazzo che aveva fatto entrare Patrizia le faceva da segretario e autista. Era filippino, si chiamava Crisanto.

Patrizia faceva visita a Wanda da due anni, da quando aveva cominciato ad avvertire la necessità di sfogarsi con qualcuno estraneo alla sua cerchia familiare e capace di ascoltarla e confortarla. Wanda era per lei una confidente, una guida, un'amica. A pagamento, però.

«Ma come stai agitata, che t'è successo?» disse la cartomante.

«Mi devi aiutare. Tengo bisogno di sentire i tuoi consigli.»

«Assettammece, accussì mi racconti.»

Presero posto sugli sgabelli.

«Hai fatto discussione con Tonino?» chiese Wanda.

«Ormai con Tonino faccio discussione tutti i giorni. Nun 'o capisco cchiù. Sta strano, fa 'o muto, gira per la casa senza dicere 'na parola. Me pare nu depresso, è pieno di ansietà. E ultimamente dalla cassettina dei risparmi ha fatto spalommare più di mille euro. Che se ne doveva fare?»

«Forse tiene qualche difficoltà.»

«Se pure la tiene, perché non me lo dice? Che ci sto a fare io, 'a bella statuina?»

«Patty, tu lo devi addomesticare con la calmezza» suggerì Wanda. «Ci devi parlare quatta quatta, senza arraggiarti. Io ti conosco: tu si' 'na femmena verace, passionale, e te faje piglia' dalla foga.»

«Io all'inizio faccio così. Poi lui s'incazza, e subito m'incazzo pur'io.»

«Ma tu gli vuoi sempre bene?»

«Sì. È l'amore mio, tu lo sai. Siamo cresciuti insieme. Quattro anni fa ho avuto quella crisi di cui t'ho parlato, ma po' m'è passata. Pe' isso e per i miei figli mi farei uccidere.»

«Tieni sospetto che se la fa con qualcun'altra?»

«No, nun è 'o tipo.»

«Vogliamo vedere che cosa ci dicono le carte?»

«So' venuta per questo.»

Wanda si alzò, accese una candela e un bastoncino d'incenso, depose sul pavimento una coppa di cristallo piena d'acqua, aprì un astuccio di legno intarsiato, ne estrasse un panno di seta color porpora e lo collocò sul tavolino. Con un delicato movimento delle dita, distese i lembi della stoffa. Il mazzo di Tarocchi mostrò tutta la sua fascinazione. Wanda lo allargò a ventaglio, soffermando lo sguardo sugli Arcani Maggiori. Riallineò le carte, le strinse fra il pollice e l'indice della mano destra e agitò il mazzo per sette volte pronunciando ad alta voce i nomi dei pianeti che governano i giorni della settimana: «Luna, Marte, Mercurio, Giove, Venere, Saturno e Sole!».

Ridispose le carte sul tavolino, vi appoggiò la mano destra e si concentrò per esporre la formula: «Gira ligno e gira pigno, gira sole e gira mare, voglio subito nu segno e la forza di stregare! Manitù e Belzebù, Satanasso e Mustafà, fatemi sape' 'a verità!».

Mischiò le carte con un movimento circolare da destra a sinistra e sentì che le sue energie si stavano trasmettendo ai Tarocchi. Li depose con le illustrazioni rivolte verso il basso, li tagliò in tre gruppi e li unì di nuovo in modo che si disponessero diversamente da come erano prima del taglio.

Replicò l'operazione per tre volte, poi sistemò le carte al centro del tavolino e si sentì pronta a effettuare la stesura. Decise di applicare quella a croce, la più semplice.

«Si' pronta?» chiese a Patrizia.

«So' pronta.»

«Allora fai la domanda.»

«Voglio conoscere il destino dell'amore mio con Tonino.»

Wanda scoprì la prima delle cinque carte, quella più vicina a Patrizia. Il disegno raffigurava un uomo che trasportava una bisaccia e si reggeva su un bastone. La parte posteriore dei suoi pantaloni era calata, e un cane lo stava azzannando a un polpaccio. Era l'unica carta senza numero degli Arcani Maggiori. La carta del Matto.

«Accuminciammo bbuono!» commentò Wanda.

«Perché?» domandò Patrizia inquieta.

«'O Matto significa incertezza, indecisione, non sapere in che direzione andare. Certe volte può essere un invito a farsi trascinare dalla vita, senza troppi pensieri. Altre volte vuol dire turbamento, pazzarìa. Ma vediamo mo' che succede...»

Girò la seconda carta, quella alla sua sinistra. Apparve un pentagramma di spade su un mare agitato, sormontato dall'occhio di Dio.

«'O cinque di spade» disse pensierosa. «Questa vuol dire che c'è stata 'na sconfitta e un disonore.»

Sollevò la terza carta, quella più vicina a lei. Comparì un cavaliere sopra una coppa da cui uscivano fiori.

«'O cavaliere di coppe, un altro Arcano Minore. Sta a indicare 'na persona che si sente debole e abbacchiata. 'Na persona di animo sensibile, insomma, che si chiude dentro se stessa ogni volta che viene criticata. Ma andiamo avanti...»

Wanda svelò la carta alla sua destra. Quattro coppe tracciate su un quadrilatero. Al centro un'aquila appena staccatasi dal suo uovo. In alto il segno dei Gemelli, ai lati spighe e frutti.

«'O terzo Arcano Minore consecutivo!» imprecò *'a Riggina d' 'o Tarocco*.

Patrizia sobbalzò: «Wanda, me staje facenne veni' 'e palpitazioni!».

«E non esce 'na carta buona! Comunque questa tiene un doppio senso: può significare crisi sentimentale, delusione, gelosia, ma pure fecondità, ricerca 'e stabilità. Per comprendere definitivamente 'a situazione, dobbiamo alzare l'ultima carta. Patty, tu si' pronta?»

«So' pronta.»

«Stai concentrata?»

«Sto concentrata.»

Wanda scoprì la carta al centro della croce e la esaminò con un'espressione di sconforto. Raffigurava un uomo appeso per un piede, con le mani legate dietro la schiena. Ai suoi lati c'erano due tronchi d'albero, entrambi con sei rami tagliati.

«'O ssapevo: 'o dodicesimo Arcano Maggiore, l'Appeso.»

«Che vo' dicere?» chiese Patrizia.

«Vo' dicere che ci dev'essere un'espiazione, un sacrificio, un martirio.»

«Allora io e Tonino moriremo?»

«Ma no!»

«Resteremo feriti?»

«Feriti? Dove?»

«E che ne saccio? Forse faremo un incidente con la macchina?»

«Ma qua' incidente, non diciamo panzanate!»

«Wanda, tu hai detto che capiterà un sacrificio, un martirio...»

«Sì, ma non intendevo un incidente. L'Appeso fa capi' che ci sta un rinnovamento in corso, nu cambiamento forte. E si sa: per cambiare, bisogna fare dei sacrifici.»

«Mo' ho capito!»

«Patty, come hai visto, 'e carte so' state oneste. Hanno detto le cose chiare e pulite. Si so' espresse, hanno parlato di te e Tonino. Tonino sta male, ha avuto qualche delusione lavorativa oppure dagli amici, e sta passando un momento di languidezza. Tu gli devi stare vicina, devi accondiscenderlo, perché ti ama pure lui e vuole essere un uomo migliore.»

«Va bene...»

«A letto come va? Da quanto tempo non scopate?»

«Dall'anno scorso» rispose Patrizia a disagio.

«Dall'anno scorso? Voi state nel pieno della gioventù e dell'arrapamento, e non scopate dall'anno scorso? Patty, cerca di scetarti un poco. E soprattutto, cerca di far scetare gli ormoni, primma ca fanno 'a muffa e muoiono di solitudine. Io all'età tua gli uomini li facevo abballare! E ancora oggi, a quasi sessant'anni, se voglio, me faccio vale'.»

«Va bene, mi farò valere anch'io.»

«Non dire sempre *va bene* e poi ti scordi. Io ti conosco: tu si' capatosta. Scopa. Oggi stesso. Zompalo addosso, violentalo, strapazzalo. Mangiatelo a morsi! Tu tieni 'e qualità, dimostrale.»

«Lo farò, Wanda, t' 'o garantisco» disse Patrizia mettendosi una mano sui seni.

Si salutarono con un abbraccio e con la promessa di risentirsi al più presto.

Prima di lasciare l'appartamento, Patrizia pagò la parcella a Crisanto: cento euro. Altri dieci glieli lasciò di mancia.

Affrontò le scale tutta impettita: «Toni', stasera ti faccio vedere che femminona tieni a fianco!».

Tonino era uscito di casa da poco e stava percorrendo via Fontanelle a bordo del suo scooter. Superò la chiesa di Maria Santissima del Carmine ed entrò nel primo varco a sinistra. Parcheggiò lo Scarabeo e si diresse verso la guardiola del custode.

Lo trovò a leggere il giornale: «Neh, Mimmo, vuoi diventare più intelligente?».

Mimmo alzò gli occhi con un mezzo sorriso: «Oh, don Toni', buongiorno! Stavo leggendo 'o fatto di questo ricercato che è andato a trovare un amico in prigione. E teneva addosso pure 'na bustina 'e cocaina. Chisto è proprio strunzo! Ovviamente l'hanno arrestato».

«Eh, mo' isso e l'amico si fanno 'na bella tirata in compagnia.»

«Originale!» disse Mimmo ridendo. Poi fece l'espressione seria: «Siete venuto a parlare col Capitano?».

«Sì. 'A situazione è tranquilla?»

«Tranquillissima. Dentro ci sta solo 'na coppia di tedeschi. Stanno già da parecchio, tra poco dovrebbero uscire.»

«Bene, cheste so' pe' tte» disse Tonino passando a Mimmo una banconota da venti euro. «Damme 'a siggiulella e per una mezz'oretta non fare entrare a nessuno.»

«Sicuramente» confermò Mimmo. E passò a Tonino una sediolina pieghevole di plastica.

Tonino si alzò il bavero del giaccone e s'incamminò verso l'ingresso: un'apertura di forma trapezoidale alta più di dieci metri, scavata nel tufo. La linea di confine tra il mondo dei vivi e quello dei morti. La *porta* del cimitero delle Fontanelle, il gigantesco ossario dove i *salmatari*, a partire dal Seicento, avevano ammassato i resti di persone sconosciute morte di peste, di fame, di terremoti. Strati su strati di sepolture. Uomini, donne, bambini senza nome. *Anime pezzentelle*, le chiamava la gente. Cinquantamila, centomila: nessuno era mai riuscito a stabilirne il numero.

Nell'Ottocento alcuni cittadini della Sanità e di Materdei, sotto la guida di un sacerdote, Gaetano Barbati, avevano ordinato in cataste le ossa presenti nella caverna e allestito edicole, teche, altari. Era così nato spontaneamente, nonostante gli ammonimenti delle autorità ecclesiastiche, un intenso culto popolare, e le spoglie degli sconosciuti defunti avevano cominciato a ricevere cure e attenzioni. Ogni devoto *adottava* un teschio. «Chesta è 'a capuzzella mia!» diceva. Lo ripuliva, lo sistemava in una vetrinetta di legno o di latta, gli riconosceva un nome e una storia, a volte svelata in sogno. Lo addobbava con fiori, rosari e merletti. Andava tutti i giorni ad accarezzarlo e a dedicargli *'o refrisco*: una litania a conforto delle pene che la sua anima stava patendo nel Purgatorio. In cambio, gli chiedeva la guarigione da una malattia, una vincita al lotto, lo scioglimento di un maleficio. Se la *grazia* non avveniva, riportava la capuzzella nella massa indistinta degli altri teschi e ne sceglieva un'altra con cui iniziare daccapo la procedura.

Tonino conosceva queste storie dall'infanzia. Gliele aveva raccontate suo padre, e con lui aveva fatto spesso visita alle capuzzelle. Il luogo gli era familiare, ma gli incuteva sempre timore, deferenza, trepidazione.

Entrò nella caverna e si fece il segno della croce. Attraversò la navata dei Pezzentelli, guardò i recinti pieni di teschi e sostò davanti all'ossoteca: una grossa edicola votiva che aveva al centro una statua del Cristo e ai lati, a formare un macabro mosaico, centinaia di crani, femori, scapole, tibie, peroni. Percorse la navata degli Appestati e la navata dei Preti, e vide che la coppia di visitatori tedeschi stava fotografando la statua di san Vincenzo Ferrer, priva della testa. Tonino si ricordò di quando aveva un cranio nella parte superiore.

Completato il giro, si fermò a pochi passi dalle tre grosse croci di legno che dominavano la sala del Tribunale. Spiegò la sediolina e la sistemò davanti alla balaustra di un recinto in cui erano allineati teschi a centinaia. Tra questi, ve n'era uno che si distingueva da tutti gli altri. Si trovava in una teca di ferro e vetro, ed era l'unico ad avere un'orbita oculare cerchiata di nero. Il teschio del Capitano.

Secondo una leggenda, una ragazza povera aveva adottato questo cranio e gli rivolgeva premure e preghiere, supplicandolo di farle trovare un bravo marito. Il desiderio venne esaudito, e prima del matrimonio la giovane andò a omaggiare il teschio per la grazia ricevuta. Nel giorno delle nozze, in chiesa apparve un tipo eccentrico in divisa da ufficiale spagnolo, che al passaggio degli sposi sorrise alla ragazza facendole l'occhiolino. Per gelosia, il marito lo colpì a un occipite con un pugno. Dopo il viaggio di nozze, la novella sposa tornò nel cimitero delle Fontanelle per ringraziare ancora il teschio, e notò che attorno alla sua orbita oculare sinistra era comparso un cerchio scuro. Ben presto si gridò al miracolo. Alla sconosciuta capuzzella fu dato il nome di Capitano, e molti cominciarono ad attribuirle prodigi, magie, interventi soprannaturali.

«Ossequi, Capita'» disse Tonino sedendosi.

«Salve, Tonino, bentornato.»

Una voce forte e chiara. Tonino l'aveva sempre udita così, senza intermediazioni mentali. *Quella voce* non era frutto della sua fantasia. La sentiva davvero.

«Capita', avete visto che umidità fa oggi?»

«Avrei la tentazione di risponderti che mi è entrata nelle ossa, ma sarebbe una battuta plebea.»

«È vero, scusatemi… Come state? Vi trovo sciupato.»

«Potrebbe andare meglio, ma non mi lamento. Nella mia condizione sarebbe inutile. Dove sto io adesso, badano poco alle apparenze. Tu che mi dici? Ho saputo che hai avuto qualche problema con don Pedro e che hai subìto un furto.»

«Colpa mia, solo colpa mia» rispose Tonino. «Ma farei carte false per sapere chi mi ha rifilato i cinquecento euro falsi e chi sono i due che m'hanno fatto 'o cavallo di ritorno per il motorino. Capita', voi ne avete notizia?»

«Anche se ne avessi notizia, non te lo direi.»

«Perché?»

«Perché non sono uno spione. E perché ti meriti queste lezioni e tutte quelle che verranno. *Chi va per questi mari, questi pesci piglia*: i tuoi saggi antenati partenopei non si sbagliavano. Il tragitto l'hai scelto tu, dunque proteggiti bene da questi tempi burrascosi. Porta con te una buona bussola e usa l'ingegno. Ecco, guardati attorno, guarda questo sepolcro. Cosa vedi? Ossa. Migliaia e migliaia di ossa di esseri umani che non hanno potuto o saputo difendersi dalle tempeste della vita. Spoglie innominate, *anime pezzentelle*, comprese quelle del nobile Carafa e della sua signora.»

I resti di Margherita Petrucci e di suo marito Filippo Carafa, conte di Cerreto dei duchi di Maddaloni, giacevano in due bare polverose ricoperte da lastre di vetro. Vestiti con abiti settecenteschi, erano gli unici scheletri interi e conosciuti del cimitero. Il teschio della donna, in parte mummificato, aveva la bocca spalancata in una smorfia di terrore. Si raccontava che fosse morta soffocata da uno gnocco.

«Capita', io per voi tengo rispetto e ammirazione. Quello che mi dite per me è vangelo. Vi considero come un padre, pure perché a mio padre non posso più domandare consigli.»

«Ti ringrazio, Tonino, ma io non ho alcuna intenzione di sostituire don Gennaro. Un genitore deve stare accanto ai propri figli ogni giorno, ogni ora. E io non posso.»

«Ma dove state mo', a mio padre l'avete incontrato?» chiese Tonino con tono speranzoso.

«Non ancora. Siamo in posti differenti e lontani.»

«Se vi dovesse capitare di vederlo, me lo salutate?»

«Stanne certo.»

«Capita'...» sibilò Tonino.

«Cosa vuoi dirmi? Che fra te e Patrizia le cose non vanno come dovrebbero? Lo so. E debbo, ahimè, confessarti che io sono il meno indicato a darti consigli. Vuoi sapere chi ha cagionato la mia morte?»

«Se volete...»

«Una donna. Fu una donna a condurmi all'oblio. Divenni l'amante di una dama leggiadra, bellissima, già maritata. "L'uomo è di fuoco, la donna di stoppa, il diavolo arriva e soffia" scrisse il mio conterraneo Cervantes. Ebbene, il di lei consorte scoprì la nostra relazione e mi sfidò a duello. Quando la sua spada mi trafisse il cuore, pensai a quanto ero stato stolto. Io che avevo combattuto con valore in tante battaglie e avevo affrontato mille perigli e acerrimi nemici, perdevo la vita per un ghiribizzo d'amore!»

«Dove successe il fatto?»

«Qui a Napoli, dove ero di stanza col mio esercito. Per il disonore, il mio corpo fu gettato nella fossa comune della chiesa di San Paolo Maggiore. Poi un giorno i *salmatari* mi portarono qui.»

«È 'na storia tragica e commovente» commentò Tonino. «Ma qual è il vostro nome?»

«No, Tonino, questo non posso rivelartelo. Preferisco conservare l'anonimato. Se si venisse a sapere la mia identità, mi porterebbero via di qui, mi farebbero un funerale d'onore e finirei inumato in un mausoleo, da solo. No, io voglio rimanere in questo luogo, capuzzella tra le capuzzelle. Voglio ascoltare le storie di questi umili defunti, piangere e gioire con loro, sentirmi in compagnia. Qua dentro la solitudine non si avverte. Là fuori sì.»

«Capita', allora voi siete davvero 'na persona importante come dicono.»

«Non *sono*. Fui. La mia gloria è passata. Passa per tutti. Non comprendo la gente che si incaponisce a inseguirla. Tonino, tu conosci il nome di questa sala?»

«Sì. La sala del Tribunale.»

«Allora saprai pure che qui, sotto le tre croci, si radunavano i capi della criminalità, e al loro cospetto i giovani aspiranti delinquenti dovevano pronunciare un giuramento di sangue. Per sentirsi forti, per sentirsi maschi. Sai quanti di loro sono ancora vivi? Nessuno. E nessuno più se li ricorda. *Quello che io ero tu sei, quello che tu sarai io sono*. Con questo non voglio muovere una critica alla tua scelta di appartenere, come tuo padre, a un'organizzazione malavitosa. Non spetta a me giudicare. Ma ti invito a una riflessione morale. La prepotenza non ha futuro.»

«È difficile, Capita'. Bisogna starci dentro, per capire cosa si prova» fece Tonino.

«Io so cosa provi, e sono convinto che potresti provare cose di gran lunga migliori. Pensaci.»

«Ci ho pensato tante volte, e nun so' riuscito a cambiare idea.»

«Continua a farlo, continua a pensarci. Quanto a Patrizia, posso solo dirti che puoi tranquillamente salvare il rapporto. Lei è pazza di te.»

«E se mi tradisce? Stamattina è uscita di casa con una scusa cretina. Chissà che cosa è andata a fare.»

«E tu perché non l'hai seguita?»

«Perché tengo paura di scoprire qualche brutta verità. A quel punto la uccido.»

«La uccidi?» sbottò il Capitano. «Che cos'è per te *uccidere*? Una frivolezza? L'assassinio è un atto orrendo. Te lo dice uno che l'ha provato tante, troppe volte. Tonino, tu non hai da scoprire nessuna brutta verità. Patrizia non è andata a fare nulla di male. Comprendila, amala, rispolvera il talamo nuziale, oggi stesso. A letto si risolve ogni ostilità.»

«Grazie, Capita'.»

«Di niente. Sono io che ti ringrazio per l'affettuosità che mi dimostri. Ora esci, prima che il povero Mimmo sia sottoposto a linciaggio.»

Tonino trovò il custode delle Fontanelle a discutere animatamente con una comitiva di turisti romani.

«Vi ho detto e ripetuto che dovete aspettare» stava dicendo. «È in corso un sopralluogo tecnico. Non posso farvi entrare se prima non esce il geometra.»

Con la sediolina sotto un'ascella, Tonino si fece notare da Mimmo: «Sto qua, ho finito».

«Er geometra der cazzo!» inveì un ragazzo.

«'O cazzo 'e soreta!» rispose Tonino, e fece per tirargli addosso la sediolina.

Mimmo gli bloccò il braccio: «Geometra Esposito, lasciate perdere, state calmo». Poi annunciò al gruppo: «Mo' potete accedere!».

La comitiva si diresse verso la caverna.

«Don Toni', stavolta siete stato più del solito» rimproverò Mimmo. «Non riuscivo a mantenerli.»

«Hai ragione, mi devo stare attento. Quando sto là dentro 'o tiempo vola.»

«Là dentro il tempo non esiste» disse Mimmo.

Patrizia e Tonino passarono il pomeriggio e la serata a scambiarsi occhiate languide e a desiderarsi col pensiero. In casa nessuno notò le loro smanie. Solo Giggetto e Sansone sospettarono qualcosa. Il coniglio fu sepolto da Patrizia sotto una cascata d'erba mazzolina, mentre l'iguana si vide donare da Tonino quattro banane e un cespo di lattuga.

Sul tardi, quando Genny e Tina andarono a dormire nelle loro camerette, Patrizia avvisò Tonino: «Mi vado a fare un bagno caldo caldo. Capisci a me».

"Capisci a me?" pensò Tonino guardando la moglie allontanarsi sculettando. "Io mo' ti straccio!"

Patrizia chiuse la porta del bagno senza girare la chiave, azionò lo scaldino e girò il rubinetto della vasca. Accese tre candele profumate e le mise sul pavimento. Sintonizzò a basso volume la radiolina portatile su Partenope Sound e svuotò nell'acqua una bottiglia di bagnoschiuma al sandalo e un flacone di sali alla cannella. Si denudò, spense la luce e sparì tra la schiuma e i vapori.

Quando Tonino con mano felpata aprì la porta, capì, lui che non era mai stato in val Padana, cosa fosse la nebbia.

«Patty,» disse «addò staje?»

«Qua» rispose l'ombra di Patrizia.

«Qua dove? Nun se vere manco 'o cazzo.»

«Ma che volgare, rovini tutta l'atmosfera. Dove posso stare, secondo te? Nella vasca.»

«E che so' 'ste candele? È morto qualcuno?»

«Nun fa' 'o scemo, vieni...»

Tonino si spogliò, spense inavvertitamente una candela con un tallone procurandosi una scottatura, diede una ginocchiata al bidet e si lanciò nella vasca facendo tracimare l'acqua.

«Mamma mia, e come stai ingrifato» disse Patrizia.

«Tengo gli arretrati» le rispose Tonino afferrandole i seni.

Quella era la parte del corpo di Patrizia che più lo attizzava. Da sempre. Quando l'aveva vista per la prima volta per strada, all'età di sedici anni, le aveva detto: «E che zizze ca tieni!». Patrizia aveva apprezzato: «È tutta robba genuina».

Fecero l'amore con impeto, cercando di non fare troppo rumore per non svegliare i ragazzi. Poi s'asciugarono, e mezzi nudi si spostarono in camera da letto, dove continuarono la performance sotto la tutela di padre Pio. Si rotolarono per terra e sperimentarono svariate tecniche di sesso acrobatico.

Sulla posizione a fenicottero Tonino fu colpito a tradimento da un crampo a una chiappa e dovette alzare bandiera bianca.

Patrizia si rivelò una massaggiatrice deliziosa.

V

Senza innocenza il sorriso muore

Con le mani dietro la schiena, Gaetano ciondolava per la camera da pranzo e ogni quattro passi si fermava per acciuffare un pensiero e mettere assieme le parole giuste per esprimerlo. Nel terrario Sansone, coricato su un sasso, ne seguiva i movimenti dilatando o stringendo le pupille.

«Eh, caro Sansone, che ne sai tu quello che abbiamo passato noi napoletani? Che ne puoi sapere tu, povera bestia? Lutti, catastrofi, invasioni, occupazioni, terremoti, maremoti! Di tutto, Sanso', di tutto, te l'assicuro. L'ho imparato sopra ai libri. Parola di Gaetano Scognamiglio. Un tempo eravamo la capitale dell'arte e della cultura. Da noi i nobili e i fini letterati venivano a fa' 'o *Grand Tour*: Montesquieu, Goethe, Stendhal. Venette pure Mozàrt, insieme al padre. 'O cchiù grande talento d' 'a musica, tu ci pensi? Mozàrt!»

Sansone dovette pensarci, perché sollevò la coda di mezzo centimetro.

«*Confutatis maledictis, flammis acribus addictis, voca me cum benedictis!*» cantò Gaetano. «Mozàrt, sangue di Bacco! Mo' invece siamo 'a capitale d' 'a munnezza!»

Patrizia si scapicollò nella stanza, convinta che suo padre si stesse azzuffando con qualche fantasma. Si accertò che fosse incolume e pimpante, fece spallucce e se ne tornò in cucina.

«Che scuorno, Sanso', che scuorno…» riattaccò Gaetano. «Io non riesco a farmi capace. Siamo un popolo sventurato. Epperò non ce la possiamo prendere solo con la malaciorta. No, non possiamo. Abbiamo le nostre gravi responsabilità. Milioni di volte ci siamo fatti abbabbiare come dei mammalucchi, e quando abbiamo avuto la libertà non l'abbiamo saputa mantenere. Ognuno qua è arrivato, è entrato nelle nostre case e ha fatto carne da macello. E noi a fare gli umili servitori: "Cosa desiderate, un piatto di maccheroni, un cambio di lenzuola tre volte al giorno, 'na cameriera personale? Prego, vi accontentiamo subito! Ci volete aumentare le gabelle? E che problema c'è? Volete ingrassarvi nei migliori palazzi di Napoli? Accomodatevi!". Nel solo periodo del Vicereame, e cioè per più di due secoli, avimme avuto 'na sessantina di governatori spagnoli e austriaci. Principi, cardinali, conti, marchesi, duchi, ammiragli: 'a ggente nun faceva a tiempo ad abituarsi a uno, che già ne era stato nominato un altro.»

Gaetano si appoggiò con un braccio al terrario, incrociò i piedi e alzò gli occhi al soffitto, come se dovesse scattarsi una foto in posa ispirata.

«Tu immagina, Sanso': l'imperatore Giustiniano mandò a Napoli 'o generale Belisario per scacciare i Goti. Quello sai che fece? Non lo sai? Te lo dico io: fece un trucco di prestigio. Entrò in città con i soldati passando per l'acquedotto. Hai capito, Sanso'? Pe' sotto terra. Quasi mille anni dopo, nel Cinquecento, Alfonso d'Aragona entrò a Napoli con lo stesso stratagemma e levò di mezzo gli Angioini. E intanto noi che stavamo a fare? Guardavamo. Aspettavamo 'o carro dei vincitori per salirci sopra. Che scuorno, Sanso', che scuorno!»

Entrò Genny con aria festante: «Nonno, so' pronto!».

«Bravo, adesso andiamo» disse Gaetano. Si lisciò i baffetti e il papillon arancione, si abbottonò il cardigan a rombi e prese commiato dall'iguana: «Sanso', mi devo assentare per mezza giornata. Continuiamo la conversazione nel pomeriggio: ti voglio raccontà' altri fattarielli simpatici. Oggi è arrivata 'a primmavera, e m'ero impegnato con mio nipote qui presente, che tu ben conosci, di portarlo all'Edenlandia. Cosa che adesso farò. In mia assenza, non fare come al solito, che te ne stai zitto e muto qua dentro senza movere nu passo. Fa' un poco di educazione fisica, se no diventi troppo chiatto».

Sansone irrigidì un muscolo del dorso.

Gaetano e Genny uscirono di casa mano nella mano. A piedi raggiunsero la stazione della metropolitana di Materdei, presero un treno diretto al centro, scesero dopo una fermata, al Museo, e cambiarono linea per dirigersi verso Fuorigrotta.

Per l'intero tragitto Genny mangiò salatini e crostini, mentre Gaetano ammirò le carrozzerie viaggianti delle signore, paragonandole idealmente alle forme bombate della prima, indimenticabile vettura della sua giovinezza: una Fiat 1100 color crema, con i fregi cromati e i sedili in pelle bordeaux.

Anche Manuela e Tina decisero di festeggiare la primavera con un'escursione fuori rione. Andarono alla reggia di Capodimonte, dove era in corso una mostra sul Barocco napoletano: Luca Giordano, Battistello Caracciolo, Jusepe de Ribera, Mattia Preti. E lui, il più grande di tutti: Michelangelo Merisi. Il Caravaggio. L'artista delle tenebre e dei lampi.

Tina si fermò turbata davanti alla *Flagellazione di Cristo*.

«È una delle opere più toccanti di Caravaggio» le disse la nonna. «Guarda: le parti laterali della tela sono buie. Anche le figure dei tre torturatori sono in penombra. La luce è tutta al centro, sul corpo martoriato del Cristo. È lì che l'artista vuole che si posi il nostro sguardo. Sullo strazio, sul dramma che si sta consumando.»

«Sembra un quadro tridimensionale» disse Tina. «Come faceva a dipingere così?»

«Ah, lui è stato un vero rivoluzionario. Nella sua bottega usava la tecnica della *luce radente*. Prendeva dei modelli e con un gioco di bagliori e di specchi illuminava i loro corpi solo in parte, per far risaltare i particolari che riteneva più importanti. Poi abbozzava un disegno sulla tela, preparava i colori e i pennelli e liberava il suo estro.»

«Ma era una persona sofferente?»

«Sì, Tina, sofferente e ribelle. Ebbe spesso problemi con la giustizia. Aveva un carattere irruento e in più di un'occasione fu arrestato per risse, ingiurie, lesioni. Genio e sregolatezza, insomma. A Roma arrivò a uccidere un suo rivale e fu condannato a morte per decapitazione. Con l'aiuto di un nobile riuscì a fuggire, e dopo vari spostamenti giunse a Napoli.»

«A Napoli?»

«Sì, proprio a Napoli, ai Quartieri Spagnoli, non molto lontano da dove abitiamo noi. Ci stette un anno, poi andò via. Dopo altre avventure tornò qui e fu ospitato da una marchesa, Costanza Colonna. Si infilò in altri pasticci e durante un'aggressione rimase sfigurato al volto. Lo diedero per morto.»

«Invece come morì?»

«Per un'infezione, mentre cercava di recuperare in Toscana un suo quadro che gli era stato sottratto. Non aveva ancora compiuto quarant'anni. Lo seppellirono in una fossa comune, come poi sarebbe capitato a Mozart e a Leopardi.»

Tina lanciò un'ultima occhiata all'opera. Il personaggio raffigurato a sinistra sembrò muoversi, nell'atto di strappare i capelli al Cristo e di colpirlo con un fascio di rami.

Il luogo comune tende ad attribuire compostezza e sobrietà di comportamento alle persone di una certa età e atteggiamenti vivaci ed esuberanti agli sbarbatelli. Chi avesse visto in quel momento Gaetano e Genny sulle montagne russe del luna park Edenlandia non solo avrebbe rigettato questa opinione ma anche dubitato delle facoltà mentali di nonno e nipote.

Genny, col batticuore, alla prima curva aveva artigliato le maniglie del vagone e ritratto la testa, come il pavido pilota Zilly dello *Squadrone Avvoltoi*. Dal giubbetto gli affiorava solo la cresta gelatinata.

Gaetano era scatenato. Si sbracciava, salutava tutti, esultava al pari di un calciatore che ha segnato un gol in una finale della Coppa del Mondo. Nelle discese a cento all'ora si tolse pure il papillon e lo fece volteggiare come la pala di un elicottero.

Al termine della corsa, pizzicò il nipote: «Guaglio', t'è venuta 'a cacarella, eh?».

Genny non trovò il fiato per opporre obiezioni.

«Facciamoci un altro giro, accussì te passa 'a paura.»

«Ne abbiamo fatti già tre, nonno!»

«Ti compro dieci album completi di figurine.»

«No!»

«Per la miseria, allora si' rimasto proprio impressionato! Io all'età tua scalavo i muri dei palazzi. Forza e coraggio, jamme a fa' 'o percorso avventura.»

Genny sentì salirsi alla gola i salatini e i crostini ingurgitati in metropolitana, e per poco non li riportò alla luce. Il quarto d'ora successivo lo visse alla Indiana Jones, sospeso su ponticelli di corda e agganciato a cavi mobili. Eseguì il percorso con impegno e diligenza sotto la sorveglianza discreta del nonno, che si limitò a incitarlo con grida belluine.

Gaetano si quietò solo nella *Vecchia America*, l'attrazione dedicata al Far West. Le capanne indiane, i saloon e i cactus lo accompagnarono nella nostalgia.

«Genny, sai quanti anni tiene l'Edenlandia? Quarantacinque. Ci venivo da ragazzo con gli amici e con le fidanzate. Compravamo 'na gassosa, nu sfilatino con la mortadella, e correvamo qui a pariare. Mo' ci stanno i grandi parchi di divertimento, e l'Edenlandia a paragone è nu balocco. Ogni bella scarpa diventa scarpone. Ma ai tempi miei era 'na cosa straordinaria: ci pareva di entrare dentro 'na fiaba.»

Sui prati davanti alla reggia di Capodimonte c'erano bambini che giocavano a pallone, mamme con carrozzine, anziani che davano da mangiare ai piccioni. Tina e Manuela si sedettero su una panchina. Il cielo era decorato di nuvole lievi.

«Guarda quanto è bello il palazzo» fece Manuela. «Stile dorico, il rosso napoletano a contrasto col grigio del piperno. Era un casino di caccia, ma Carlo di Borbone nella prima metà del Settecento cominciò a trasformarlo in un museo portandoci la collezione Farnese: opere d'arte inestimabili, ereditate dalla madre Elisabetta. Per far assumere all'edificio l'aspetto che ha ora, ci volle un secolo.»

«Perché?»

«I blocchi di piperno venivano estratti dalle cave di Pianura, a qualche chilometro da qui, e con i mezzi dell'epoca erano difficili da trasportare, per la loro pesantezza.»

«Nonna, come fai a sapere tutte queste cose?»

«Le ho studiate. Lo sai, sono curiosa, mi piace leggere e apprendere nuove cose. Storia, letteratura, teatro, arte, musica. La conoscenza rende liberi, si dice. È proprio così. Il sapere rafforza, dà gioia, ci fa crescere come esseri umani.»

«È quello che vorrei far capire a mamma e papà» si sfogò Tina. «Se fosse per loro, mi farebbero diventare una velina. Ti ricordi quando mi vennero le prime mestruazioni? Addirittura volevano organizzare una festa. Poi ci lamentiamo se ci chiamano tamarri.»

«Devi comprenderli. Sono sempre i tuoi genitori, ti adorano.»

«Io dopo il liceo voglio andare all'università. In America. Mi piacerebbe diventare giornalista.»

«È un bel desiderio. A scuola come va?»

«Bene. Ho voti alti in tutte le materie.»

«Ci sono fidanzatini in vista?»

«Nessuno. Te l'avrei detto, nonna.»

«Una ragazza come te non passa inosservata.»

«Sì, qualche ragazzo m'ha fatto capire che gli piaccio» ammise Tina. «Io però voglio pensare solo a studiare. E poi quelli della mia età li vedo così cretini. Fanno delle scemità incredibili. Pensano solo al calcio, ai motorini e alle discoteche.»

Manuela sorrise: «Quanto mi assomigli! Fai gli stessi discorsi che facevo io alla tua età».

«Io ti assomiglio in tante cose. Mi sarebbe anche piaciuto chiamarmi come te. Invece m'hanno dato il nome di nonna Assunta.»

Manuela si ricordò delle discussioni fra Tonino e Patrizia prima della nascita di Tina, quando un'ecografia rivelò che sarebbe nata una femmina. L'aveva spuntata Patrizia, come sempre.

«Nei fatti, il nome conta poco» disse Manuela. «Vieni, facciamo quattro passi. Voglio mostrarti una curiosità.»

Fecero un centinaio di metri, varcarono la Porta di Mezzo del parco e giunsero in un piazzale da cui si diramavano cinque viali.

«Non noti niente di strano?» chiese Manuela invitando Tina a guardare davanti a sé.

C'erano coppiette abbracciate, due poliziotti a cavallo, persone che facevano ginnastica con le cuffiette nelle orecchie, altre che giravano in bici. E verde a perdita d'occhio.

«No, nonna, non vedo niente di strano.»

«Ti arrendi?»

«Mi arrendo.»

«Osserva: è il disegno in grande scala di una mano. Il piazzale in cui ci troviamo è il palmo, i viali sono le dita.»

Tina esaminò con attenzione il luogo: «È vero, è incredibile!».

«Me lo fece notare tuo nonno Gennaro, tanti anni fa» disse Manuela dirigendosi verso il viale centrale.

Gaetano non riuscì a persuadere il nipote a salire sullo *Space Shooter*, un bungee jumping che scagliava gli intrepidi volontari a trenta metri d'altezza, e men che meno sulla nave rotante *Ranger*, i cui viaggiatori a ogni giro smarrivano la posizione dei loro stomaci. Lo convinse invece, con argomentazioni didattiche, a visitare il *Castello di Lord Sheidon*: «Se a scuola la tua maestra ti chiede quanti castelli ci sono a Napoli, tu devi rispondere: "Cinque". E fai l'elenco: "Il Maschio Angioino, Castel dell'Ovo, Castel Capuano, la fortezza di Sant'Elmo e il Castello di Lord Sheidòn". Se ti domanda chi è Sheidòn, tu dici che è nu nobbile inglese residente a Fuorigrotta. Devi pronunciare bene il nome: Sheidòn, con l'accento sulla o. E devi raccontare il fatto con pomposità, come se stessi parlando di Napoleone Bonaparte. Ti faccio vedere che sicuramente ti mette dieci».

Nel maniero Genny arrivò persino a toccare un finto scheletro e rimpianse di non avere a portata di mano il controller della PlayStation per poterlo disintegrare.

Al tirassegno con i palloncini Gaetano gli insegnò una innovativa tecnica balistica: «Appoggia bene le braccia, chiudi l'occhio sinistro, stringi forte 'o fucile e mira al palloncino un poco più a destra».

«Non dar retta a tuo zio, ti fa sbagliare» disse l'uomo dietro al bancone.

«Non sono lo zio, sono il nonno!» contestò Gaetano. «Non s'intrometta.»

«Pe' carità, io ho solo dato un consiglio…»

«Tenitavillo pe' vvuje, 'o cunziglio. Abbiamo pagato e facciamo a piacere nostro. Genny, concentrati e spara come ti ho detto.»

Genny si sentì un cacciatore da safari che inquadra un rinoceronte nel mirino. Dieci colpi, dieci esplosioni di palloncini.

«*En plein*!» esultò Gaetano mollando una scoppola al nipote. «Abbiamo vinto!»

Il titolare del tirassegno, ingrugnito, prese da un sacco un grosso elefante rosa di peluche e lo consegnò al cecchino in erba, che lo afferrò con cipiglio.

«Com'è che sparando più a destra so' riuscito lo stesso a schiattare i palloncini?» chiese Genny lasciando il campo di battaglia.

«Perché le canne di questi fuciletti ad aria compressa so' storte. Le piegano apposta per far sbagliare i colpi.»

«Sei grande, nonno!»

Gaetano si soffiò sulle dita di una mano: «Modestamente, potrei fare l'istruttore in un poligono di tiro».

«Dell'elefante che ce ne facciamo? Lo portiamo a nonna Assunta?»

«Eh, così è la volta buona che mi caccia di casa.»

«Ma tu alla nonna la ami ancora?»

«Amarla è 'na parola grossa. Diciamo che ci sono affezionato.»

Il sottobosco del parco di Capodimonte diffondeva i profumi del ligustro, del lauro, del mirto.

La domanda di Tina arrivò come un colpo di frusta: «Perché nonno Gennaro è stato ucciso?».

Manuela s'era preparata a questa evenienza. Si aspettava che prima o poi la nipote presentasse il conto. Tina aveva raggiunto un'età che non ammetteva più scuse, bugie, favolette. Aveva il diritto di sapere. Ciononostante, si sentì spiazzata, indifesa.

«Lo sai perché è stato ucciso» disse d'istinto.

«Nonna, mi hanno raccontato un mucchio di storie. Io voglio conoscere la verità. E solo tu puoi dirmela.»

«Era un poco di buono, Tina. Per questo l'hanno assassinato. Era un capo, un boss.»

Lo disse di getto, per liberarsi, finalmente. E dopo averlo detto, percepì tutta la propria debolezza. Si alzò il collo del cappotto, come a voler nascondersi: «I poteri criminali della Sanità erano sotto il suo controllo. Si sentiva onnipotente. Poi scoppiò una guerra fra bande, e lui fu ammazzato in un agguato. Sapevo che sarebbe successo, l'avevo previsto».

A Tina tornarono alla mente la disperazione di suo padre, le grida, le maledizioni, i manifesti a lutto, le visite di condoglianze. E l'immagine di sua nonna chiusa nel mutismo. Per ore, giorni, settimane.

«Perché lo sposasti?»

«Per amore. Eravamo due ragazzini. È stato il primo e unico uomo della mia vita. Ci conoscemmo a Firenze, dove lui stava facendo il servizio militare. Era bello, gentile, romantico. Mi conquistò subito. Accettai di venire a vivere qui a Napoli e all'inizio fu dura. Altri ritmi, altre usanze e abitudini. Poi cominciai ad amare questa città, sempre di più. Lui ancora non faceva parte della malavita. Ci entrò dopo aver perso il lavoro. Faceva l'operaio in una falegnameria e fu licenziato per un diverbio col proprietario. Si legò a persone poco raccomandabili e diventò un delinquente. Furti, rapine, estorsioni. Ogni settimana si comprava un vestito nuovo e mi faceva un regalo. Io non capivo, non chiedevo, non sapevo. Non volevo sapere. Il trauma arrivò il giorno in cui si presentò a casa la polizia per arrestarlo. Ero incinta di tuo padre, e per poco non abortii.»

«Perché non lo lasciasti?»

Manuela si unì le mani davanti alla bocca: «Sai quante volte ci pensai? Volevo andare via, tornarmene a Firenze. La mia famiglia era pronta a riaccogliermi. Allora lo affrontai e glielo dissi. Mi rispose che potevo farlo, ma Tonino e tuo zio Raffaele dovevano restare con lui a Napoli. Non avrebbe consentito che me li portassi via. Decisi di rimanere per stare vicina a loro, per seguirli».

«Ti minacciò?»

«No, non mi ha mai trattato male. Fisicamente, intendo. La sua era una pressione psicologica. Lenta e corrosiva. Tra periodi di latitanza e altri di reclusione, finii per vederlo poco. Rimanevo tappata in casa, uscivo di nascosto, non per timore che mi accadesse qualcosa, ma per vergogna. Quando seppi che era diventato il boss del rione, stetti ancora più male. Agli occhi della gente ero *donna Manuela*, la moglie del capo, la signora da riverire e rispettare. Io invece mi portavo dentro un dolore atroce. Volevo reagire, fare qualcosa, ma non ne avevo le forze. Ero in una ragnatela. Mi attaccai morbosamente a Raffaele e a Tonino, sperando di poter trasferire loro l'amore per la cultura. Fu inutile. Tutta la loro ammirazione era per Gennaro, non per me.»

Tacquero.

Poi Tina piazzò la seconda stoccata: «Anche papà è un poco di buono, vero?». Sapeva già la risposta, ed era conscia che le avrebbe fatto più male delle rivelazioni sul nonno.

Manuela le rivolse uno sguardo delicato: «Sì, lo è. Non come suo padre, ma lo è».

Tina reagì con apparente freddezza: «Certo, certo, non è un boss. Ma sempre delinquente è. E io non lo accetto. Non è giusto. Dobbiamo fare qualcosa».

«Ci sto provando, Tina. Diamo tempo al tempo.»

«Io questo marchio non lo voglio portare. Non starò zitta come te.»

«Se agiamo d'impulso è peggio.»

Tina indugiò, prima di esprimere la sua decisione: «Farò come dici tu, nonna. Ma non sono disposta ad aspettare tanto. Che peccati ho commesso, per meritarmi un padre disonesto? Che colpe hai tu, per aver sposato la persona sbagliata? Avresti potuto avere una vita migliore e un uomo diverso. Nonno Gaetano, per esempio: lui sì che è un signore».

«Con Gaetano sarei sicuramente stata felice» si lasciò scappare Manuela.

Dopo aver fatto un giro sul *Jumbo volante*, Genny, Gaetano e l'elefantone di peluche si sedettero a riposare accanto alla giostrina dei cavalli.

«È rilassante, sembra un carillon» disse Gaetano. «Mia mamma ne teneva uno davanti alla specchiera in camera da letto. Io ci davo la corda, i cavallucci cominciavano a girare e partiva *Sul bel Danubio blu*. Che meraviglia. Quante cose belle me so' capitate quann'ero piccerillo. Ho conosciuto pure a Totò, 'o principe della risata. Vuoi sentire come si verificò il fatto?»

«Ok, nonno, racconta.»

Genny aveva sentito quella storia una decina di volte, in versioni sempre differenti. E ne era sempre rimasto incantato.

Gaetano si inumidì le labbra e si schiarì la gola: «Io ero bambino. Totò venne alla Sanità a vedere la casa dov'era nato e si fece un giro nel rione. La gente, la sua gente, lo applaudiva, lo chiamava a gran voce. "Totò, si' grande! Principe, aiutaci!" Parecchi piangevano per l'emozione. Lui salutava tutti, sorrideva, si fermava a parlare. Teneva già la malattia agli occhi, non ci vedeva bene. Portava degli occhialoni scuri. Io mi feci largo tra la folla, mi avvicinai, gli tirai la giacchetta e gli dissi: "Totò, te voglio bbene!". Glielo dissi così, con affetto sincero, con ingenuità. Lui si fermò, mi mise una mano sulla testa e disse: "Pur'io te voglio bbene, guaglio'. Io voglio bene a tutti i bambini del mondo, perché rappresentano l'innocenza. Senza innocenza il sorriso muore". Disse proprio così, Genny: "Senza innocenza il sorriso muore". Non te lo scordare mai, come non me lo sono scordato io».

VI

CHI PECORA SI FA, 'O LUPO SE LO MANGIA

Vicente Ferrer fu un predicatore straordinario. Fra il Trecento e il Quattrocento, in un'Europa lacerata dalla guerra dei Cent'anni, dallo Scisma d'Occidente e dalle lotte tra papi e antipapi per il dominio della Chiesa, errò da un villaggio all'altro per diffondere il suo credo. Nativo di Valencia, teologo domenicano, rifiutò la carica di cardinale, che gli era stata offerta da Benedetto XIII, per stare a contatto con il volgo, con la massa disorientata dei fedeli. Aveva un'oratoria trascinante e sapeva fondere, con un uso accorto delle parole, aneddoti e storie esemplari, invettive e minacce di castighi divini. *Angelo dell'Apocalisse*: questo fu l'appellativo che gli diedero i suoi contemporanei.

Morì in Bretagna nel 1419 e nel 1455 fu proclamato santo. Gli Aragonesi portarono il suo culto a Napoli, città che avevano strappato agli Angioini. Di secolo in secolo, la devozione crebbe sempre di più, e Vicente diventò *san Becienzo 'o Munacone*, l'artefice di eventi portentosi.

Tra il 1836 e il 1837 Napoli fu flagellata dal colera. Molte vittime furono sepolte nel cimitero delle Fontanelle e gli abitanti della Sanità invocarono il taumaturgo Ferrer per far cessare il morbo: «Munaco', facci 'a grazia, liberaci dal maligno, fa' passa' 'o culera!».

Quando l'epidemia terminò, portarono in processione una sua statua per le strade del rione. Nacque così una delle feste più popolari di Napoli, rispettosa del sacro e impastata nel profano.

In casa Esposito il santo valenciano occupava il podio più alto dell'adorazione mistica, a pari merito con padre Pio e san Gennaro. Chi osava contestare, offendere o screditare questa trinità protettiva veniva ripagato con auspici di gravi infortuni.

Il cinque aprile, festività di San Vincenzo e giorno di Pasquetta, poco prima del tramonto, il drappello familiare degli Esposito si mosse in fila indiana dalla palazzina di salita dei Principi e marciò verso la basilica di Santa Maria della Sanità per rendere il proprio doveroso omaggio al *Munacone*.

In testa c'era Gaetano, fiero di poter mostrare al rione uno dei pezzi forti della sua collezione *glamour*: un farfallino in seta blu con righine perlate. Lo seguiva a ruota Assunta, addobbata con un completo *pied-de-poule* di flanella marrone, un foulard di raso con motivi floreali e una borsetta ocra in pelle verniciata.

Impalato in un giubbino di camoscio, Tonino ostentava una camicia gialla a collo alto aperta sul petto, e con un braccio cingeva i fianchi di Patrizia, in giacca e pantaloni glicine e un trucco alla Belle Epoque.

Tina aveva i capelli raccolti a chignon, un abitino bianco a campana e ai piedi un paio di ballerine nere.

Genny era foderato di tessuto denim dalla nuca alle scarpette.

In coda Olga e Manuela, in abiti di lino, chiacchieravano di tecniche di ricamo. La mamma di Tonino era una paladina del punto antico, Olga privilegiava il punto croce.

Quasi a voler sottolineare il pittoresco arrivo degli Esposito in piazza Sanità, le campane della basilica rintoccarono a festa.

Davanti al sagrato c'erano due venditori di giocattoli e palloncini e una fila di bancarelle straripanti di dolciumi. Una banda musicale stava accordando gli strumenti. I fedeli entravano in chiesa alla spicciolata.

«Enzuccio mi ha detto che ci conservava i posti» comunicò Tonino.

Infatti, il suo fido collaboratore era fermo a presidiare due panche in prima fila, sul lato sinistro dell'altare. Sua madre Filomena era più indietro, a recitare il rosario con un gruppo di donne anziane.

Tonino ringraziò Enzuccio, gli fece gli auguri per l'onomastico, lasciò che i suoi si accomodassero e prima che iniziasse la messa andò a farsi un giro tra le cappelle.

La statua di san Vincenzo era stata estratta dalla sua vetrinetta ed esposta su un piedistallo ligneo. Aveva una grossa aureola dietro la testa e due ali angeliche sul dorso, ed era ricoperta di paramenti di stoffa su cui erano appuntati molti ex voto, segni di ringraziamento al *Munacone*. Medaglioni, collane, spille, braccialetti. Tutti d'oro.

Poco più in là, davanti all'effigie di santa Maria Francesca delle cinque piaghe, Tonino strinse le ciglia e si raccolse in preghiera. Era a metà di un *Gloria Patri* quando sentì dietro al collo una voce rasposa, da oltretomba: «Tonino...». Fece un salto, sterzò il capo e si trovò al cospetto di Ciruzzo *'o Schiattamuorto* in abito da cerimonia nero con cravatta viola, i basettoni a scimitarra e gli occhi grigi. Al posto della bocca aveva una parentesi tonda con le punte rivolte verso il basso.

«Tonino, è doveroso da parte mia renderti noto che, una volta conclusosi il rito ecclesiastico, don Pietro sarebbe lieto di conferire con te.»

Ciruzzo si esprimeva sempre così, con arzigogoli e ghiribizzi, come un burocrate. Prima di mettersi al servizio di De Luca, s'era spaccato la schiena nello studio notarile di un suo zio, e i quintali di carte e cavilli giuridici sotto cui era rimasto sepolto per anni gli avevano plagiato la mente e la parola. Poi la noia e la polvere gli avevano messo in mano la pistola. In un agguato di camorra, prima di freddare un rivale, gli aveva detto: «Alla luce di quanto da te finora palesato con una condotta poco confacente all'etica dell'organizzazione cui appartengo, mi duole rappresentarti che sto per dar corso a una sentenza contro la quale avrai scarse possibilità di ricorrere in appello. *Salvis iuribus*». Un'estrema unzione in perfetto stile kafkiano.

«Se ho compreso bene, don Pietro dopo la messa mi vuole parlare» fece Tonino.

Ciruzzo annuì: «Sarà ad attenderti in prossimità dell'inferriata del sagrato. Tanti ossequi». E voltò i tacchi.

Con la faccia del condannato che ha appena avuto notizia dell'ora dell'esecuzione, Tonino tornò dai familiari e si sedette fiaccamente tra Genny e Patrizia.

«Hai fatto le preghiere?» gli chiese la moglie.

«Sì, le ho fatte.»

«Guarda di fronte a noi chi ci sta...»

«Che?» disse Tonino rintronato.

«Di fronte, guarda di fronte.»

Tonino guardò. E lo vide subito. De Luca, *'o Tarramoto*, in completo beige e camicia nera, le braccia conserte, le gambe accavallate e un paio di Ray-Ban tra i capelli. Seduto anche lui in prima fila, a destra dell'altare, tra i suoi diavoli custodi Ciruzzo e Tatore.

Se dal soffitto si fosse calato Spider-Man per portarlo in salvo, Tonino gli avrebbe detto: «Non ce la faccio a muovermi, ripassa più tardi». Con le pulsazioni a mille, salutò il boss con un cenno della testa. De Luca contraccambiò sollevando due dita da un gomito.

Alle diciotto un chierichetto suonò una campanella e sul presbiterio apparve, con la stola svolazzante, il parroco della basilica, padre

Francesco, seguito da quattro diaconi. Dalle navate e dalle cappelle, gremite di gente, si levò un brusio.

«Quant'è bello, sembra Gabriele Arcangelo» sussurrò Assunta.

«Gabriele Arcangelo è biondo, chisto è bruno» precisò Gaetano.

Giovane e carismatico, padre Francesco, nominato parroco a metà febbraio, era alla sua prima grande uscita in onore del *Munacone*. Alla Sanità ci era nato, veniva da una famiglia umile e conosceva bene il suo gregge e il terreno in cui pascolava. Terminati i riti liturgici d'introduzione e le letture bibliche, invitò i fedeli a sedersi e iniziò la sua omelia.

«Il passo che abbiamo appena ascoltato, tratto dal Vangelo di Luca, narra che Maria Maddalena, Giovanna e Maria, madre di Giacomo, si recano al sepolcro insieme ad altre donne e scoprono che la pietra tombale è stata rimossa e che il corpo di Cristo non c'è più. Appaiono loro due messaggeri divini che dicono: "Perché cercate tra i morti colui che è vivo? Egli non è qui, è resuscitato". Le donne vanno a riferire agli apostoli ciò che hanno visto e sentito, e gli apostoli restano increduli, non credono al racconto delle donne. Pietro corre al sepolcro e accerta che il corpo di Cristo è davvero scomparso. Ci sono soltanto le bende in cui era stato avvolto. Rimane sconvolto da questo accadimento e torna a casa pieno di stupore.»

Padre Francesco appoggiò le mani sull'altare di cristallo e sporse il busto in avanti.

«Ebbene, fratelli e sorelle, quali sono i messaggi più importanti che emergono da questa narrazione? Su quali elementi dobbiamo soffermare la nostra attenzione? Gli apostoli, gli undici apostoli rimasti dopo il suicidio di Giuda, mostrano scetticismo dinanzi al racconto delle donne. E addirittura Pietro, colui che già si è pentito per aver rinnegato Cristo tre volte, colui che sarebbe diventato il primo papa della storia, va a verificare se effettivamente il suo Maestro è risorto. Un comportamento simile lo avrà pure Tommaso: per convincersi di avere al suo cospetto Gesù risorto, gli metterà una mano sul costato. Vi sembra strano questo modo di agire? Come mai proprio gli apostoli, i principali seguaci di Cristo, vanno alla ricerca di prove di quanto il figlio di Dio aveva più volte anticipato nei suoi insegnamenti? A pensarci bene, la risposta è molto semplice: gli apostoli sono esseri umani, sono deboli, hanno bisogno di conferme, certezze, esempi concreti. Hanno visto Gesù morire sulla croce e si sono sentiti smarriti. La loro speranza di una resurrezione ha vacillato. Invece la resurrezione è sempre possibile! Sempre!»

Alcune panche scricchiolarono.

«Anche quando tutto ci sembra perduto, non dobbiamo perdere la fiducia né arrenderci. Non dobbiamo dare l'opportunità alla rassegnazione di insinuarsi nelle nostre menti, di fiaccare le nostre energie, di corrodere il nostro desiderio di rinascita. Da un po' di tempo sento dire che Napoli è una città morta, perduta, senza un domani. Sento ripetere che qui è impossibile qualsiasi cambiamento, qualsiasi resurrezione, per cui tanto varrebbe abbandonare questo territorio, *dimettersi* da napoletani, andare via e rifarsi una vita altrove. Io non ho ascoltato queste cassandre, no. Io a Napoli, alla Sanità, ho voluto tornarci, perché qui è nata la mia fede. Questa è la mia casa, la mia comunità, la mia famiglia. Voi, tutti voi, siete la mia famiglia!»

«'Stu prevetariello tene 'na bbona favella» bisbigliò *Mezarecchia* a De Luca.

«È acqua ca nun cammina» rispose il boss.

«Sapete che ho trascorso alcuni anni in Sicilia e in Calabria» proseguì padre Francesco. «Sono due terre oltraggiate e mortificate come la nostra amata Campania. Anche lì la gente è delusa, sfiduciata, stanca. Sembra quasi incapace di reagire. Ma sapeste come è stato bello ed emozionante incontrare tante brave persone che si sono rimboccate le maniche e mi hanno aiutato a diffondere la parola del Signore e a organizzare iniziative a favore dei più deboli, degli umili, degli onesti. Nell'ultima parrocchia in cui sono stato, quando annunciai di dover andare via per ritornare a Napoli, ci furono momenti di grande commozione. Prepararono una festa in mio onore, e non potrò mai dimenticare le lacrime, gli incoraggiamenti, la fraternità. "Padre Francesco, ci hai fatto capire che con la semplicità dell'amore possiamo risorgere" mi dissero. È vero: la semplicità dell'amore deve darci la forza per rialzarci, per rimetterci di nuovo in piedi e poter di nuovo affermare, con orgoglio, la nostra dignità, la nostra napoletanità, che affonda le radici in millenni di storia.»

"Me piace 'stu guaglione" pensò Gaetano.

«Io sono qui» continuò il parroco aprendo le braccia. «Sono qui al vostro servizio. Faccio appello soprattutto ai giovani, ai ragazzi e alle ragazze della Sanità: venite a trovarmi, confidatemi le vostre paure e i vostri desideri, costruiamo insieme il futuro. San Vincenzo Ferrer, il nostro *Munacone*, ci indicherà la strada. So che nel rione operano con dedizione associazioni culturali, gruppi laici e religiosi. Allora uniamo il nostro entusiasmo e le nostre idee. Facciamoci sentire. Diamo delle risposte forti a chi vuole vederci sottomessi. Mia nonna diceva: "Chi pecora si fa, 'o lupo se lo mangia". Diciamo no al malaffare, alla violenza, alla criminalità, questo cancro disgustoso che vuole renderci servi impauriti e silenti, questa serpe immonda che sa sputare solo veleno!»

Padre Francesco fece una pausa, in modo che le sue parole si stipassero bene nelle teste dei parrocchiani.

I volti di Tina e Manuela brillarono.

A Tonino sfuggì un colpo di tosse.

Enzuccio sentì salirsi l'adrenalina lungo la schiena.

La parentesi labiale di Ciruzzo passò da tonda a graffa.

Tatore si grattò il naso.

De Luca sbadigliò.

Il sacerdote guardò a destra, poi a sinistra. Avvicinò la bocca al microfono e fece partire l'*explicit*: «Le organizzazioni malavitose sono espressione di viltà. Sfruttano la paura della gente. Esistono e proliferano perché non hanno il coraggio di accettare il confronto ad armi pari. Togliete a un delinquente la pistola di mano, levategli l'arroganza e la prepotenza: diventerà un essere insignificante, si sentirà nudo e incapace di offendere. Impegniamoci, dunque, per disarmare i criminali. Non diventiamo loro conniventi stando zitti per *quieto vivere*. Facciamo terra bruciata intorno a loro, ribelliamoci ai soprusi, respingiamo la loro sporca mentalità. In questo modo riusciremo anche a onorare la memoria di tutti quei napoletani che si sono battuti per farci mantenere la libertà. Sopra questa basilica, quasi accanto alla cupola, passa il Ponte dei Francesi, sul quale durante le Quattro Giornate combatterono gli abitanti della Sanità e di Materdei per scacciare dalla città gli occupanti nazisti. L'impresa sembrava assurda, inconcepibile: un pugno di insorti contro un esercito spietato. Eppure riuscì, grazie all'audacia di gente comune, tra cui l'operaia Lenuccia Cerasuolo, nostra valorosa concittadina. Facciamo come loro: insorgiamo. Rispondiamo colpo su colpo, altrimenti ci rubano anche l'aria che respiriamo. Solo così potremo sentirci persone vere. Solo così potremo risorgere».

Dopo la messa, padre Francesco si spostò con i diaconi davanti alla statua di san Vincenzo. Gaetano e Assunta colsero il momento per avvicinarsi.

«Padre, volevo congratularmi con voi, siete una persona coraggiosa» disse Gaetano con la mano tesa. «Non avevo mai sentito una predica di tale intensità.»

Il sacerdote si schermì: «Faccio solo il dovere che l'apostolato mi impone».

«Don France', siete il prete più bello che abbiamo mai avuto alla Sanità» fece Assunta.

«Grazie, troppo buona» rispose il parroco sorridendo.

«Però posso farvi un piccolo appunto?»

«Dite pure, signora.»

«Avete tenuto troppo tempo san Becienzo fuori la vetrinetta, ha preso freddo. Noi il *Munacone* ce lo dobbiamo conservare in salute.»

«Ma no, non vedete che ha un bel colorito e delle belle schiocche rosse sul viso? Comunque non vi preoccupate: terminata la funzione, lo rimettiamo al suo posto.»

Sotto la statua si posizionarono otto uomini, quattro davanti e quattro dietro. Enzuccio, devotissimo a san Vincenzo fin dall'infanzia, era nel quartetto di testa.

Un nono uomo, che fungeva da capoparanza, gridò: «Ajzate!».

I portatori in un istante sollevarono il *Munacone*. Padre Francesco e i diaconi si mossero, e dietro di loro avanzò la statua. Il piccolo corteo attraversò la navata principale tra due ali di folla. San Vincenzo, ondeggiante e con la mano destra alzata, sembrava spargere benedizioni a tutti.

Sotto il portale della basilica i portatori si fermarono, e il popolo della Sanità assiepato nella piazza salutò il suo patrono con un lungo applauso e con espressioni di giubilo: «Viva san Becienzo! Viva *'o Munacone*!».

Da un balcone partì un lancio di mortaretti.

La banda musicale attaccò la marcia trionfale dell'*Aida*.

Olga e Patrizia piansero.

Il capoparanza urlò: «'O ccuntrario!».

Era il comando che dava il via all'antico rito del *trase e esce*. In sincrono, gli otto portatori, senza voltare la statua, ruotarono di centottanta gradi sotto di essa, cambiarono la spalla di appoggio e fecero fare dietrofront a san Vincenzo fino al centro della navata. Poi lo trasportarono di nuovo sotto il portale.

Il movimento fu ripetuto tre volte, e il viso del santo rimase sempre rivolto verso l'ingresso della basilica. *'O Munacone* non doveva mai girare le spalle alla sua gente. Anche un minimo spostamento laterale sarebbe stato interpretato come presagio di sciagure.

Concluso il rito, la statua fu riportata a retromarcia sul piedistallo. Un diacono la spogliò dei paramenti e li consegnò a padre Francesco.

Prima che il *Munacone* tornasse nella sua vetrinetta, Enzuccio salì sul piedistallo per fare da *mediatore* in un secondo cerimoniale molto atteso dai devoti. Da sotto la statua si alzarono decine di mani, ciascuna delle quali stringeva un fazzoletto di stoffa o di carta. Enzuccio li prese uno a uno, li passò tre volte sul viso di san Vincenzo e li restituì ai proprietari. Anche Genny e Gaetano si fecero avanti col braccio alzato.

I fazzoletti sarebbero poi stati conservati dai fedeli a mo' di reliquia miracolosa. In caso di necessità, li avrebbero messi a contatto con una ferita o con un cuore malato, li avrebbero stretti in un pugno per invocare un prodigio o per asciugare una lacrima di dolore. «Timete Deum et date illi honorem» era scritto sul libro che il *Munacone* reggeva con la mano sinistra.

Quando anche l'ultimo fazzoletto fu strofinato, Enzuccio scese dal piedistallo e due diaconi rimisero la statua nella vetrinetta. Lì sarebbe rimasta fino al primo martedì di luglio, data prescelta per celebrare ogni anno la vittoria di san Vincenzo sul colera.

Padre Francesco salutò tutti e si diresse verso la sacrestia.

«Tu avviati a casa con gli altri, io mi devo trattenere» disse Tonino a Patrizia.

«A fare che?» gli chiese la moglie.

«Devo parla' un attimo con Pietro.»

«Trovandoti a parlare, domanda 'na grazia pure a lui.»

«Che grazia?»

«Siamo in chiesa, non ti posso rispondere come si deve, commetterei peccato. Te lo dico a casa.»

De Luca, Ciruzzo e Tatore erano accanto all'inferriata del sagrato, con i fondoschiena appoggiati alle selle di tre moto enduro.

Tonino sopraggiunse con aria stracca.

«Cia' , Toni'. Bella funzione, eh?» fece *'o Tarramoto* con aria beffarda.

«Se lo dite voi...» rispose Tonino.

«Stammi bene a sentire. Ti ho fatto chiamare per assegnarti un compitino facile facile. È 'na fessaria 'e cafè, però va fatta come si deve. Domani mattina, sul tardi, a Capodichino arriva un mio caro amico dall'estero. Questione di affari. Poiché io, Tatore e Ciruzzo, per un imprevisto che dobbiamo risolvere, saremo impegnati fino a sera, lo vai a pigliare tu e lo intrattieni mattina e pomeriggio, perché non può andare in albergo. 'O puorte a magna' 'na pizza, gli fai fare un giro per Napoli, vedi tu. Poi la sera lo accompagni da me. Ti chiamerà Tatore per dirti a che ora. Va buo'?»

Era la prima volta che De Luca affidava al figlio del suo ex boss un incarico diverso da quello della raccolta del pizzo. Tonino là per là non seppe decifrare l'avvenimento: era una promozione oppure una prova? Nell'una o nell'altra ipotesi, gli era vietato rifiutarsi.

«A disposizione, don Pie'. Ma come faccio a riconoscere la persona?»

De Luca si voltò verso *'o Schiattamuorto*: «Ciru', dagli la busta».

Ciruzzo eseguì l'ordine con una chiosa esplicativa: «Tonino, questo involucro contiene i ragguagli pertinenti alla fattispecie *de quo*. Ti preghiamo vivamente di attenerti alle direttive trascritte e di gradire, nel contempo, i sensi della nostra stima».

«Ciru', quando parli così ti darei un bacio in bocca!» fece Tatore.

«A cagione delle mie indubbie inclinazioni eterosessuali, riceveresti un cortese ma fermo rifiuto» replicò *'o Schiattamuorto*.

«Guagliu', cercate di non farmi girare lo stomaco» disse De Luca. «Toni', nella busta trovi tutte le istruzioni. Se vuoi, portati a Enzuccio con te. Ci vediamo domani sera. Statte bbuono.»

I tre montarono sulle moto e se ne andarono sgommando.

Enzuccio, che aveva seguito tutta la scena da un bar della piazza, si appressò a Tonino: «Che volevano?».

«Don Pietro m'ha incaricato di andare a prendere domani all'aeroporto uno che viene da fuori, e di trattenerlo fino a domani sera.»

«Chi è, un pezzo grosso?»

«Nun 'o saccio, non me l'ha detto. Leggiamo qua» disse Tonino aprendo la busta.

All'interno c'era un foglio con un messaggio scritto al computer:

L'aereo arriva a Capodichino alle ore 12,25.
È un volo Alitalia che è partito da New York
e ha fatto scalo a Milano.
Attenzione: il viaggiatore è sicuramente stanco,
perché si è fatto una giornata di viaggio.
Fagli una bella accoglienza
e trattalo con il massimo riguardo.
Per farti riconoscere, scrivi E.T. su un foglio
e mettilo bene in evidenza.
Lui si chiama Anacleto Lopez Perez.

Viene dal Messico.
Parla spagnolo e italiano
e pure un poco il napoletano.
MI RACCOMANDO.

«Anacleto: che razza di nome!» commentò Enzuccio.

«E perché, Lopèz Perèz non fa ridere?»

«Me fa penza' a nu cartone animato.»

«Invece questo è in carne e ossa, Enzu'. Tu per domani come stai messo?»

«Liscio per voi, don Toni'.»

«Allora schiatta il cinque» fece Tonino porgendo a Enzuccio la mano destra aperta. «Comincia l'Operazione Messico!»

VII

OPERAZIONE MESSICO

Anacleto Lopez Perez uscì dal varco ARRIVI INTERNAZIONALI dell'aeroporto di Capodichino trascinando un piccolo trolley. Si fermò e non credette ai suoi occhi. Tra le persone in attesa si distinguevano due personaggi bislacchi. Uno reggeva una chitarrina e l'altro portava appeso al collo, con un pezzo di spago, un rettangolo di cartone su cui era scritto E.T. a pennarello. Entrambi avevano in testa un sombrero.

"No es possible" pensò Anacleto.

Per levarsi il dubbio, si avvicinò a quello col cartone: «El señor Esposito?».

Gonfiando il petto, Tonino rispose con l'unica parola *furastiera* del suo vocabolario: «Yes!».

Ancora perplesso, Anacleto fece la domanda di riserva: «Vi manda el señor De Luca?».

«Yes! Voi sietes Anacleto Lopèz Perèz?»

«Sì.»

«Benvenutos a Napolis. Questos es il mio amicos Savarese Enzuccios. Enzuccios, salutas il signor Lopèz Perèz.»

«Hasta la vista!» fece Enzuccio.

«Por qué siete vestiti così?» chiese Lopez Perez.

«Per farci riconoscere subitos» disse Tonino.

I sombreri e la chitarrina li aveva avuti in prestito Enzuccio da un suo zio nostalgico della Nazionale che aveva battuto quattro a tre la Germania nella semifinale dei Mondiali messicani del millenovecentosettanta.

«E por qué parlate così? Io conosco bene l'italiano. Let's go!»

Tonino ed Enzuccio si guardarono, sombrero contro sombrero.

«Vamos! Andiamo! Jamme!» ingiunse Anacleto.

In un parcheggio dell'aeroporto lo Yeti di Tonino, lavato e profumato, luccicava sotto il sole primaverile come una blatta appena uscita dalla doccia.

Il trolley e il suo proprietario si accomodarono sui sedili posteriori. Tonino si mise al volante con Enzuccio alla sua destra e fece manovra.

«Gradite un poco di musica?» domandò all'illustre ospite.

«Está bien» approvò Lopez Perez, che in realtà si chiamava Galera. Osvaldo Galera. Da bravo trafficante di armi e droga, viaggiava con un passaporto falso ed era in missione per conto del cartello mafioso di Guadalajara. Lo chiamavano *el Rápido* per la sua velocità di pensiero e di azione.

«Musica, maestro!» proclamò Tonino.

Enzuccio infilò un cd nel lettore e premette il tasto *play*. Dalle casse stereo uscì un coro di bimbi: «Il caffè della Peppina non si beve alla mattina né col latte né col tè, ma perché perché perché?».

«Hai sbagliato!» abbaiò Tonino. «Questo è il cd dello *Zecchino d'Oro*!»

Enzuccio cambiò velocemente il disco per dare voce ai Gipsy Kings: «La cucaracha, la cucaracha ya no puede caminar porque no tiene, porque le falta marihuana que fumar!».

Tonino guardò nello specchietto retrovisore: «Vi piace?».

«Sì, ma preferisco *Cuando calienta el sol*» fece *el Rápido*.

Il tono ironico della risposta non fu colto, e dopo qualche secondo nell'auto si diffuse il coro dei Los Hermanos Rigual: «Cuando calienta el sol aquí en la playa, siento tu cuerpo vibrar cerca de mí; es tu palpitar, es tu cara, es tu pelo, son tus besos, me estremezco, oh oh oh!».

«Signor Lopèz Perèz, basta che voi parlate e noi eseguiamo» si vantò Tonino. «Siamo attrezzati per ogni necessità.»

«Seguro, señor Esposito. Ci manca solo Pancho Villa.»

«Pancho Villa? Chi è, un cantante nuovo? Ve lo portiamo la prossima volta» garantì Tonino. «Signor Lopèz Perèz, vi dobbiamo confessare una cosa: quando vi abbiamo visto, non pensavamo che eravate voi.»

«Por qué?»

«Noi abbiamo idea che i messicani so' tutti corti, con i baffoni e pieni di peli. Voi siete alto, biondo e con gli occhi azzurri. Sembrate un vichingo.»

«Es muy probable que tra i miei avi ci sia qualcuno dei vichinghi che arrivarono in America prima del vostro Cristóbal Colón.»

«Ho capito... E toglieteci 'na curiosità: già conoscete Napoli?»

«Sì, ci sono stato una quindicina di anni fa.»

«Allora la troverete cambiata, più bella.»

«Vedo però que el tráfico è rimasto uguale.»

In via Don Bosco c'era un ingorgo che prometteva almeno mezz'ora di ritardo sulla tabella di marcia. Il serpentone di auto, diviso in tre file disordinate, arrivava fino a piazza Carlo III.

Tonino per due minuti rimuginò sul da farsi, poi decise di provare un atto di forza. L'unico possibile: incollare la mano al clacson e strombettare a più non posso.

«Lasci perdere, tanto è tutto bloccato» disse il falso Anacleto.

«Voglio avere l'onore di avervi ospite a pranzo, mia moglie ci sta aspettando» sottolineò Tonino. E si riattaccò al clacson. Col risultato di far avanzare di mezzo metro l'utilitaria che era davanti al SUV: un vecchio modello di Panda il cui tubo di scappamento fumava come un impianto siderurgico.

Quando constatò che le strombazzate non sortivano effetti di rilievo, Tonino mise la pelata fuori dal finestrino e fece ricorso alle segnalazioni acustiche verbali, scegliendo come bersaglio l'ignoto conducente della Panda: «Te vuo' movere cu 'sta carretta?!».

L'utilitaria espresse il suo parere con una nuvoletta di monossido di carbonio.

«Oè, ce staje affummecanne! Ma vatti a butta' in un cesso, tu e 'sta machina!»

Per tutta risposta arrivò un nuovo segnale di fumo.

«Animale, bestia, bastardo!» amplificò Tonino.

Sul *do* di *bastardo* si sentì il rumore secco della leva di un freno a mano tirata con violenza. La portiera sinistra della Panda si aprì e spuntò un avambraccio muscoloso su cui scorreva il tatuaggio rossoblu di un cobra. La testa del serpente, con la lingua biforcuta in bella mostra, era sul dorso della mano.

Il rettile, insieme a un suo fratello tatuato sull'avambraccio opposto, apparteneva a un tipo tozzo, palestrato, con una faccia da Pitbull a digiuno, che si piantò sull'asfalto di via Don Bosco e, tanto per gradire, dichiarò: «Mo' m'hai scassato proprio 'o cazzo!».

Tonino capì al volo di essere il destinatario della locuzione, per cui si affrettò a chiudere il finestrino e ad azionare la chiusura centralizzata del SUV.

Enzuccio scivolò di diversi centimetri sul sedile.

Il messicano restò immobile, come se la faccenda non fosse di sua competenza.

L'uomo-Pitbull fece tre passi, afferrò la maniglia della portiera di Tonino, la tirò con forza e se la ritrovò in mano.

"I primi centocinquanta euro 'e danni" pensò Tonino.

L'ercolino buttò via l'accessorio, assestò una gragnuola di pugni sul vetro che lo divideva da Tonino ed espose alcune esortazioni: «Scendi, se tieni coraggio, scendi! Te voglio sistima' nu poco 'e connotati! Scendi!».

Per convincere Tonino a superare quella naturale ritrosia che si manifesta in circostanze così antipatiche, il muscoloso assaltatore rifilò una serie di violenti calci alla carrozzeria dello Yeti.

Tonino aggiornò a mente il calcolo delle spese: "Se mi va bene, so' altri trecento euro".

Poi i due cobra, con gli annessi avambracci, si aggrapparono al tetto del SUV e cominciarono a scuoterlo.

Enzuccio e Tonino non soffrivano il mal di mare. Il Galera sì. Pertanto, al decimo rollio, prima che gli venisse la nausea, si stufò di fare da spettatore e abbassò il proprio finestrino per giocarsi un jolly.

«Signor Lopèz Perèz, che fate?!» gemé Tonino.

«Un tentativo» informò *el Rápido*.

La furia del conducente della Panda cessò in un lampo.

«Amigo, por favor, calma» gli disse Anacleto Osvaldo. «Hemos cometido un error, perdono, perdono.» E gli allungò una banconota.

«E che è questa?» chiese il tatuato, confuso per la mossa a sorpresa.

«Sono cento dollari americani, amigo. Cento dollari para usted. Perdono.»

Senza starci troppo a pensare, l'uomo agguantò la banconota e se la mise in tasca.

«Gracias, muchas gracias, señor» aggiunse il messicano.

Il palestrato si stupì del fatto che una persona sconosciuta, dopo avergli regalato la bellezza di cento dollari, lo ringraziasse pure. Ritenne che non fosse il caso di mettersi a discutere della cosa e se ne tornò in macchina. Non prima di aver rivolto a Tonino un avvertimento di natura geometrica: «Prima o poi t'acchiappo e te faccio 'o mazzo quadrato!».

Enzuccio fece un respiro profondo e raddrizzò la schiena.

«Enzu', mica ti sei messo appaura?» fece Tonino. «'O cane che allucca non mozzica. Io mi so' tenuto la posta e non ho voluto reagire perché stiamo svolgendo 'na missione importante e non possiamo comprometterci. Signor Lopèz Perèz, state in buone mani: vi porteremo in salvo.»

«Espero que sí» replicò il messicano arrotolandosi una sigaretta.

«E poi avete visto che schifo di tatuaggi che teneva sopra le braccia?» proseguì Tonino. «Modestia a parte, io ne tengo uno, uno solo, che vale per miliardi. È vero o no, Enzu'? Dillo pure tu.»

«È vero, è vero» confermò Enzuccio. «Signor Anacleto, don Tonino sopra il polpaccio della gamba sinistra tiene tatuato il volto di Maradona. È bellissimo: sembra che parla.»

Patrizia era in collera con Tonino dal giorno prima. Con vocaboli coloriti, gli aveva fatto notare che De Luca con la sua presuntuosità lo stava rendendo uno *schiavuttiello* impaurito, e che la seccatura di dover accogliere in casa un messicano *sicuramente curiuso e barbuto* le dava il voltastomaco.

Cambiò opinione quando il marito, insieme a Enzuccio, si presentò sull'uscio di casa con il marcantonio biondo.

«Signor Lopèz Perèz, vi presento mia moglie Patty» disse Tonino.

Il Galera buttò un occhio nella generosa scollatura di Patrizia, le fece il baciamano e la conquistò subito con una voce da latin lover: «Encantado, señora Esposito, muy encantado y feliz».

Patrizia arrossì: «Piacere di conoscervi. Accomodatevi, fate come se fosse casa vostra».

Il messicano la prese in parola, e senza farsi troppo supplicare si fece una doccia, uno shampoo e la barba, inzuppò tre asciugamani, allagò il bagno, si cosparse del suo profumo prediletto, *Amor ardiente*, e poi con comodo si presentò nella stanza da pranzo fresco e gaudente.

Sansone lo salutò dal terrario espellendo un goccetto di pipì. Giggetto, che lo aveva trovato antipatico a pelo, gli aveva già dato il benvenuto lasciandogli sul trolley un souvenir di produzione propria.

Tonino cedette al Galera il posto a capotavola e fece sedere pure Enzuccio.

«Ho detto alla nostra cameriera di preparare un pranzo alla messicana» annunciò Patrizia tutta premurosa.

«Excepcional» commentò *el Rápido*.

Come *entrée*, Olga servì una salsa di pomodori arrostiti e alcune tortillas ripiene di carne macinata, salsiccia, cipolle e spezie.

«Deliciosas» disse Anacleto Osvaldo, che mostrò di gradire anche la successiva zuppa di lenticchie con pancetta, carote e aceto.

"Ma non era meglio 'na linguina agli scampi?" pensò Enzuccio rimpiangendo l'adorata cucina materna.

«Per noi napoletani l'ospitalità è sacra» disse Tonino. «E vogliamo, caro signor Lopèz Perèz, che da oggi in poi vi portate sempre nel cuore un saporito ricordo di questo pasto e della nostra famiglia.»

Pochi minuti dopo, più che nel cuore, il *saporito ricordo* Anacleto Osvaldo se lo portò sulla lingua sotto l'aspetto di un'abbondante cucchiaiata di fagioli rossi, insaporiti con un sughetto in cui Olga aveva tritato una dozzina di piccantissimi peperoncini calabresi, meglio noti come *diavulilli*. Il trafficante, benché avvezzo agli *alimentos de fuego*, ebbe la sensazione che gli fosse entrato in bocca un lanciafiamme. La vampata fu talmente brutale da fargli balzare alla mente le tecniche di tortura usate dai contrabbandieri lungo la frontiera con gli Stati Uniti e un incendio nella foresta del Chiapas, al quale era scampato lanciandosi su un barcone a galleggio sul Río Grande. Mentre le papille gustative gli andavano in cenere, ricordò anche le illustrazioni di Dorè contenute in una rara edizione dell'*Inferno* di Dante che aveva consultato nella biblioteca del carcere di Cancún.

Buttò la testa all'indietro, si sentì uscire gli occhi dalle orbite e con voce roca disse: «Agua, por Dios, agua!».

Ci vollero due bottiglie d'acqua gelata e tre yogurt per dare refrigerio al suo palato. Enzuccio e Tonino contribuirono allo spegnimento delle fiamme sventolandogli sulla faccia un paio di tovaglioli. Patrizia e Olga, reggendogli il capo, gli fecero succhiare un cubetto di ghiaccio.

Nel mezzo del caos, Tina e Genny tornarono da scuola.

«Che sta succedendo?» chiese Tina.

«Niente, questione di peperoncini troppo forti» fece Patrizia. «Olga ha sbagliato la dose e il signore s'è sentito male.»

«E chi è questo signore?»

«Un amico mio che è venuto dal Messico» disse Tonino con fierezza. «Signor Lopèz Perèz, questi sono i miei figli.»

Lopez Perez si rimise dritto e di figli ne vide solo uno, di sesso maschile. Tina, scuotendo la testa, era già sparita in direzione della sua stanza.

Con la lingua penzoloni, il Galera riprese a respirare senza affanno. S'era quasi rimesso in sesto quando la sua pancia, adirata per l'invasione di liquidi non richiesta, intraprese un'azione tumultuosa.

Al terzo mugugno intestinale, Anacleto Osvaldo disse: «Con permiso». E filò in bagno con l'addome tra le mani.

«'O messicano si sta facendo la cacca addosso!» vociò Genny.

«Sssh, non si dice...» scongiurò Patrizia.

«Perché non si dice? Quando succede a me, voi lo dite!»

Tonino prese una sedia e andò a mettersi di vedetta davanti al bagno, come un cagnolino in attesa del suo padrone.

Il Galera uscì molle sulle gambe, col viso cereo e le brache allentate.

«Come vi sentite?» gli chiese Tonino.

«Mal.»

«Vi faccio preparare un poco d'acqua e limone? È restringente.»

«No.»

«Volete riposare?»

«Sì.»

Tonino sfrattò Genny dalla sua cameretta e vi fece sistemare il messicano: «Ecco qua, spegnetevi la luce e fatevi un bel riposino. Se avete bisogno di qualcosa, noi stiamo di là».

«No necesito nada. Sólo quiero dormir.»

Un quarto d'ora dopo arrivò Gaetano e trovò Patrizia, Tonino ed Enzuccio mestamente accasciati sulle sedie della camera da pranzo. Olga s'era ritirata nel suo monolocale all'ultimo piano, dispiaciuta più per l'errore culinario che per i danni alla salute di Anacleto Osvaldo. Genny e Tina erano saliti da Manuela.

«Che è 'stu mortorio?» chiese Gaetano.

Non ebbe risposta.

«Genny è tornato?»

Silenzio.

«Mo' gli vado a fare *lo scherzetto*.»

Persi nell'amarezza, Enzuccio e i coniugi Esposito non pensarono di fermarlo.

Così Gaetano, indisturbato, sgusciò in punta di piedi nella cameretta di Genny. Al buio si avvicinò al lettino dove era convinto che stesse dormendo il nipote e ululò con maggiore realismo di un lupo mannaro professionista.

El Rápido, che era un professionista del crimine e nel suo *palmarès* annoverava anche la vittoria in un torneo di judo a San Cristóbal de La Barranca, si liberò del lenzuolo e in tre mosse, nonostante la spossatezza, immobilizzò il padre di Patrizia.

«'E mariuoli, 'e mariuoli, chiammate 'e guardie!» gridò Gaetano.

Tonino, Patrizia ed Enzuccio accorsero e lo trovarono supino, con il messicano inchiodato sulla sua schiena.

«Signor Lopèz Perèz, che state facendo? Questo è mio suocero» spiegò Tonino.

«E por qué grida?»

«Volevo fare *lo scherzetto* a Genny» disse Gaetano con la voce strozzata.

Il trafficante lo mollò.

Gaetano si tirò su massaggiandosi le reni. Senza concedere nemmeno uno sguardo al suo aggressore, domandò: «Posso avere il piacere di sapere chi è 'sta persona?».

«È un nostro amico» disse Patrizia. «L'abbiamo fatto sdraiare sul lettino di Genny per farlo riposare.»

«Perché non m'avete avvisato?»

«Perché non ci hai dato il tempo…»

Il Galera tese il braccio per farsi perdonare: «Disculpe, señor, fue un malentendido».

«Io non stringo la mano a chi mi aggredisce in casa di mia figlia» disse Gaetano con disappunto. E se ne andò.

Enzuccio comunicò qualcosa in un orecchio a Tonino, che annuì e propose: «Signor Lopèz Perèz, se siete d'accordo, mo' ce ne usciamo e vi portiamo a fare un giro per Napoli».

«Il signor De Luca non ha ancora telefonato?» chiese il trafficante.

«Non ancora, se no ve l'avrei detto.»

«Allora vamos.»

Patrizia ci restò male: «Non vi abbiamo offerto neanche un caffè…».

«La próxima vez» disse *el Rápido*, con l'intima speranza di non rimettere piede in casa Esposito per il resto dei suoi giorni.

Il giro turistico a bordo del SUV permise a Osvaldo Galera di godersi il primo momento di relax della giornata e di riscoprire alcuni luoghi partenopei che aveva visitato a metà degli anni novanta. Tonino ed Enzuccio lo portarono prima nella zona panoramica di Posillipo, poi a Mergellina e sul lungomare Caracciolo.

«Scendiamo a fare quattro passi?» propose Tonino mentre percorrevano la riviera di Chiaia.

Il messicano assentì.

Tonino fermò la macchina in divieto di sosta davanti al museo Pignatelli e fu avvicinato da un parcheggiatore abusivo: «Salve, dotto'!».

«Che vuo'?» grugnì Tonino.

«Vi do un'occhiata alla macchina. So' cinque euro, pagamento anticipato. Potete tornare a prenderla quando volete, pure domani mattina.»

«Cinque euro? Ma si' pazzo?»

«Dotto', la macchina è grossa, per questo dovete pagare di più.»

«Facimme 'na cosa: i cinque euro te li do quando torno, va buo'?»

«E se poi quando tornate io non ci sto?»

«Se non ci stai, rimani fottuto» rispose Tonino.

Il parcheggiatore bofonchiò qualcosa e si allontanò.

El Rápido prese dal trolley una reflex super accessoriata e se la mise al collo.

«Voglio fare qualche foto al golfo» disse.

«Allora dobbiamo passare dentro la Villa Comunale e andare dall'altro lato» fece Tonino.

«Signor Lopèz Perèz, non tenete troppo in vista la macchina fotografica, che ve la possono scippare» consigliò Enzuccio.

Il Galera sorrise: «Mai nessuno mi ha derubato. Soy yo el ladrón».

Poco dopo dovette ricredersi. Mentre stava facendo uno scatto a un gabbiano in volo su Castel dell'Ovo, un ragazzo gli arrivò da dietro, gli sfilò la cinghia della reflex dal collo e con uno strappo lo lasciò a mani vuote. Poi corse verso una moto con la targa coperta, su cui lo stava aspettando un complice. Con una accelerata, i due se la svignarono verso via Nazario Sauro.

L'azione fu talmente veloce che *el Rápido*, a dispetto del suo soprannome, non ebbe il tempo di capire cosa stesse succedendo.

Enzuccio e Tonino, occupati a contemplare le barche a vela ormeggiate davanti al Borgo Marinari, intuirono che fosse avvenuto l'irreparabile quando lo sentirono sacramentare in *español vulgar*. Voltandosi, si avvidero che non aveva più la reflex.

«Che è stato, v'hanno scippato?!» chiese Tonino accorrendo.

«Sì, due ladri con una moto» mormorò il Galera, guardando nella direzione di fuga degli scippatori. «Malditos hijos de puta!»

«Don Toni', corriamoli appresso!» propose Enzuccio.

«Corriamoli appresso? E quando li acchiappiamo? Quelli mo' si staranno già facendo 'na foto ricordo.»

Osvaldo incrociò le braccia, guardò verso il Vesuvio, poi tirò fuori un cellulare e fece una lunga telefonata in spagnolo durante la quale si dimenò e alzò la voce. Nelle sue frasi ci furono tre parole ricorrenti: *tontos*, *locos* e *cornudos*.

Alla fine della conversazione si fece riaccompagnare da Tonino ed Enzuccio alla macchina, prese il trolley e disse: «Adiós!».

«Ma come, ve ne andate?» chiese Tonino.

«Sì, torno all'aeroporto.»

«E l'appuntamento con don Pietro?»

«Ditegli che gli amici di Guadalajara gli mandano muchos saludos.»

Qualche secondo dopo salì su un taxi e sparì.

Per Tonino fu tale la sorpresa, che ignorò persino la rigatura comparsa sulla portiera dello Yeti, proprio sotto lo spazio da cui l'uomo-Pitbull aveva divelto la maniglia. Il parcheggiatore aveva lasciato la sua firma.

La chiamata di *Mezarecchia* arrivò mentre Tonino ed Enzuccio stavano attraversando l'incrocio di via Salvator Rosa.

«Puoi portarlo» disse il guardaspalle di De Luca.

«Tato', non posso portare a nessuno. Se n'è andato» fece Tonino.

«Chi?»

«Lopèz Perèz.»

«E dov'è andato?»

«A Capodichino. È ripartito. So' successi dei fatti, mo' per telefono non ti posso spiegare.»

«Mantieni 'o cellulare appicciato.»

Tatore avrebbe subito riferito la cosa a De Luca, dopodiché ci sarebbero state verifiche e conseguenze.

Infatti *Mezarecchia* richiamò: «Fatti vedere domani mattina alle dieci vicino alle *cantarelle*. 'O pullastro se sta brucianne».

Tonino sudò freddo e prese in seria considerazione l'idea di sparire dalla faccia della terra. Non potendo attuare questo comprensibile intendimento, si preparò al peggio.

Le *cantarelle* sono delle piccole cavità dove anticamente i corpi dei defunti venivano messi seduti a disseccare e a *scolare* prima della sepoltura. Si trovano nelle catacombe di San Gaudioso, sotto la basilica di Santa Maria della Sanità, e in altri luoghi di culto napoletani. Questi sedili scavati nel tufo, dotati di un foro centrale in cui defluivano gli umori corporali dei cadaveri, hanno fatto nascere una delle più terribili espressioni di malaugurio partenopee: *Puozze scula'!* Ossia: che tu possa consumarti e morire a poco a poco, goccia dopo goccia.

Tonino comprese che la convocazione di De Luca davanti alle *cantarelle* aveva un funesto valore simbolico, e quella notte non chiuse occhio. Altrettanto fece Patrizia, ma per altre ragioni. Il biondo messicano e la sua fragranza *Amor ardiente* le avevano scompigliato la psiche, mentre la figuraccia dei peperoncini e *lo scherzetto* di Gaetano avevano fatto precipitare il suo umore nell'avvilimento.

Entrambi si contorsero nel letto senza riuscire a dar pace ai loro separati pensieri, e all'alba presero a vagare per l'appartamento scambiandosi monosillabi.

Morto di sonno e di timori, Tonino alle dieci in punto traghettò lentamente le sue membra attraverso la navata centrale della basilica, salutò il *Munacone* e giunse davanti alla cancellata da cui si accedeva alle catacombe di San Gaudioso.

Ciruzzo *'o Schiattamuorto* e Tatore *Mezarecchia* erano già lì, vicino agli angioletti in marmo posti a tutela della scala a doppia rampa che conduceva al presbiterio.

«Tonino, don Pietro è ad attenderti nella zona sotterranea» disse Ciruzzo. «Io e Tatore ti formuliamo i nostri più sinceri auspici di buona sorte.»

Mezarecchia suggellò l'augurio con una riverenza.

Strascicando i piedi, Tonino scese nella cripta. Le luci soffuse, gli affreschi sbiaditi dai secoli e dall'umidità, i cubicoli, l'ambulacro e le nicchie in penombra davano al luogo una forte suggestione. Un tocco macabro era assicurato da vari teschi murati nelle pareti, con il resto dello scheletro disegnato nello spazio sottostante. In alcuni *nobili* casi, al cranio e alla raffigurazione delle ossa erano stati aggiunti elementi identificativi del defunto: una tavolozza e un pennello per il pittore Giovanni Balducci; una spada per il cavaliere Scipione Brancaccio; una gonna a pieghe larghe per donna Sveva Gesualdo, principessa di Montesarchio.

"Meglio le Fontanelle, almeno là ci sta 'o Capitano che mi protegge" pensò Tonino.

Come stabilito, *'o Tarramoto* era accanto alle *cantarelle*.

«Ti rendi conto?» furono le sue prime parole.

Tonino calò il capo.

«Ti rendi conto di quello che hai combinato? Ti rendi conto che m'hai messo in un casino che non hai proprio idea?»

«Sì, don Pie', ho sbagliato, ho sbagliato…»

«Io mo' per mettere a posto tutte 'e cazzate che hai fatto ieri, mi devo andare a sottomettere di qua e di là. Senza calcola' 'o fatto che mi può saltare un affare di diversi milioni. E tutto questo, per averti chiesto che cosa? Di intrattenere una persona per manco mezza giornata. Ma stiamo dando i numeri, Toni'? Tu me faje fa' 'e croci con la mano storta. Addirittura 'o messicano lo stavi avvelenando! Ma che cazzo di modi sono? Ma tu comme 'a vuo' fa' 'a malavita?»

«Non volevo avvelenarlo, è stato un imprevisto. Don Pie', è come se mi portassi la iella addosso. Ieri me ne so' capitate di tutti i colori. Io ci metto la buona volontà, ma poi va tutto storto.»

«Toni', te l'ho detto all'inizio dell'anno e te lo ripeto adesso: questa non è arte tua. Errori come quelli che hai fatto ieri danneggiano le fondamenta della nostra organizzazione e la espongono a rischi d'ogni genere. Io ho voluto darti un incarico di una banalità incredibile, e tu l'hai fatto diventa' 'na tragicommedia. Se non eri il figlio di don Gennaro, a quest'ora t'avevo già mandato sottoterra. 'E te nun me pozzo cchiù fida', Toni', mi dispiace. Da questo momento ritieniti libero. Continuerò a farti avere 'o sussidio familiare come è giusto che sia, ma non sarai più al mio servizio.»

Tonino si sentì svenire: «No, non potete farmi questo, io mi uccido!».

«Non dire fesserie.»

«Dico sul serio, don Pie': mi butto da sopra al Ponte dei Francesi.»

Arrivò un gruppo di visitatori con una guida turistica. De Luca fece cenno a Tonino di seguirlo. Si spostarono davanti ai resti dell'affresco che raffigurava la Morte trionfante con corona, spada e clessidra.

'O Tarramoto si passò una mano tra i capelli, poi emise la sentenza: «Te voglio veni' incontro, per l'ultima volta. Stai a riposo per qualche mese, poi vediamo».

«Fino a quando devo aspettare?» domandò Tonino.

«Ne riparliamo dopo l'estate. Per il momento goditi la famiglia.»

Tonino non ebbe la possibilità di replicare, perché il boss gli voltò le spalle e si eclissò.

Da un cunicolo sbucarono i turisti con la loro guida, intenta a illustrare le caratteristiche delle catacombe: «È davvero singolare che questo luogo, in cui prevalgono simboli di morte, sia dedicato a Settimio Celio Gaudioso, il vescovo africano che nel quinto secolo, a causa di un naufragio, approdò nel golfo di Napoli a bordo di una barca malandata. Il suo nome deriva dal latino *gaudium*, che significa *godimento, contentezza*. Ecco: l'anima della città partenopea e dei suoi abitanti è proprio a metà strada fra la gioia e il dolore, la vita e la morte, la luce e il buio. Un attimo prima si ride e ci si diverte, un attimo dopo arriva la tristezza».

VIII

MAZZATE!

'O Napule è 'na malatìa.

L'assioma, compilato con vernice indelebile, occupava un'intera parete del Club Azzurro. Tutt'intorno erano attaccati i poster di grandi calciatori che avevano indossato con onore la maglia del Napoli: Antônio de Oliveira Filho detto Careca, Totonno Juliano, *Palo 'e Fierro* Bruscolotti, Alemão, Zola, Ruud Krol. E ovviamente lui: il *Pibe de Oro*, la *Mano de Dios*. Diego Armando Maradona.

Al Club Azzurro i veri tifosi, i *malati* di pallonite, si radunavano quotidianamente per discutere dell'andamento delle partite, per osannare, imprecare, gioire, sognare. E quando il Napoli giocava in casa, organizzavano spedizioni allo stadio per sostenere i loro beniamini.

Ora l'occasione era ghiotta. Domenica nove maggio, penultima giornata del campionato di serie A. Il Napoli era impegnato al San Paolo contro l'Atalanta, squadra di Bergamo. In caso di vittoria, per la compagine partenopea ci sarebbe stata la certezza matematica di accedere, dopo sedici anni, a una delle massime competizioni continentali, l'*Europa League*, «anticamera» della *Champions*. Un evento storico, che avrebbe fatto dimenticare delusioni, patemi, fallimenti societari, retrocessioni, bestemmie.

Furono raccolte le adesioni, acquistati i biglietti, preparati i vessilli, le sciarpe, i cappellini, le vettovaglie e lo striscione d'ordinanza con la scritta CLUB AZZURRO RIONE SANITÀ NAPOLI FOREVER.

A mezzogiorno la delegazione del circolo sportivo salì a bordo di sei auto e con le bandiere al vento partì alla volta del San Paolo. Trenta persone in tutto, tra cui Tonino, Enzuccio e Genny, nel ruolo di mascotte. Non mancavano Egidio Scuppetta detto *'o Fringuello*, apprezzato nel rione per le sue formidabili doti canore, e Aniello Garofalo detto *Tarzàn*, conosciuto negli stadi d'Italia per il suo selvatico *aplomb*.

Presidente del Club da tempo immemorabile, *Tarzàn* sarebbe passato sul cadavere della propria madre pur di vedere il Napoli in cima a tutte le possibili classifiche. Ogni anno veniva rieletto per acclamazione dai soci del circolo. In una sola circostanza una voce solitaria s'era levata a contestarne la leadership. Il dissidente era stato rinchiuso in uno stanzino e costretto a confessare, sotto la minaccia di una pistola caricata con liquido urticante, d'essere un tifoso della Juventus in incognito.

A due ore dall'inizio della partita, la comitiva del Club Azzurro prese posto sulle gradinate della curva A. *Tarzàn* fece esporre lo striscione e cominciò a narrare, con tono epico e per mezzo di un idioma vietato ai minori, la saga delle sue imprese compiute in regioni straniere situate a sud e a nord del fiume Volturno. Genny si divertì moltissimo e rivelò l'intenzione di raccontare alla mamma alcuni degli episodi appresi. Tonino glielo sconsigliò vivamente.

Il pranzo della delegazione sportiva fu assai morigerato: pane cafone, melanzane sott'olio, salami napoletani, frittate di maccheroni e fette di casatiello risalenti al periodo pasquale. Enzuccio distribuì manciate di taralli sugna e pepe preparati dalla madre.

Quando le squadre entrarono in campo, un boato fece sussultare gli spalti. L'annuncio della formazione del Napoli fu sostenuto da undici *olé* di compiacimento. Non ebbe sorte eguale la lettura dei nomi dei giocatori atalantini.

Alle quindici l'arbitro Orsato di Schio fischiò l'apertura del match. Il terreno era in perfette condizioni, la temperatura mite, gli spettatori cinquantamila. Quasi tutti vestiti d'azzurro.

"Speriamo che fanno 'na bella partita e che nessuno mi viene a disturbare" pensò Gaetano, seduto nel soggiorno di casa sua davanti alla tv.

Assunta era in camera da letto a farsi un riposino, e nella palazzina si sentiva soltanto una musica delicata e malinconica. Gaetano per alcuni minuti la ignorò. Poi, mentre al San Paolo il gioco era fermo e il pubblico stava inoltrando cortesi saluti alla moglie di un calciatore della squadra ospite che s'era permesso di stendere un giocatore partenopeo, si alzò incuriosito e andò verso l'ingresso.

Sul pianerottolo capì che era un tango.

Le note provenivano dall'appartamento di fronte, dove abitava Manuela. Oltre alla melodia, si sentivano delle risate.

La porta era aperta, e Gaetano la varcò.

Alla mezz'ora del primo tempo Marek *Marechiaro* Hamšík dalla fascia sinistra fece filtrare nell'area avversaria un pallone d'oro per l'argentino Lavezzi. *El Pocho* bruciò sullo scatto il suo marcatore e si ritrovò a tu per tu con il portiere atalantino Consigli. Tirò di piatto destro e l'estremo difensore bloccò a terra la sfera.

Tarzàn maledisse il santo protettore dei portieri bergamaschi.

'O Fringuello intonò uno struggente brano d'amore dedicato al Napoli: «Ovunque tu vada, noi ti seguiremo! La gente che ci vede ci domanda: "Voi chi siete?". E noi gli rispondiamo: "Noi siamo la curva A! Noi siamo, noi siamo, noi siamo, noi siamo, noi siamo la curva A!"».

«Anie', stiamo andando bene!» disse Enzuccio al suo presidente di Club. «Ci dobbiamo solo stare attenti ai centrocampisti dell'Atalanta, che avanzano troppo palla al piede.»

«E si vede che tengono la uallera!» barrì *Tarzàn*.

«Papà, che cos'è la uallera?» chiese Genny.

«È un'ernia molto grossa» spiegò Tonino.

«E che cos'è l'ernia?»

«Te lo dico più tardi, mo' fammi vede' 'a partita.»

Al quarantaduesimo il centrocampista napoletano Christian Maggio passò il pallone al compagno di squadra argentino Germán Denis, soprannominato *el Tanque*.

Tonino sentì vibrare il cellulare nei pantaloni. Chiamata in arrivo.

Di prima intenzione, *el Tanque* lanciò sulla destra l'attaccante stabiese Quagliarella.

Tonino fissò il display del telefonino. Era Patrizia.

Quagliarella controllò due volte la sfera, poi scaricò un gran tiro in diagonale.

«Pronto, Patty...» disse Tonino voltandosi di lato per sentire meglio.

Patrizia stava per parlare, quando sentì l'esplosione dello stadio: «Gooooool!».

Anche Tonino la sentì. Molto da vicino. Forte, fortissima. E comprese che il Napoli era andato in rete.

Se in quel momento avessero fatto una ripresa panoramica del San Paolo dall'alto, si sarebbe notata la vivace esultanza dei tifosi e, nella curva A, un puntino immobile. Una zoomata avrebbe potuto rivelare che il puntino corrispondeva a un uomo con la faccia amareggiata e il cellulare appoggiato su un orecchio. Tonino.

«Patty, cazzo, ma proprio adesso mi dovevi chiamare?!»

«Perché?»

«Perché ha segnato il Napoli!»

«E quindi?»

«E quindi per rispondere al telefono nun aggie visto 'o gol.»

«Te lo vedi alla televisione.»

«Patty, io sto allo stadio e 'o gol me lo devo vedere alla televisione? Nun me fa' innervosi'!»

«Nun me fa' innervosi' tu, che te ne sei andato alla partita proprio oggi che è 'a festa della mamma!»

«E la festeggiamo stasera, 'a festa della mamma. Che vuoi, perché hai chiamato?»

«Volevo sapere se Genny ha mangiato.»

«Solo per questo hai telefonato?»

«Sì, solo per questo. Ha mangiato?»

«Ha mangiato.»

«Sta bene?»

«Sta bene, è vivo, sta facendo 'o filo a 'na guagliuncella e si sta divertendo. Si' cuntenta, mo'?»

«Sì, so' cuntenta. Cia'!»

«Goooooool!» gridò per la ventesima volta *Tarzàn*.

Con *La Cumparsita* come colonna sonora, Manuela nel suo salottino stava mostrando a Tina un passo di danza: «Il tango non bisogna sentirlo nella testa ma nel petto. Il tango è sentimento, gioia di vivere, passione».

«E nostalgia» aggiunse Gaetano affacciandosi nella stanza.

«Nonno!» fece Tina con gioia. E corse ad abbracciarlo.

«Manuela, perdonatemi se so' entrato senza bussare, ma il richiamo di questa musica è stato davvero irresistibile» disse Gaetano.

«Lei è il benvenuto» esclamò Manuela. «Stavo dicendo a Tina che il tango è più vicino al cuore che al cervello.»

«Senza dubbio» approvò Gaetano. «Quando ti entra dentro, non se ne va più. È successo pure a me. Il tango me lo porto nel cuore da quand'ero ragazzo.»

«Davvero?» si meravigliò Manuela.

«Lo sentii per la prima volta in una sala da ballo, e da allora esco pazzo ogni volta che le sue note mi arrivano all'orecchio. *La Cumparsita*, poi, tiene un fascino tutto suo, tipico del Sudamerica.»

Tina lanciò una proposta: «Perché non ballate insieme questo tango?».

Manuela si sentì impacciata: «Non so se è il caso...».

«Io sono un poco arrugginito» si difese Gaetano.

«Fatelo per me» disse Tina.

Gaetano non se lo fece ripetere. Si sistemò il gilet, spostò all'indietro il piede destro, irrigidì il capo e allungò il braccio sinistro verso Manuela in segno d'invito.

«Bravo, nonno!» plaudì Tina.

Manuela capì che se si fosse tirata indietro avrebbe dato una cocente delusione alla nipote e al consuocero. Quindi fece ripartire da capo *La Cumparsita*, porse la destra a Gaetano e aspettò il primo movimento.

Al ritmo del bandoneón, Gaetano propose, come primo assaggio, gli otto passi tipici della *salida basica*. E si dimostrò un ballerino per niente arrugginito.

Gli spazi ristretti della stanza non rappresentarono un ostacolo per i due *tangheri*, che deliziarono Tina con improvvisazioni e repentini cambi di passo. E dopo tanto tempo si risentirono di nuovo giovani.

Tonino trascorse l'intervallo della partita seduto e con la testa fra le mani. Si ridestò solo quando ebbe inizio il secondo tempo e *'o Fringuello*, con l'accompagnamento coristico di tutta la curva, eseguì una nuova canzone: «Io ti seguirò ovunque giocherai e mai ti lascerò, anche se sono guai! Amo i color, la maglia ancor di più, con tutto il cuor, con l'anima e la mente mia!».

In campo i partenopei si limitarono a gestire il vantaggio e ad arginare le sporadiche incursioni degli atalantini. Ordinaria amministrazione per Orsato, che stava comunque arbitrando con imparzialità.

Ma in ogni tifoso si annida la certezza che l'arbitro, qualunque arbitro, anche quello in possesso di un certificato di santità, sia in qualche modo un disonesto, un malfattore, un venduto. Nel rispetto di questa convinzione, *Tarzàn*, adoperando tonalità sonore da foresta vergine, ritenne opportuno rammentare allo stadio che il cranio del direttore di gara era provvisto di notevoli escrescenze ossee. Poi invitò il direttore medesimo a introdursi il fischietto in un luogo apparentemente inadatto. Infine menzionò per grandi linee tutti i defunti di primo, secondo e terzo grado della famiglia Orsato.

L'arbitro non diede peso alle riflessioni del presidente del Club Azzurro e seguitò a controllare la partita in scioltezza. *Tarzàn* ci rimase male, e per alcuni minuti si chiuse nel mutismo. Poi la confraternita di neuroni *malati* residenti nel suo cervello lo scosse suggerendogli di rivolgere ad alto volume una sequenza di domande ai tifosi della curva, i quali accettarono di buon grado l'interrogazione perché evidentemente già conoscevano le risposte. Difatti, replicarono con sicurezza e velocità a ogni quesito alzando tutti insieme le braccia.

«Qual è la nostra unica fede?» fu il primo interrogativo di *Tarzàn*.

«Il Napoli!» urlarono i tifosi.

«Chi è il nostro unico Dio?»

«Maradona!»

«Qual è il nostro unico colore?»

«L'azzurro!»

«Dove batte il nostro cuore?»

«Al San Paolo!»
«Cosa vogliamo noi?»
«La vittoria!»
«Quando vinceremo?»
«Sempre!»
«E se qualcuno ci tradisce?»
«Mazzate!»

Dopo due ore di pennichella, Assunta aprì gli occhi, si stiracchiò, infilò le ciabatte e trotterellò verso la cucina per prepararsi un caffè. Caricò la macchinetta, la mise sul fuoco e gridò: «Gaeta', chi sta vincendo?».

Dal soggiorno non giunsero notizie.

«Gaetanuccio bello, ti sei addormentato davanti alla televisione?»

Non era raro che Gaetano, guardando la tv, partisse per il mondo dei sogni. Mai, però, gli era accaduto durante le partite del Napoli, che lo tenevano ben sveglio e gli davano una gran frenesia. Nelle fasi di gioco più emozionanti s'agitava sulla poltrona come se avesse le convulsioni. Tirava calcioni e fendenti nell'aria, faceva smorfie, si contorceva, pronunciava frasi sconnesse.

Così Assunta andò a verificare a cosa fosse dovuto l'anomalo silenzio.

Trovò l'apparecchio acceso e la poltrona vuota.

"E dov'è andato?" pensò. "Sarà sceso da Patrizia?"

Con l'intenzione di dargli una voce dalle scale, uscì sul pianerottolo. Stava per aprir bocca quando lo sentì ridere sguaiatamente. La risata non veniva da giù, no. Veniva dall'appartamento di fronte. Dalla casa di Manuela.

«Uh, 'stu piezzo 'e scurnacchiato!» mugugnò Assunta immaginando terribili nefandezze. E a passo di carica marciò verso il luogo di perdizione.

Pescò suo marito e Manuela a ballare stretti stretti, guancia a guancia, il *Tango delle capinere* nella mitica versione di Luciano Tajoli: «A mezzanotte va la ronda del piacere e nell'oscurità ognuno vuol godere…».

Tina, ferma in un angolo a osservare i danzatori con aria trasognata, per prima si accorse dell'arrivo della nonna, livida e furente, con le mani protese come artigli, e dal suo subconscio emerse il ricordo della sera in cui i suoi genitori l'avevano portata a vedere uno spettacolo del circo Orfei e una tigre aveva tentato di sbranare il domatore.

Proprio come una belva rabbiosa, Assunta emise un ruggito e si scagliò contro i due peccatori.

Sgomenti, Manuela e Gaetano si strinsero ancora di più.

«Assu'» arrivò a dire Gaetano nell'attimo in cui la consorte gli appioppò un cazzotto nel fegato. «Assu', non t'arrabbiare!» aggiunse piegandosi in due.

Assunta gli rispose con un calcio in uno stinco.

«Gliel'ho chiesto io di ballare, nonna!» disse Tina.

«E bravi» fece Assunta con gli occhi di brace. «Siete proprio bravi, bravi, bravi. Vi meritate un applauso. Vi siete messi d'accordo, eh? Bella schifezza! Io dormo e voi mi fate le corna!»

«Ma qua' corna?» si difese Gaetano. «Non stavamo facendo nulla di male.»

«E voi non vi vergognate?» disse Assunta a Manuela. «Volete fare la vedova allegra?»

Manuela preferì non raccogliere la provocazione e rimase zitta.

Toccandosi il fianco dolorante, Gaetano provò a gettare acqua sul fuoco ma non misurò bene le parole: «Assu', non fare vajassate. Stavamo solo ballando 'o *Tango delle capinere*. E se devo essere sincero, la signora Manuela lo sa ballare pure bene, perché tiene 'na forte sensualità».

Assunta non ci vide più: «'A capa nera? 'A sensualità? Puorco! Questo sei: un grandissimo puorco. Tu e 'sta specie 'e femmina. Site dduje puorci!».

«Credo che con le sue ingiurie stia superando i limiti» disse Manuela.

Da tempo Assunta aspettava un'occasione del genere per dire ciò che pensava: «I limiti li avete superati voi. Ma chi vi credete di essere? 'Na marchesa, 'na sciantosa, 'na soubrette *non-mi-toccate-lasciatemi-stare*? Tenete sempre 'a puzza sotto 'o naso. Ma dalla superbia, ricordatevelo, non si ricava niente. Volete fare la padrona senza 'o comandante. Quand'era vivo vostro marito, quando eravate *'a signora Esposito*, forse contavate qualcosa. Mo' non valete quattro soldi».

«Il suo atteggiamento è intollerabile» disse Manuela. «Lei è una povera pazza. Esca immediatamente da casa mia.»

«Che cosa sono io?»

«Una povera pazza.»

«Ma je mo' te scippo tutte 'e capille!»

Come un torello, Assunta caricò a testa bassa. Gaetano si frappose tra lei e Manuela e si beccò una craniata sullo sterno, pedate, graffi e schiaffi.

Tina corse a chiamare rinforzi.

Olga e Patrizia sopraggiunsero quando Gaetano, allo stremo delle forze, stava per soccombere sotto le grinfie della moglie.

«Mammà, calmati, fermati!» implorò Patrizia.

Assunta non le diede ascolto e continuò a scalciare e a menare colpi nel tentativo di agguantare Manuela che era indietreggiata verso una parete, a distanza di sicurezza.

Fece la sua comparsa anche Giggetto, che provò ripugnanza per la zuffa in corso e batté in ritirata.

Ci vollero tutte le energie muscolari di Olga per neutralizzare l'indemoniata. La domestica cinse Assunta con le braccia, la immobilizzò, se la caricò su una spalla e se la portò via come un sacco di patate.

Gaetano si sentì girare la testa e crollò sul pavimento.

Manuela e Tina scoppiarono a piangere.

«Mi spiegate che caspitarola è successo?» domandò Patrizia.

«'Na tromba d'aria, un tifone, un ciclone!» disse Gaetano. E svenne.

Al San Paolo i tifosi partenopei, pregustando la vittoria, stavano sbeffeggiando l'Atalanta, che in classifica era a un passo dalla retrocessione: «Tornereeete, tornereeete, tornerete in serie B!».

All'ottantaduesimo Lavezzi allargò sulla sinistra per l'accorrente Bogliacino.

Tonino sentì la vibrazione del suo cellulare.

Il centrocampista del Napoli arrivò sulla linea di fondo e crossò al volo.

Tonino osservò il display. Era di nuovo Patrizia. "Non mi freghi per la seconda volta" pensò. Senza perdere d'occhio il campo di gioco, premette il tasto di ricezione e si portò velocemente il telefonino all'orecchio. Con altrettanta velocità *'o Fringuello*, posizionato davanti a lui, alzò le ali e gli coprì la visuale.

Il bomber Quagliarella, appostato sotto la porta, salì al secondo piano per andare a colpire di testa il pallone e spedirlo in rete. Due a zero.

«Gooooool!» urlò tutto lo stadio.

«Pronto, Toni'...» disse Patrizia.

Anche volendo, Tonino non avrebbe potuto sentirla, perché il San Paolo era una bolgia. Preso dall'entusiasmo, *Tarzàn* si girò verso Enzuccio e lo baciò sulla bocca. Enzuccio ebbe un moto di ribrezzo e sputacchiò sulle scarpe di un compagno di Club, che a sua volta gli demolì un timpano con il suono di una trombetta spray.

«Toni', mi senti?» disse a voce alta Patrizia. «Toni'!»

«Che vuo'?» rispose Tonino sotto shock.

«Tu così mi rispondi?»

«E come ti devo rispondere? Non t'era bastato il primo gol? Pure 'o sicondo mi dovevi intossicare?»

«Toni', ma di che stai parlando?»

«Di che devo parlare, secondo te? Della partita! M'hai fatto perdere pure 'o raddoppio del Napoli!»

«Ma che me ne fotte d' 'o raddoppio!» sbraitò Patrizia. «Toni', devi correre subito a casa!»

«Perché?»

«È capitata la disturbata.»

«Che disturbata?»

«Tua madre e mia madre stavano per pigliarsi a mazzate.»

«Finalmente! Sia lodato san Gennaro! Sicuramente ha cominciato quella strega di tua madre.»

«Non offendere! Ha cominciato tua madre, che s'è messa a balla' 'o tango con mio padre.»

«Ah, ce stava pure don Gaetano?»

«Sì, e fessacchiotto com'è, ha acchiappato lui le mazzate al posto di tua madre.»

«Bene! Così s'impara a mettersi sempre in mezzo.»

«Tu scherzi? S'è pure sentito male ed è svenuto.»

«Benissimo!»

«Toni', ma mi stai sfottendo?»

«Embè, in qualche modo mi devo vendica' che m'hai fatto perdere i due gol del Napoli, no?»

«Non fare lo stronzo e vieni subito a casa! È pure scuppiata 'a machinetta!»

«'A machinetta? Qua' machinetta?»

«'A machinetta d' 'o cafè di mia madre.»

«E gliene compriamo un'altra.»

«Toni', sei un imbecille! Quando torni facciamo i conti!»

«Sì, Patty, aspettami per la cena, perché dopo la partita io e Genny andiamo a festeggiare con gli amici. Cia'!»

Con un sospiro di soddisfazione, Tonino spense il cellulare.

«Goooooool!» si sgolò per la trentesima volta *Tarzàn*.

«Pa', con chi stavi parlando?» chiese Genny.

«Con tua madre.»

«Che voleva?»

«È scoppiata la macchinetta del caffè di nonna Assunta.»

«Veramente? E la nonna s'è fatta male?»

«No, sfortunatamente.»

Non ci furono altri gol, e il Napoli con la doppietta di Quagliarella staccò il biglietto per l'Europa. I giocatori azzurri fecero un giro di campo per salutare i tifosi, e dagli spalti si levò più volte il *refrain* della canzone *'O surdato 'nnammurato*.

Tarzàn e *'o Fringuello* cantarono con ardore, ma Tonino li surclassò con una voce cristallina mai udita a memoria di San Paolo: «Oje vita, oje vita mia, oje core 'e chistu core, si' stata 'o primmo ammore, e 'o primmo e ll'ùrdemo sarraje pe' me!».

Le parole si dividono in due categorie: pesanti e leggere. Le parole pesanti feriscono, danno dispiaceri e sofferenze, talvolta spengono per sempre un dialogo, un rapporto, i sentimenti. Le parole leggere uniscono, fanno nascere sorrisi, restano sospese nell'aria come segni di gioia.

Assunta e Manuela si erano scambiate parole pesanti, e ci vollero due settimane di serrati confronti interfamiliari per smussarne almeno formalmente gli effetti. Patrizia avocò a sé il comando delle operazioni e, fatta salva la buona fede dei protagonisti della rissa, mise in pratica la strategia del gioco a somma zero: tutti avevano ragione, tutti avevano sbagliato, nessuno avrebbe ricevuto guadagni o perdite.

Gaetano definì *un atto avventato* il suo ingresso nell'abitazione di Manuela e con la mano destra sul cuore giurò che non avrebbe più fatto una cosa del genere se non dopo aver ricevuto, *almeno a gesti*, un'autorizzazione da Assunta.

Manuela fece ammenda dell'espressione *povera pazza* e dichiarò di averla usata nel parapiglia senza pensare al suo significato.

Assunta chiese scusa per l'aggressività fisica e verbale e la addebitò a un moto di gelosia che lei, *femmina docile e mansueta*, mai si sarebbe sognata di poter esternare.

Dal canto suo Tina, pur precisando di non voler rinunciare alla propria libertà d'espressione, giurò che non avrebbe più chiesto ai nonni di ballare un tango, un valzer o un rock'n'roll.

Olga ammise di non aver trattato Assunta con il dovuto riguardo, ma le fu riconosciuta l'attenuante d'aver agito in stato di pericolo.

Tonino promise che non sarebbe andato allo stadio quando in famiglia si profilavano mazzate all'orizzonte.

«Papà, come facciamo a capire se ci sono mazzate all'orizzonte?» domandò Genny.

«Ci informiamo prima» rispose Tonino.

Il patto di non belligeranza fu siglato durante un summit enogastronomico che gli Esposito tennero nell'osteria Bacco e Ciacco, davanti a piatti di vermicelli allo scoglio, spigole all'acqua pazza e insalate di mare. Gaetano concluse il banchetto di rappacificazione con le parole: «Lunga vita a noi, peste e corna a chi ce vo' male!».

IX

QUANTO FA L'IGUANA?

Tra la fine di maggio e i primi di giugno, durante il ponte per la festa della Repubblica, in casa Esposito si verificarono quattro eventi significativi. Genny ebbe un attacco di dissenteria e rimase incollato alla tazza del water per ventiquattr'ore. Giggetto stracciò a morsi una ciabatta di Assunta. Gaetano approfittò dei saldi per acquistare un papillon rosa a pois gialli. Tonino in un incubo fu accerchiato dai Sioux e riuscì a mettersi in salvo grazie al provvidenziale intervento di Robocop.

A risentire di questi avvenimenti fu soprattutto Patrizia, che la mattina del tre giugno si alzò in stato d'agitazione. Tonino era da alcuni giorni cupo e silenzioso, Genny e Tina dovevano riprendere la scuola, e lei aveva un appuntamento dal parrucchiere. Si lavò e truccò, e con un elastico si raccolse i capelli in una coda. Indossò un paio di scarpette da running ammortizzate e la sua tuta da jogging preferita, quella bianca col cappuccio e le bande laterali dorate, e alle sette e trenta cominciò a sbraitare: «Tina, spicciati in quel cacchio di bagno! Genny, ti sei lavato, hai fatto colazione, hai preparato i libri e i quaderni? E forza, forza, che facciamo tardi. Tonino! Toniii'! Fosse una volta che mi desse 'na mano! Olga, metti qualche merendina nello zaino di Genny, poi fa' 'na pulita alla gabbia di Sansone, che puzza come un cane morto. Tonino! Toniii'!».

Tonino era a letto. Sveglio, ma faceva finta di dormire. Quando la moglie dava in escandescenze, si teneva alla larga. Si tirò il lenzuolo sul naso e restò lì, fermo e vigile, con gli occhi semichiusi.

Olga attuò subito gli ordini di Patrizia. Stipò nello zaino di Genny uno snack con crema di cacao, un bombolone ripieno di crema chantilly, una rosetta con Nutella, due succhi di frutta e un Kinder Bueno. Appoggiò lo zaino nel corridoio e con passo marziale entrò nella sala da pranzo. Quando la vide entrare, Sansone tremò: ogni volta che Olga puliva il terrario, lo strapazzava senza alcun riguardo.

La domestica si scorciò le maniche della camicetta, calzò due guanti in lattice e scoperchiò il terrario. Afferrò l'iguana con ambo le mani, la sollevò e la parcheggiò su una poltrona. Pulì e disinfettò il contenitore, si voltò per riprendere Sansone e trasalì. La poltrona era vuota. Il rettile non c'era più.

Olga guardò sotto la tavola, dietro il televisore, sotto i mobili. Niente. Svanito.

Sansone non s'era spostato di molto. Preso dalla curiosità, aveva attraversato la stanza, aveva fatto capolino nel corridoio e, attratto dagli aromi provenienti dallo zaino di Genny, vi si era acquattato all'interno.

Olga corse in cucina ad avvisare Patrizia: «Signora, non trovo più l'iguana…».

«Come, non trovi più l'iguana?» domandò Patrizia.

«L'ho presa e l'ho messa sulla poltrona, poi non l'ho trovata più» piagnucolò Olga.

«E cercala, starà qui da qualche parte. O forse se n'è fuggita. Magari! Andrei subito ad appicciare tre candele davanti a san Becienzo. Io mo' devo scappare, che mi devo andare a fare pure i capelli. Tina! Tinaaa!»

«Che c'è, mamma, perché gridi?» disse Tina uscendo dalla sua cameretta.

«Sei pronta?»

«Sì, sì, sono pronta.»

«Vuoi un passaggio?»

«No, vado a piedi.»

Tina frequentava il primo anno del liceo classico Vittorio Emanuele, in piazza Dante. Un quarto d'ora di camminata. Si faceva accompagnare con l'auto solo quando c'era maltempo.

«Allora va'» disse Patrizia dandole un bacio sulla testa. «Genny, tu piglia 'o zaino e scendiamo. Toni', alzati, ca nun se trova cchiù Sansone! Da' una mano a Olga ad acchiapparlo, che la colpa è tua se teniamo 'sto guaio in casa! Io porto Genny a scuola, poi vado dal parrucchiere!»

Nel letto, Tonino provò due sentimenti contrastanti: gioia per l'assenza della moglie, che gli avrebbe consentito di trascorrere in santa pace la mattinata, e apprensione per la strana scomparsa dell'iguana. Ritenne che fosse il caso di alzarsi per aiutare Olga nelle ricerche.

Senza accorgersi di Sansone, Genny chiuse la cerniera dello zaino e se lo mise in spalla. Lo sentì più pesante del solito, ma per la fretta non ci badò tanto.

Dal fondo del corridoio, Giggetto aveva visto e sentito tutto. Se avesse potuto parlare, avrebbe detto: «Vai, Sansone, fagli vedere chi sei! Però torna, che dobbiamo ancora fare tante cose insieme».

Patrizia e Genny scesero nel garage. Quando Genny scagliò lo zaino nel mini bagagliaio della Smart, Sansone rischiò il soffocamento. Stava finendo d'ingoiare un boccone del Kinder Bueno e dovette deglutire con forza per evitare che gli andasse di traverso.

Con le tette appoggiate sul volante, il busto rigido e lo sguardo aggressivo, Patrizia attraversò il rione con la citycar e raggiunse, nella zona dei Vergini, l'istituto scolastico Sacro Cuore, gestito da suore domenicane. La scuola privata più esclusiva del quartiere Stella.

«Mi raccomando, Genny, so' gli ultimi giorni di scuola, non fare arrabbiare le monache» fece Patrizia arrestando l'auto davanti all'edificio.

Genny era in quinta elementare e vantava una condotta scolastica turbolenta. Alternava periodi di svogliatezza e pigrizia a fasi di insubordinazione, che gli avevano procurato numerose note disciplinari.

«Sì, mammà, ciao» disse scendendo dalla macchina.

«Fa' 'o bravo, ci vediamo all'uscita» aggiunse Patrizia.

Genny prelevò lo zaino dal bagagliaio ed entrò nell'istituto. Non avrebbe mai immaginato che Sansone in quel momento gli stesse mordicchiando il diario. Raggiunse la sua aula al primo piano, poggiò lo zaino accanto al suo banchetto in prima fila e si mise a scherzare con i compagni. L'insegnante non era ancora arrivata.

Patrizia tornò indietro con l'auto, salì sul corso Amedeo di Savoia e occupò un posticino libero proprio a due passi dall'oggetto dei suoi desideri: il negozio su cui campeggiava la scritta SASÀ COIFFEUR POUR DAMES.

Data l'ora, pensava di essere la prima cliente. Invece all'interno trovò sedute, con le mani in grembo, due donne, una anziana e l'altra sulla quarantina. Patrizia le riconobbe. Erano Teresina e Maria, le più pettegole del rione. Conoscevano i fatti di ognuno, e ci ricamavano sopra come i veri artisti dell'*inciucio* sanno fare.

«Buongiorno» disse Patrizia.

«'Ngiorne...» risposero Maria e Teresina aguzzando la vista.

Sasà andò incontro a Patrizia tutto festante: «Patty cara, che piacere!». Le prese le mani e la squadrò da capo a piedi: «Fatti guardare: stai benissimo!».

Patrizia sorrise: «Grazie, Sasà, sei sempre un tesoro».

«Come stai?»

«Non c'è male, ma mi sento ingrassata» rispose Patrizia palpandosi i fianchi. «Devo torna' a fare palestra.»

«In cosa posso accontentarti?»

«Mi fai uno shampoo, una messa in piega e la tinta.»

«Sbrigo prima le signore, poi sono tutto tuo.»

Sasà era adorato da ogni donna del rione. La sua dichiarata omosessualità e le movenze femminee ne arricchivano il temperamento gioviale. Anche i maschi lo rispettavano e gli volevano bene per la sua spontaneità e simpatia.

La stessa cordialità ce l'aveva suor Paoletta, la maestra di Genny. Piccoletta, con gli occhialini squadrati e un viso paffuto, entrò in classe con una pila di volumi e cartelline.

«Buongiorno, bambini.»

Gli alunni si alzarono: «Buongiorno, maestra».

«Congiungete le mani e ripetete insieme a me la preghiera del mattino. O Signore, ti ringrazio per avermi donato un altro giorno e mi impegno a essere buono, educato e ubbidiente. Amen.»

«Amen» risposero in coro i bambini.

«Seduti. Prima di iniziare la lezione di oggi, volevo farvi qualche domandina. Martina, cos'hai fatto di bello in questi giorni?»

«Sono stata con i nonni, che mi hanno regalato una bambola di Hello Kitty con i fiorellini» raccontò la piccola.

«E tu, Nicola?» chiese la suora a un riccioletto seduto nell'ultima fila.

«Nun aggie fatto proprio niente, maestra, so' stato tutto 'o tiempo a casa» fece Nicola.

«Va bene, Nicola, però cerca di esprimerti meglio. Il dialetto è importante, ma dobbiamo imparare tutti a parlare bene in italiano.»

Suor Paoletta guardò verso il banco più vicino a sé: «Genny, a te com'è andata?».

«Ho giocato a *God of War*.»

«E cos'è questo *God of War*?»

«È un gioco della PlayStation dove ci sono dei personaggi che si danno un sacco di mazzate.»

Tutta la classe rise.

«Genny, devi usare giochi meno violenti» raccomandò la suora.

«Eh, io l'ho detto a papà che mi deve comprare *L'incredibile Hulk*, ma non mi è stato a sentire.»

Intanto da Sasà si faceva gossip.

«Signora Patri', vi siete viste le puntate?» domandò Teresina.

Patrizia, che andava matta per le fiction e i reality show, fu colta alla sprovvista: «Quali puntate?».

«Quelle dell'*Isola dei famosi*» precisò Teresina.

«Ah, e come no! L'edizione di quest'anno è stata un capolavoro.»

«Avete detto 'na santa verità, signo'! Pur'io mi so' spassata. Mi piace specialmente quando si sgamano i tradimenti e si pigliano tutti quanti a male parole.»

«Teresi', vorrei vedere a te al posto loro» intervenne Maria mentre si faceva frizionare i capelli da Sasà. «Io, se venissi a sapere che mio marito mi fa le corna, gli spezzerei le coscetelle.»

Teresina rise forte, e per poco non sputò la dentiera. Con naturalezza si rimise a posto la protesi, poi si girò verso l'ingresso del locale per accertarsi che non stesse entrando nessuno e rivelò: «Avete saputo? 'A signora Giuseppina *'e Triccabballacche*, quella che sta al vico Lammatari, si tiene a uno. Quando la mattina il marito esce, le lenzuola non fanno neanche in tempo a raffreddarsi, che già nel letto ci sta l'amante». Abbassò la voce: «Uè, io non vi ho detto niente…».

«E chi parla?» assicurò Maria. «Ccà ognuno se fa 'e fatti suoi!»

Patrizia cercò di coinvolgere il parrucchiere, che aveva seguito con spasso la conversazione: «Sasà, tu che ci racconti? Come vanno i tuoi amori?».

«Sto frequentando un ragazzo di Mergellina bellillo assai. Stasera mi viene a trovare a casa.»

«Hai capito a Sasà!» esultò Teresina. E stavolta la dentiera la perse davvero.

Nella classe di Genny, terminato il giro di racconti dei bambini, suor Paoletta ordinò: «Prendete il libro di scienze. Oggi parleremo dell'apparato digerente».

Genny raccolse lo zaino da terra, lo mise sul banco, aprì la cerniera e si trovò a tu per tu col muso di Sansone, che tra le fauci reggeva il bombolone. La cresta di Genny e quella dell'iguana quasi si toccarono.

«Sansone!» gridò il ragazzino.

«Genny, ho detto il libro di scienze, non quello di religione» rimproverò suor Paoletta.

«Sa… Sa…» balbettò Genny indicando con un dito l'apertura dello zaino. «Sansoneee!»

L'iguana mollò il bombolone, mise la testa fuori dallo zaino e saltò sul banchetto.

Suor Paoletta sgranò gli occhi. «Il demonio!» urlò.

I bambini iniziarono a strillare terrorizzati. Chi si nascondeva sotto un banco, chi si metteva le mani sulla faccia, chi abbracciava un compagno. Solo il piccolo Nicola rimase seduto, impassibile, a osservare lo spettacolo.

Genny fece un tentativo disperato: «Sansone non vi fa niente, è buono! Sansone, statti fermo, nun fa' 'o cattivo!».

L'iguana non gli diede retta. Si voltò e vide suor Paoletta in piedi accanto alla cattedra. Con un balzo, atterrò a un passo da lei. La monaca, convinta che quell'essere verde con gli occhi rossi fosse il diavolo, incaricò le proprie corde vocali di produrre un grido acutissimo, la cui eco fu percepita anche nel palazzo di fronte.

L'istinto animale portò Sansone ad associare la veste nera della suora alla sagoma minacciosa del cacciatore che lo aveva catturato in una foresta del Madagascar. Quale miglior occasione per vendicarsi della violenza subita? Con quattro zampettate raggiunse suor Paoletta e le azzannò una caviglia.

Un altro tipo di istinto, quello religioso, spronò la monaca a liberarsi dal male. Scalciando, costrinse il rettile a lasciare la presa. Nell'azione concitata, Sansone perse un incisivo e vomitò il Kinder Bueno.

In preda al delirio, suor Paoletta uscì dall'aula e attraversò a velocità sostenuta il corridoio gridando: «Il demonio! Il demonio! Il demonio!».

Il bidello Tobia e il maestro di ginnastica Coppola, che stavano accorrendo richiamati dagli strepiti, se la videro passare davanti come un razzo.

«Caspita, e questa stabilisce il record dei cento piani *indoor*» osservò Coppola.

«Prufesso', che significa *indoor*?» chiese Tobia.

«Significa ca mo' sicuramente dà 'na capata nella porta.»

In effetti, al termine della corsa suor Paoletta andò a sbattere con la testa contro il portoncino che dava sulle scale. Prima di accasciarsi al suolo priva di sensi, ebbe una visione nella quale le apparve una schiera di santi, serafini e cherubini.

In pochi minuti, tutto l'istituto fu in subbuglio. Nel corridoio si creò una ressa di alunni, insegnanti e monache. La superiora, madre Celeste, invitò tutti a tornare nelle classi e a lasciare libera solo la quinta C, dove era iniziato il trambusto. Genny si rifiutò fermamente di abbandonare l'aula e rimase a sorvegliare Sansone, che era spaparanzato sulla cattedra e si toccava con la lingua la cavità da cui gli era schizzato via il dente.

Arrivarono un'ambulanza per suor Paoletta e una guardia veterinaria per Sansone. L'iguana, dolorante e stremata dalle emozioni, si fece catturare con facilità. Prima d'essere rinchiusa in una gabbietta, fu medicata alla bocca.

Ignara di quanto stava accadendo nella scuola di Genny, Patrizia stava dibattendo del *Grande Fratello* con Teresina e Maria.

Le arrivò una chiamata sul telefonino. Il numero di casa.

Era Tonino: «Patty, ancora non riusciamo a trova' a Sansone».

«Sia ringraziato san Becienzo!» esclamò Patrizia.

«Non dire così, lo sai quanto ci tengo a quell'animale.»

«Appunto: è un animale. Fallo torna' dove stanno gli altri animali.»

«Oggi cu tte nun se po' parla'. Comunque ti volevo informare che io, Olga e tuo padre abbiamo guardato in tutta la casa. Non ci sta. So' andato a vedere pure là fuori. Niente. Casomai, quando torni, da' un occhio per le strade, po' essere ca è sceso giù al rione. Quello sembra moscio, ma se vuole, diventa veloce. Hai capito?»

«Sì, aggie capito, cia'!» rispose Patrizia troncando la telefonata.

Dopo tre secondi, il cellulare le squillò di nuovo.

"Il numero della scuola di Genny" pensò guardando il display. "E mo' che vogliono le cape di pezza?"

«Signora Patri', buongiorno, so' Tobia, 'o bidello 'e Genny. Dovete venire subito a scuola.»

«Perché, che è successo?» chiese Patrizia scattando in piedi allarmata.

«Niente, state a pensiero quieto.»

«Dimmi la verità, è successo qualcosa a Genny?»

«Nooo, lui sta benissimo! È suor Paoletta che è andata all'ospedale.»

«Uggesù! Non s'è sentita bene?»

«Eh, diciamo così... Vi aspettiamo, madre Celeste vi vuole parlare.»

«Vengo.»

Maria e Teresina, che avevano ascoltato le telefonate con le orecchie in movimento come radar, domandarono all'unisono: «Che è stato?».

«Devo correre a scuola di mio figlio.»

«Problemi?» accennò Sasà con discrezione.

«Boh... Al telefono non me l'hanno voluto comunicare. M'hanno detto solo che suor Paoletta l'hanno portata all'ospedale.»

«Suor Paoletta? E che le è venuto? Quella è così giovane!» fece Teresina. «Ma vedi un poco come vanno a capita' certe disgrazie...»

Patrizia salutò velocemente il parrucchiere e le due donne. Uscendo dal locale, sentì la raccomandazione di Maria: «Signo', fateci sapere!».

A scuola Tobia informò dettagliatamente Patrizia di quanto avvenuto e la accompagnò da madre Celeste.

«Sta assai arrabbiata» avvertì il bidello.

«E io che ci posso fare?» disse Patrizia.

Genny era seduto su un divanetto davanti alla porta della superiora. Accanto a lui, l'iguana in trappola.

«Hai visto Sansone che ha combinato?» fece Genny alla madre.

«E come no. Quando torniamo a casa, mi sentono. Mo' aspettami un attimo qua, che devo parlare con madre Celeste.»

Tobia bussò alla porta, la socchiuse e annunciò: «C'è la mamma di Genny».

«La faccia entrare» si sentì dall'interno.

Tobia si fece da parte per far passare Patrizia, e gesticolando le fece capire di mantenere la calma.

«Buongiorno» disse Patrizia entrando.

«Buongiorno, signora, si accomodi» rispose madre Celeste, in piedi accanto alla finestra che affacciava sul cortile interno dell'istituto.

Patrizia si sedette su una vecchia sedia di legno scuro. Nella stanza regnava l'austerità. Uno scrittoio, una poltroncina in stoffa, due scaffali con libri di preghiere. Su una parete, un grande crocifisso. Sotto il crocifisso, un inginocchiatoio consumato dall'uso.

«Signora, ha saputo che cosa è successo?» chiese la superiora con tono accusatorio.

«Sì, ho saputo.»

«Ebbene, mi può spiegare, per piacere, perché suo figlio si è presentato a scuola con un rettile?»

«Non è stata colpa sua. La nostra domestica stamattina stava pulendo l'animale, quello è scappato e si è andato a nascondere nello zaino.»

«Ha accompagnato lei Genny a scuola?»

«Sì.»

«E durante il tragitto non si è accorta della *bestia*?» Pronunciò l'ultima parola come se stesse parlando di Lucifero.

«No, non me ne sono accorta.»

«La prossima volta stia più attenta.»

Patrizia si spazientì: «Che volete dire?».

«Quello che ho detto: di stare più attenta. Non è la prima volta che suo figlio si rende protagonista di episodi che mettono in cattiva luce il nostro istituto.»

«Dal mese prossimo non succederà più» ribatté Patrizia con puntiglio. «Finita la quinta elementare, non vi darà più fastidio.»

«Signora Scognamiglio...»

«Signora Patrizia Scognamiglio coniugata Esposito, prego.»

La superiora sbuffò: «Signora Patrizia Scognamiglio coniugata Esposito, non ho alcuna intenzione di perder tempo in chiacchiere. Le polemiche non fanno parte del mio modo d'agire. Sappia soltanto che giudico di una gravità estrema l'episodio, che ha messo a repentaglio l'incolumità dei bambini e di suor Paoletta. Non procederò legalmente contro di lei e la sua famiglia. Tuttavia, la invito a essere più diligente nei suoi doveri di madre e a seguire con maggiore attenzione suo figlio, il cui rendimento scolastico anche quest'anno ha lasciato molto a desiderare».

«Che significa, che è ciuccio?» inveì Patrizia.

«Non ho detto questo, signora.»

«Se Genny non rende, è colpa vostra, che non gli avete saputo dare i giusti insegnamenti. Noi vi abbiamo pagato.»

«Questo non è un buon motivo per giustificare comportamenti inadeguati. Il nostro corpo insegnante è fra i migliori di Napoli.»

«E pure la mia famiglia è tra le migliori di Napoli» disse Patrizia alzandosi. «Arrivederci, madre Cele'. E 'a prossima volta, ammesso e non concesso che ci sarà una prossima volta, non fatemi chiamare dal bidello, chiamatemi voi!»

Uscì dalla stanza come una furia e travolse Tobia che stava origliando dietro la porta.

Sul divanetto, Genny stava succhiando un Chupa Chups, mentre Sansone lo guardava implorante dalla gabbietta.

«Piglia a 'st'animale e jammuncenne, Genny» comandò Patrizia.

Nella Smart, mentre Genny le raccontava i particolari della mattinata, Patrizia si calmò e rise più volte.

«Mammà, dovevi vedere a suor Paoletta quando è scappata dalla classe. "Il demonio, il demonio!" alluccava.»

«Sai che ti dico, Genny? Mo' ci andiamo a gioca' i numeri. Può darsi che vinciamo qualcosa di soldi.»

Patrizia si fermò nel vico Fonseca, davanti al negozio *Lotto e mangiato*. Metà ricevitoria e metà paninoteca. «Tu aspetta qua» disse a Genny.

Entrò nel locale e andò dritta verso il gestore: «Buongiorno, don Cosimo. Mi voglio giocare un terno secco sulla ruota di Napoli, però mi dovete aiutare».

«Ditemi pure, signora Patrizia.»

«Mi gioco quarantatré, *'a monaca*, e settantadue, *'a meraviglia*. Poi mi dovete dire quanto fa l'iguana.»

«'A che?»

«L'iguana. Quella che assomiglia a 'na lacerta, ma è assai cchiù grossa. Se venite fuori, ve la faccio vedere. La tengo in macchina.»

«Signo', e voi camminate con un'iguana nella macchina?»

«Sta dentro a 'na gabbietta.»

«Meno male. Comunque ho capito che belva è, ma mi trovate impreparato. Nessuno m'aveva mai chiesto l'iguana. Aspettate, piglio *'a Smorfia* e vediamo a che numero corrisponde.»

Don Cosimo inforcò gli occhiali da presbite, prese un librone da sotto al banco, si mise a sfogliarlo e trovò la pagina giusta: «Ecco qua: *iguana*».

Studiò il brano sfregandosi il mento, poi declamò: «Dunque, signora Patrizia, ascoltatemi bene, il fatto è serio. Teniamo quattro possibilità. L'*iguana semplice* fa trentotto. L'*iguana adulta* sessantotto. L'*iguana cucciolo* trentadue. L'*iguana con prole* settantaquattro. Quale ci giochiamo?».

«E je che ne saccio?» butto lì Patrizia.

«E lo dovete sapere!» esclamò don Cosimo. «Non possiamo improvvisare. Il lotto mica è 'na pazziella. Il lotto è scienza scientifica. Fatemi capire: quest'iguana com'è? È neonata o maggiorenne? Se piglia ancora 'o bibberon oppure mangia da sola? È sposata? Ha famiglia? Tiene figli?»

«Don Co', mi mettete in difficoltà. Dovrei chiedere a mio marito, è lui che l'ha portata a casa.»

«Volete prima approfondire lo stato civile dell'animale e poi ripassate?»

«No, non c'ho tempo. Facciamo così: mi gioco l'*iguana adulta*.»

«Siete sicura?» chiese don Cosimo.

«Abbastanza. L'animale è grande, quindi penso che è adulto. Fate venti euro, terno secco.»

«Bene. Allora quarantatré, settantadue e sessantotto. Niente ambo?»

«Niente ambo.»

Il ritorno a casa di Patrizia, Genny e Sansone fu salutato con gioiosi saltelli da parte di Giggetto.

Tonino, Olga e Gaetano tirarono un sospiro di sollievo. Si erano rassegnati alla dipartita dell'iguana, e stavano pensando di organizzare una veglia funebre in sua memoria.

Sansone fu rimesso nel terrario e Genny narrò con enfasi le imprese mattutine. Nonna Manuela gli regalò un libro a fumetti e nonna Assunta uno scapaccione.

Patrizia non perse l'occasione per invitare Olga a essere più avveduta e per rinfacciare al marito la sua testardaggine nel voler tenere in casa un rettile così imprevedibile. Il sorriso le tornò grazie a Tina, che rientrando da scuola comunicò di aver preso nove all'interrogazione di storia.

Il broncio le riapparve la sera, quando in tv furono annunciate le estrazioni del lotto. Sulla ruota di Napoli uscirono *'a monaca*, quarantatré, *'a meraviglia*, settantadue, e l'*iguana con prole*, settantaquattro. Evidentemente Sansone era papà.

«Niente ambo?» aveva chiesto don Cosimo.

Niente ambo.

X

ALL INCLUSIVE, SPIAGGIA PRIVATA, TUTTI I COMFORTS

«Toni', dove facciamo la villeggiatura?»

Era la domanda che Patrizia formulava ogni anno, appena terminavano le scuole.

Tonino aveva tempo libero in abbondanza, e della villeggiatura non gli importava un fico secco. Fosse dipeso da lui, avrebbe saltato a piè pari i mesi di luglio, agosto e settembre.

«Non lo so, Patty, decidi tu» rispose leggendo *La Gazzetta dello Sport*.

La *disoccupazione* forzata lo aveva reso apatico e lo aveva fatto aumentare di peso. Il suo unico assillo era di ottenere la riabilitazione da De Luca. «Ne riparliamo dopo l'estate» aveva sentenziato il boss. Ma Tonino sperava di essere reintegrato prima.

Patrizia si accomodò accanto a lui sul divano della camera da pranzo: «Teso', ho pensato che potessimo andare tutti quanti all'estero. Non abbiamo mai espatriato, e mi farebbe piacere. M'hanno parlato di un posto dove ci sta un mare bellissimo e si spende poco».

«Come si chiama?»

«Sciamp e Sceriff.»

«E addò se trova?»

«Nell'Egitto.»

«L'Egitto? Per quella mummia di tua madre è perfetto.»

«Ma devi sempre offendere?»

«Scusa, tu t'immagini a purta' a tua mamma in Egitto? Quando si sposta di cento metri, le dobbiamo fare la rianimazione. Figurati se deve piglia' l'aereo! L'Egitto è troppo lontano. Da Napoli ci vogliono almeno dieci ore.»

«Era per fare qualcosa di diverso pure per i guagliuni, che so' stati promossi.»

Genny avrebbe meritato la bocciatura, ma per intercessione di madre Celeste era riuscito a ottenere la licenza elementare. Dopo l'invasione dell'iguana e lo scontro con Patrizia, la superiora del Sacro Cuore aveva deciso di toglierselo di torno. Lui e tutta la sua famiglia.

Tina aveva superato a pieni voti il primo anno del classico. I professori e i compagni di classe la veneravano.

«E se andassimo in montagna, sul Matese?» propose Patrizia.

Tonino respinse alla mittente il suggerimento: «No, in montagna no. Mi faccio due palle esagonali. E fa freddo».

«Toni', è estate. Non fa freddo, fa fresco.»

«Dobbiamo scegliere un posto più vicino. Baia Domizia, per esempio. Oppure Ischia.»

«Non sia mai! Troppi napoletani, troppa marmaglia.»

Tonino la buttò lì: «Allora stiamocene a casa».

«A casa? Te staje tu a casa! Io m'organizzo, e 'a villeggiatura me la vado a fare pure senza 'e te.»

Il solo pensiero che Patrizia potesse presentarsi su una spiaggia senza di lui e con le poppe al vento, a Tonino faceva torcere le budella per la gelosia.

«Va buo', Patty, scegliamo un posto a metà strada tra l'Egitto e Baia Domizia e non ne parliamo più.»

In un villaggio turistico una settimana di vacanza è più che sufficiente. Due annoiano. Tre sono una follia.

Gli Esposito prenotarono quattro settimane nel villaggio Maracaibo a Scalea, la località calabrese più frequentata dai napoletani nei mesi estivi. *All inclusive, spiaggia privata, tutti i comforts.*

Svuotati gli armadi, all'alba del tre luglio montarono a bordo di due Yeti, quello nero di famiglia e un altro bianco preso a noleggio. Con gli animali al seguito.

Patrizia fece salire con sé sul SUV bianco i suoi genitori e Tina.

Olga, Genny, Manuela, Sansone e Giggetto si arruolarono nell'equipaggio di Tonino. L'iguana era in una gabbietta, mentre al coniglio fu concessa la libertà vigilata di saltellare nell'abitacolo.

Per Patrizia e Gaetano fu un'impresa tenere a bada Assunta, che per tutto il viaggio si lamentò del caldo, del traffico, dell'aria condizionata, dei limiti di velocità e delle ferie.

«Dovrebbero inventa' un sistema per spostare velocemente 'e persone da un posto all'altro, senza farle stancare» disse.

«Ci stanno lavorando, Assu'» fece Gaetano.

«Veramente?»

«Sì, è 'na tecnica ancora fantascientifica, ma forse tra qualche anno la sperimentano. Si chiama *teletrasporto*. Tu entri in una cabina, schiacci un pulsante e in due secondi ti trovi nel posto dove hai deciso di andare.»

«Bella, Gaeta'! Se non muoio prima, quest'invenzione la voglio provare.»

«E je voglio ave' l'onore di premerti il pulsante, sperando che hai scelto di andare sopra a un altro pianeta.»

Dopo quattro soste per rifornimenti alimentari e impellenze fisiologiche, una trentina di deviazioni per lavori in corso, una visita improvvisata al convento dei Cappuccini di Lagonegro e un panegirico di Tonino sulla campagna acquisti del Napoli, il convoglio degli Esposito lasciò l'autostrada Salerno-Reggio Calabria e all'ora del vespro giunse al Maracaibo.

Quando vide i due SUV stipati fino all'inverosimile, una delle hostess addette all'accoglienza si avvicinò a Patrizia: «Buonasera, benvenuti. Dovete partecipare a una spedizione per la conquista dell'Everest?».

«No, vogliamo solo prendere un mese di sole» rispose Patrizia, poco pratica di geografia extrapartenopea.

Gli Esposito scaricarono i bagagli e invasero la reception. Una ragazza controllò la prenotazione e assegnò le camere: una quadrupla per Tonino, Patrizia e i loro figli; una matrimoniale per Gaetano e Assunta; una doppia per Manuela e Olga.

«Sono tutte e tre centrali, a pianterreno e a pochi passi dalla piscina e dall'anfiteatro» spiegò la ragazza mostrandone la posizione su una mappa del villaggio.

«So' abbastanza tranquille?» domandò Tonino. «Non tanto per noi, che ci piace la baldoria, ma per gli animali. Si possono spaventare.»

La ragazza si turbò: «Quali animali?».

Tonino si voltò verso Genny: «Caccia a Sansone e a Giggetto da dentro la macchina, che li facciamo vedere alla signorina».

Genny andò a prendere il coniglio e l'iguana e li mostrò all'interessata.

«Un momento» fece la ragazza sbarrando gli occhi. E compose un numero sull'interfono: «Dottore, per cortesia, può venire?».

Un minuto dopo si presentò alla reception un pezzo d'uomo tutto abbronzato ed elegante. Il direttore del Maracaibo.

Senza parlare, la ragazza gli indicò Sansone e Giggetto.

L'uomo scrutò la pattuglia degli Esposito e disse: «Mi dispiace, non possiamo accettare animali».

«Io ve l'avevo detto!» esplose Patrizia.

Si fece avanti Gaetano: «Dotto', chiedo venia: cosa c'è scritto sul catalogo del villaggio?».

«Ci sono scritte tante cose» rispose l'uomo. «A quale si riferisce?»

Gaetano aprì il catalogo che aveva tra le mani e indicò una pagina: «Mi riferisco a questa. Qui ci sta scritto che si accettano animali di piccola taglia».

«Sì, ma intendiamo cagnolini tenuti al guinzaglio e con la museruola. Oppure gattini opportunamente sorvegliati. O pesciolini rossi. Voi invece avete un coniglio e, se non erro, un'iguana.»

«Non errate, è proprio un'iguana, un'iguana *meditans*» disse Gaetano. «E convenite con me che essa e il coniglio sono di piccola taglia?»

«Be', sì, in effetti sono di piccola taglia, devo ammetterlo» tartagliò il direttore. «Ma un caso del genere non c'era mai capitato. Tranne quando una famiglia si presentò con un pappagallo.»

«C'è sempre una prima volta. E poi, avremmo mai potuto lasciare a casa da soli due animali così indifesi e affascinanti?»

Sansone mostrò la dentatura con il buchetto da cui gli era partito l'incisivo durante lo scontro con suor Paoletta.

«Potevate affidarli a un ospizio veterinario» disse il direttore.

Gaetano alzò la voce: «Un ospizio? Che crudeltà! Sarebbero stati trattati male, si sarebbero ammalati, avrebbero sofferto la solitudine e sarebbero morti! E lei li avrebbe avuti sulla coscienza».

«Io?»

«Sì, voi. Voi e tutto il villaggio.»

«Senta, non voglio stare qui a discutere del maltrattamento degli animali. Portateli in camera, ma non li voglio vedere in giro per tutto il tempo che sarete qui.»

«Nemmeno il coniglietto può uscire?» chiese Gaetano. «Guardate com'è bianco: un poco di tintarella la deve fare. Gli abbiamo portato la crema protezione cinquanta, per non fargli venire gli eritemi.»

Giggetto fece il musino dolce.

«Fategli fare quello che vi pare, ma non date fastidio agli altri clienti» disse il direttore con tono imbronciato.

«Grazie, dotto', vi daremo soddisfazione.»

Nella prima settimana gli Esposito annusarono e marcarono il territorio.

In spiaggia presero possesso di tre ombrelloni, sei lettini e due sedie a sdraio.

Patrizia per giorni si impomatò dalla testa ai piedi con maschere antirughe, creme solari e unguenti che le davano un pallore cadaverico. Distesa al sole, sembrava una salma esposta in un obitorio.

Tonino si rifiutò di usare intrugli a difesa dell'epidermide. «Mi proteggono le lampade che mi so' fatto prima di partire» disse.

Dovette rivedere la sua posizione quando gli comparvero delle scottature sulla pancia, sulle spalle e sulle braccia, nonché una striatura rosacea molto sbarazzina a copertura del naso e degli zigomi. Gli si irritò anche il tatuaggio di Maradona sul polpaccio, e il viso del *Pibe de Oro* diventò color vinaccia.

Tina partecipò al corso di windsurf e si iscrisse allo Junior Club, dove fece amicizia con ragazzi della sua età.

Genny ritenne le proposte del Mini Club troppo stressanti e preferì dedicarsi alla ginnastica masticatoria a tavola, a scenografici tuffi *a cufaniello* in piscina e alla costruzione di imponenti castelli di sabbia sulle rive del Tirreno.

Con il suo fisico statuario, Olga finì nelle mire del bagnino, che le rivolse, senza ottenere risposta, una serie di complimenti liberamente ispirati al *Don Giovanni* di Molière.

Manuela si accorse del corteggiamento e una mattina provò a favorirlo: «Olga, perché non gli dai corda? È un bel ragazzo».

«È più giovane di me di almeno cinque anni» disse Olga. «E poi, come dice il proverbio, *amore di villeggiatura soltanto un mese dura*.»

Seduta all'ombra, Assunta sentì lo scambio di battute e sfruculiò il marito, che dalla sua sdraio, con una fascinosa paglietta sulla testa, stava attentamente studiando la fauna autoctona di sesso femminile a spasso sulla battigia: «Gaeta', hai sentito a Olga? Quindi è inutile che perdi tempo a guardare le femmine e a immaginare chissà che».

«Assu', e che devo immaginare?» disse Gaetano. «Qua si vede ogni ben di Dio. Piuttosto, tu levati da sotto all'ombrellone, togliti 'sta sottanina di dosso e mettiti al sole, così fai respirare la pelle e riscaldare il cervello.»

«Il mio cervello è già caldo per i fatti suoi» fece sapere Assunta.

L'affermazione trovò conferma nei tre pomeriggi seguenti, quando Assunta sbaragliò decine di concorrenti e vinse i tornei di dama, di scala quaranta e di scopone scientifico *tutti contro tutti*.

Durante uno spettacolo nell'anfiteatro, gli animatori la chiamarono sul palco e le consegnarono tre medaglie.

«A chi vuole dedicare queste vittorie?» le fu chiesto.

«Alla mia bella Napoli!» rispose.

Dalle gradinate giunsero applausi scroscianti. Quasi tutti gli ospiti del Maracaibo erano partenopei.

«È forte tua suocera» disse il signore seduto accanto a Tonino.

«Grazie» rispose lui distrattamente, senza voltarsi.

«Peccato che tiene un genero ebete come a te.»

Tonino si sentì salire il sangue alla testa. "Questa voce l'ho già sentita" pensò. Si girò e ne ebbe la prova. Il tipo al suo fianco, in camicia bianca a maniche lunghe, sui dorsi delle mani portava tatuate le teste di due cobra.

«Il mondo è piccolo» disse l'uomo.

«Voi siete…» mormorò Tonino.

«Sì, so' io. Quello della Panda. Quello di via Don Bosco. Te l'avevo detto che prima o poi t'acchiappavo. Non ho dovuto fare nemmeno lo sforzo di cercarti. Casualmente so' venuto qui in vacanza e t'ho visto, a te e alla tua famiglia. Dal primo giorno.»

«Che volete farmi?»

«Niente, per il momento. Siamo qua per divertirci. C'è tempo. Tu riparti il trentuno luglio, no?»

«Come lo sapete?» chiese Tonino, alla mercé di quella che i medici chiamano *secchezza delle fauci*.

«Me l'ha detto un uccellino.»

«Non siete rimasto soddisfatto d'avermi rovinato mezza macchina? La persona che stava con me vi ha pure dato cento dollari…».

«No, nun so' rimasto soddisfatto. Chi mi chiama bastardo merita qualche attenzione in più. E sai perché? Perché io *veramente* sono un bastardo. Mio padre non l'ho mai conosciuto, e mia madre mi abbandonò quando ancora portavo 'o pannolino. Credimi, è brutto crescere senza 'na famiglia. Tu che ne tieni una, difenditela bene.»

«Non toccate i miei familiari» pregò Tonino.

«E chi li vuol toccare? So' accussì simpatici. Tu, invece, cerca di sorridere di più. Stai sempre con 'sta faccia appesa. L'unica luce che ti si vede addosso è 'o brillantino che porti all'orecchio. E fai esercizio fisico: sei ingrassato forte, da quando t'ho conosciuto in primavera. Bona serata, Toni'.»

«Conoscete il mio nome?»

«Certo. È anche facile da ricordare. Vuo' sape' qual è 'o mio? Rosario. Rosario *'o Serpente*.»

Tonino, preso dal panico, non ebbe il tempo di chiedergli come mai gli avessero affibbiato quel soprannome.

Così com'era apparso, *'o Serpente* svanì.

Conclusa la fase di ambientamento, dalla seconda settimana Patrizia si sottopose a un duro programma di tonificazione corporea: risveglio muscolare, acquagym, aerobica, fitness, danze caraibiche. Di sera partecipava alla baby dance insieme a Genny, e quando c'era da ballare la sigla del villaggio, *Maracaibo Zum Zum*, era in prima fila.

Nonostante qualche doloretto, ci prese gusto e avvertì intorno a sé le occhiate vogliose dei maschi del villaggio. A cena e agli show in anfiteatro si presentava tutta in tiro, con vestitini fascianti, tacchi vertiginosi, minigonne inguinali, trucco *burlesque* e quintali di bigiotteria appesi alle braccia, alle caviglie, al collo, alle orecchie.

«In questo periodo mi sento friccicarella» rivelò a Tonino nell'intimità.

«Tu sei la femmina più bona di Napoli» le disse il marito.

«Però tengo un cruccio.»

«Quale?»

«Non so se posso dirtelo, Toni'. T'arrabbi.»

«Dimmelo.»

«Che dici se mi sgonfio le zizze?»

«Che cosa?!»

«Mi faccio un intervento estetico e me le sgonfio. So' troppo grosse.»

«Ma pe' cortesia, Patty!»

«Vedi? Per questo non te lo volevo dire. Fai continuamente storie, non ti posso confidare niente.»

«Storie? Ci stanno femmine che pagherebbero milioni e milioni per avere le zizze da ciaciona che tieni tu!»

«Ognuna la pensa a modo suo. Per me so' grosse. Tra dieci anni me le trovo mosce e appese.»

«Te faje 'o fiocco.»

«Non pazziare, sono un problema.»

«A me vanno bene così, lo sai.»
«Prima che a te, devono piacere a me.»
«Ma chi ti ha messo quest'idea in testa?»
«Nisciuno. 'A capa è 'na sfoglia 'e cepolla. Basta 'na piccola cosa, e vengono in mente nuovi desideri.»

Un giorno sì e uno no, con la speranza che dalla villa di De Luca partisse qualche segnale positivo, Tonino chiamava Enzuccio.
«Che si dice?»
«Niente di nuovo, don Toni'. 'A situazione è fiacca.»
«Notizie di don Pietro?»
«Ho saputo che dovrebbe andare alle Seicelle.»
«Che è, nu carcere?»
«No, so' delle isole lontane.»
«Se ne va in villeggiatura, quindi.»
«'Na settimana, mi hanno detto.»
«Altre novità?»
«Tatore s'è tagliato i capelli a zero e *Tarzàn* ha fatto fare 'na pittata al Club Azzurro. A voi come va? Vi state rilassando?».
«Molto, Enzu', molto. Sto nella pace del Signore. Mi sembra di stare a Lourdes.»

La lontananza dalla Sanità, le smanie di Patrizia e la presenza minacciosa di Rosario *'o Serpente* resero Tonino sempre più nervoso e petulante. Nel villaggio si muoveva in compagnia di almeno un familiare. Spesso restava in camera a parlare da solo. Ogni minimo rumore lo faceva saltare. Litigò anche col capo animatore, che aveva avuto l'ardire di sfotterlo per il suo guardaroba vacanziero: bermuda hawaiani, sandali con suola di sughero, magliette dei Simpson e occhialoni da sole con la montatura bianca.
Poi cominciò a prendere di mira Tina. La strigliava se di notte

rientrava tardi in camera, se indossava un abitino succinto o a tavola non gradiva una pietanza.

Su consiglio di Manuela, Tina evitò lo scontro frontale e accumulò rabbia.

Un pomeriggio Tonino arrivò in spiaggia e trovò Patrizia a leggere un rotocalco di cronaca rosa e Tina un libro su cui erano raffigurati sei coltelli di colore rosa. *Gomorra* di Saviano.

«Che è 'stu libro?» chiese Tonino.

«Lo vedi che cos'è» disse Tina mostrando il volume.

«Dove l'hai preso?»

«L'ho comprato nel bazar del villaggio.»

«Levalo di mezzo» ordinò Tonino.

«Perché?»

«Perché dice tutte stronzate.»

«E che ne sai tu? L'hai letto?»

«No, ma lo so. Levalo di mezzo o te lo straccio!»

«Non ti permettere!»

«Chi t'ha consigliato di leggerlo?»

«Padre Francesco.»

«Chi? 'O parroco d' 'a basilica 'e Santa Maria?»

«Sì.»

«Come lo conosci?»

«Sto frequentando il gruppo giovanile della chiesa.»

«Da quando?»

«Due mesi.»

Tonino si voltò verso Patrizia: «Possibile che io le cose le devo sapere sempre per ultimo?».

«Che c'è di strano, Toni'?» disse Patrizia con tono accomodante. «Tina non sta facendo niente di male.»

«Per me sì» fece Tonino. E si girò di nuovo verso Tina: «Ti ho detto di levare 'sto libro di mezzo».

«No. Non me lo puoi imporre.»

«Invece io te lo impongo, perché sono tuo padre!» esclamò Tonino dandole un manrovescio su una guancia.

Era la prima volta che le dava uno schiaffo.

Tina si portò le mani al viso e si alzò: «Sei mio padre, sì, ma un padre di merda! Un padre mariuolo di merda!». E corse via.

Tonino si mosse per rincorrerla, ma Patrizia lo afferrò per un braccio: «Fermati, che vuo' fa'?».

«Come, che voglio fa'? Non hai sentito come m'ha chiamato?»

«Lasciala stare. È ragazza, non sa quello che dice.»

A dare il colpo di grazia a Tonino fu la febbre. La temperatura gli salì fino alla soglia dei quaranta gradi. Si mise a letto con una borsa di ghiaccio sulla fronte e Sansone a fargli da badante. Si lagnò di tutto e di tutti, ebbe incubi e allucinazioni, pronunciò frasi deliranti: «Campa cavallo che l'erba cresce. E se cresce, arriva 'o serpente e se la mangia, gnam! Guagliu', voi vi credete di farmi fesso? Non sapete con chi avete a che fare. La carta cantà: io sono il figlio di don Gennaro Esposito! Tengo nu scutèr che va a duecento all'ora, non mi potete acchiappare. Me ne scappo fino in Messico. 'E zizze, 'e zizze! Pum pum pum! Patapapum! 'O marito geluso muore cornuto. Capita', aiutatemi! Ora e sempre: forza Napoli».

Il medico del villaggio lo visitò e disse a Patrizia: «Fatelo riposare e dategli molta frutta e verdura. Ha un'influenza estiva dovuta allo stress e al caldo».

Imbottito di aspirine e prodotti ortofrutticoli, Tonino si rimise in posizione eretta e per giorni e giorni barcollò come un ubriaco senza riuscire ad andare oltre la piscina, che era proprio di fronte alla sua camera. La sera prima della partenza diede da mangiare a Sansone e, con il ristoro psicologico di Patrizia e Gaetano, andò in anfiteatro per assistere allo spettacolo di commiato.

Sansone, mentre consumava la cena a base di anguria e cavolo cappuccio, si accorse che Tonino aveva dimenticato di chiudergli la porticina della gabbietta.

Negligenza, distrazione, atto volontario? L'iguana non si pose il problema. Per tutta la durata della vacanza era stata tenuta in cattività e non le era stato consentito di fare neanche quattro passi in camera. Saltò fuori dalle sbarre, corse nel bagno, si arrampicò su una tubatura e raggiunse una finestrella aperta. Si affacciò, vide la piscina e, poco più in là, le luci psichedeliche dell'anfiteatro. Con un balzo fu all'aperto.

Incitato dagli animatori e assordato dal medley *Disco samba* dei Two Man Sound, sulla pista e sulle gradinate dell'anfiteatro il pubblico ballava, cantava e faceva il trenino.

«Zazuera, zazuera! A-e-i-o-u ipselon! A-e-i-o-u ipselon! Brigitte Bardot, Bardot! Brigitte bijou, bijou!»

Patrizia e Gaetano erano tra i più sfrenati.

Quatto quatto, Sansone, sfruttando le zone buie, si avvicinò all'epicentro dello show e si nascose in un cespuglio ai lati del palco.

«Ay ay caramba, ay ay caramba!»

Stregato dal ritmo, Sansone cominciò a dondolare la coda.

«Brasil, lalalà lalalà!»

Il direttore del villaggio stava sorseggiando uno scotch con un gruppo di clienti, quando l'iguana gli passò tra le gambe. Per la sorpresa, spruzzò il liquore nel décolleté di una signora.

Sansone conquistò il centro della pista, sollevò le zampe anteriori e si mise a ballare. A modo suo. Muovendo la testa di qua e di là.

Molti pensarono che fosse un giocattolo telecomandato. Altri capirono che era un rettile vero e si fecero da parte.

«Eh, meu amigo Charlie. Eh, meu amigo Charlie, Charlie Brown, Charlie Brown!»

Giggetto, che era accoccolato sulle gambe di Tina, drizzò le orecchie. Con quattro salti raggiunse Sansone e ne imitò i movimenti.

La gente, sbalordita, a poco a poco creò un cerchio danzante attorno ai due animali. Nella mischia si lanciarono anche Genny, Olga e Manuela.

Tonino seguì tutta la scena in stato di trance.

«O-le-lè, o-la-là, pega no ganzè, pega no ganzà!»

Il mattino seguente, di buon'ora, Tonino, in vista del viaggio di rientro, si mise a caricare i bagagli sui due Yeti.

Rosario *'o Serpente*, silenzioso, gli arrivò alle spalle: «Buongiorno. Che fai, parti?».

Tonino lasciò cadere la borsa che aveva in mano e istintivamente si portò le braccia davanti alla testa per difendersi: «Non fatemi niente, non fatemi niente!».

«Stai sereno, non ti tocco nemmeno con un dito.»

Tonino abbassò la guardia.

«Ho saputo che sei stato male, Toni'. Ti sei ripreso?»

«Ancora non mi sento tanto bene.»

«Si vede. Sembri un vecchio decrepito. So' i nervi, ti devi curare. Devi evitare gli strapazzi e mettere il cervello in pausa. Comunque guarda il lato positivo: hai perso un poco di panza.»

«Dove siete stato in tutto questo tempo?»

«Qua, nel villaggio» fece Rosario. «Ho fatto l'uomo invisibile. C'ero ma non c'ero. Possibile che non m'hai visto?»

«No.»

«Strano. So' stato sempre vicino a te. Certe volte ti so' pure passato davanti e ti ho sfiorato. Tieni lo spirito d'osservazione di una talpa. Ma tu che fai nella vita, Toni'?»

«'O delinquente» rispose Tonino senza esitazioni.

«'O delinquente? Ah ah ah!» sghignazzò Rosario. «Come delinquente fai proprio ridere. In effetti tutti i delinquenti fanno ridere. Campano male e tengono la faccia infelice. Comunque so' fatti tuoi. Ognuno sceglie di quale morte vuol morire.»

«Mo' che fate?» chiese Tonino.

'*O Serpente* allargò le braccia tatuate: «Parto pure io. Ho prolungato le vacanze per te, per vederti soffrire. Questa è stata la mia vendetta: abbandonarti nella paura. È brutta 'a paura, eh? Sai che ci sta qualcuno che può colpirti da un momento all'altro e ti guardi continuamente attorno, ti impressioni per ogni movimento, te batte forte 'o core. Tieni fifa pure della tua ombra. Come i soldati che stanno in trincea ad aspettare 'o nemico: sanno che prima o poi attaccherà, ma non sanno né quando né come. Io non ho fatto altro che osservarti, Toni'. Ti ho fatto cuocere nel tuo brodo. Al posto mio, hanno agito su di te altre forze: l'angoscia, l'affanno, 'o terrore. Ho preso esempio da quei cartelli che si vedono sulle autostrade, dove ci sta scritto STIAMO LAVORANDO PER VOI. Tornando a Napoli, ogni volta che ne vedi uno, pensami».

XI

CCÀ È TUTTO PERFETTO

«Nun ce vengo, nun ce vengo e nun ce vengo!»

Assunta era fuori di sé. Batteva le gambette, aveva i capelli in disordine, le sopracciglia aggrottate, un tono di voce isterico.

Gaetano sapeva che quando la moglie faceva così non c'era verso di farle cambiare idea, ma tentò ugualmente una sortita: «Se vieni, ti compro 'a cioccolata».

Assunta lo folgorò con lo sguardo: «'A cioccolata? Con questo caldo mi vuoi far mangiare 'a cioccolata? Mi vuoi vedere morta? Ho detto che non voglio venire. E basta».

«Sono le tue ultime volontà?»

«Sì, sono le mie ultime volontà.»

Gaetano si rassegnò: «Vado a dirlo a nostra figlia». E scese al piano di sotto.

Trovò Patrizia in cucina a chiacchierare con Tina e Manuela.

Nella camera da pranzo Tonino era sbracato davanti al televisore a guardare un vecchio episodio di *Walker Texas Ranger*, mentre Genny e Olga stavano pulendo il terrario di Sansone.

Giggetto bighellonava nel corridoio.

«La trattativa ha avuto un esito sfavorevole» dichiarò solennemente Gaetano.

«Eh?» fece Patrizia con l'aria di chi ha sentito una frase di una lingua sconosciuta.

«Tua madre non vuol venire» tradusse Gaetano.

«Fosse 'na volta!» imprecò Patrizia dandosi una manata su una coscia. «Possibile che deve stare sempre chiusa in casa? Pure oggi che è Ferragosto ed è il suo onomastico? Le volevo far pigliare un poco d'aria e comprarle qualche vestitino. Porta sempre quei panni addosso che si ricordano 'a guerra del quindici-diciotto.»

«Ne tiene pure qualcuno che risale alle guerre puniche» riferì Gaetano.

Manuela e Tina risero.

«Papà, ma tu hai tentato di convincerla con le buone?» chiese Patrizia.

«So' stato cchiù diplomatico 'e Kissingèr, ma il nemico è stato irremovibile. Patri', fate così: andate voi. Io vengo la prossima volta. Resto qua a difendere le retrovie.»

«Mamma, posso rimanere anch'io?» domandò Tina.

Patrizia bocciò subito la proposta: «No, tu vieni con noi. È pure il tuo onomastico, non lo puoi passare a casa».

Dopo il litigio in vacanza, Tina e Tonino non avevano avuto un chiarimento. Si schivavano, evitavano il dialogo.

Patrizia interpellò la suocera: «Voi che avete deciso di fare?».

«Preferisco venire in un'altra occasione» disse Manuela. «È da un po' che ho promesso a un'amica del Vomero di andarla a trovare, e oggi ne approfitto.»

Patrizia fece la conta: «Da che potevamo andare stretti in macchina, ci sta addirittura un posto libero. Mo' vedo se vuole venire Olga, che pur'essa non esce mai. Olga!».

La domestica arrivò con una palettina fra le mani: «Dite, signora».

«Vuoi venire con noi? Andiamo a fare spese, ci svaghiamo. Torniamo stasera.»

«Sì, mi farebbe piacere.»

«Tutto fatto, allora, possiamo andare» concluse Patrizia. «Toni', tu si' pronto? Jamme, che so' già le dieci!»

«Io sto aspettando a voi!» gridò Tonino, chiedendosi nel frattempo come mai Chuck Norris quando faceva a cazzotti non perdeva mai il cappello.

Un quarto d'ora dopo, il SUV Yeti degli Esposito fece la sua comparsa sulla salita dei Principi, con Tonino alla guida e Patrizia al suo fianco. Dietro erano seduti Olga, Tina e Genny.

«Toni', la strada la conosci?» chiese Patrizia mentre si ispezionava il maquillage nello specchietto del parasole.

«Quando arriviamo in zona, attacco 'o navigatore. Ci ho fatto montare sopra da Enzuccio un programma che parla napoletano. Dice che è divertente assai.»

Tonino imboccò la Tangenziale a Capodimonte. Dopo tre chilometri prese l'uscita del corso Malta e poi la statale 162 in direzione di Pomigliano. Accese il navigatore e scrisse la destinazione: *Somma Vesuviana*.

Nell'abitacolo risuonò uno stacchetto musicale e poi una voce maschile metallica: «So' Romeo, 'o navigatore partenopeo. Guaglio', va' sempre dritto, non ti puoi sbagliare. E non correre, se no ti levano 'e punti dalla patente».

Tonino e Patrizia guardarono sbigottiti il display parlante.

Genny, che stava giocando con un Game Boy, fermò i pollici: «Pa', che è 'sta voce?».

«'O navigatore paesano» spiegò Tonino.

Patrizia e Olga si scambiarono occhiate di spasso.

Per sette chilometri la voce cantò *'O sole mio*, poi intimò: «Gira addò sta scritto *Cercola*».

Tonino girò.

«Tra seicento metri fa' 'na giravolta spaziale, piglia 'a direzione di via Peppe Garibaldi e poi vai verso 'o santuario della Madonna dell'Arco.»

«'Na giravolta spaziale?» si chiese Tonino. «E che so', Goldrake?»

«Pensa a guidare e nun fa' battute idiote» disse il navigatore.

«È quello che dico sempre pur'io» commentò Patrizia.

Superato il territorio di Sant'Anastasia, l'aggeggio si fece risentire: «Svolta a destra».

Tonino svoltò. Trecento metri più avanti, l'asfalto s'interruppe per fare spazio a un viottolo di campagna.

Il navigatore assunse un tono burlesco: «T'aggie fatto 'o scherzo, t'aggie fatto 'o scherzo! Non dovevi andare di qua! Ci sei cascato, eh? Sei proprio un babbà! Torna indietro!».

Risero tutti, tranne Tonino: «Ah, sì? M'hai fatto 'o scherzo? Mo' ti combino io p' 'e feste!». E schiacciò il pulsante di spegnimento.

Prima di disattivarsi, il navigatore enunciò le ultime parole di circostanza: «Mi stai uccidendo, eh? Disgraziato! Curnuto! Ommo 'e merda!».

Dopo aver chiesto informazioni a un paio di passanti, gli Esposito raggiunsero la meta: il centro commerciale Neapolis, aperto da un mese. Una struttura mastodontica, costruita su un'area che fino a due anni prima aveva ospitato filari di viti, ortaggi e peschi. Trenta ettari in cui erano concentrati un ipermercato, duecento negozi, un cinema multisala, un'area giochi, un bowling, dieci ristoranti, tre pizzerie, uno spazio eventi, un centro benessere e diecimila posti auto.

«Che grandezza 'e Dio!» esclamò Patrizia mentre dall'auto osservava il colosso di vetro, acciaio e cemento.

«Michele me l'aveva detto che era grande, e accussì è. Dopo lo voglio andare a salutare» disse Tonino.

Michele era un suo amico della Sanità, affiliato al suo stesso clan. All'interno del centro commerciale aveva aperto un bar.

Le aree di sosta del Neapolis erano occupate da migliaia di vetture. Tonino trovò posto a mezzo chilometro dal varco principale dell'edificio. Parcheggiò il SUV e s'incamminò con la moglie, i figli e Olga verso la grande bocca di calcestruzzo che fungeva da ingresso. Faceva un caldo bestiale.

Dentro c'era un viavai ininterrotto di gente che cercava refrigerio, vociava, guardava le vetrine, spingeva carrelli, sembrava felice.

«Andiamo prima all'ipermercato?» propose Patrizia.

«Sì, però non compriamo cose inutili» avvertì Tonino. «L'ultima volta ci siamo portati a casa pure un vaso da notte.»

Invece fu proprio lui ad acquistare prodotti d'ogni specie. Quando girava tra gli scaffali gli veniva un'eccitazione incontrollabile. Riempì il carrello di canottiere, calzini, rasoi per la barba, creme antirughe, deodoranti, bottiglie di vino, capicolli, carta igienica. Prese anche un flacone di brillantina.

"Può sempre servire, casomai mi ricrescono i capelli" pensò.

Al culmine dell'esaltazione, fece montare Genny sul carrello e si mise a fare gli slalom tra la folla. Non si fermò neanche dopo aver abbattuto una pila di scatolette di tonno, una piramide di assorbenti e un espositore di slip da uomo.

Dagli altoparlanti rimbombò una voce: «Il responsabile della sicurezza si rechi con urgenza al reparto Intimo!».

Tonino e Genny non captarono l'avviso. Ebbero sentore che stesse accadendo qualcosa d'insolito quando si videro sbarrare la corsa da un energumeno in divisa blu, con le gambe divaricate e le mani sui fianchi. Era alto quanto gli scaffali e aveva due mascelle *oversize*. Sembrava che stringesse un badile tra i denti.

Patrizia, Olga e Tina si tennero a distanza.

«Dove pensate di stare, su un circuito di Formula Uno?» chiese l'uomo.

Tonino capì d'essere pervenuto al traguardo: «Scusate, mi so' fatto prendere un poco la mano…».

«Faccia scendere il bambino.»

«Subito. Genny, scendi!»

Mentre smontava dal carrello, Genny fece cadere il contenuto di una bustona di wafer che aveva già consumato per metà.

Intorno si formò un gruppo di curiosi. Patrizia si nascose dietro uno scaffale.

«Li raccatti, e si ricordi di far passare il prodotto alle casse» ordinò l'agente.

Tonino s'inginocchiò, raccolse i wafer e li rimise nella confezione.

«Ora vada, vada, mister Schumacher» disse il mascellone agitando una mano nell'aria.

All'uscita dell'ipermercato Patrizia diede un ceffone a Genny e abbrustolì Tonino con tre parole: «Sei un idiota».

«Grazie» rispose il marito.

«Mo' ci dividiamo» disse Patrizia. «Olga si porta 'e guagliuni a giocare a baulìng. Io vado al centro benessere.»

«A fare che?» domandò Tonino.

«I massaggi.»

«I massaggi? E chi te li fa?»

«Ci staranno persone specializzate, no?»

«Sì? So' masculi o femmine?»

«Masculi e femmine. Misti. Sei geloso?»

Tonino finse superiorità: «Chi, io? Ma quando mai!».

«E allora, visto che non tieni niente in contrario, io vado. Ci vediamo tutti quanti qua alle due e andiamo a mangiare.»

«E io che faccio?» implorò Tonino.

«Arrangiati.»

Tonino trasportò nello Yeti i prodotti acquistati e tornò nel centro commerciale alla ricerca del suo amico Michele. Lo rintracciò al secondo piano, nel bar che aveva preso in gestione.

«Buon Ferragosto, Miche', tu qua stai in paradiso!» gli disse ammirando i giochi di luce intorno a sé.

«Ho fatto un buon affare» ammise Michele. «Ci vorrà qualche mese per recuperare l'investimento, ma la resa è sicura. Vieni, ti offro qualcosa di fresco.»

Si sedettero a bere a un tavolino appartato.

«Toni', ccà girano soldi a palate. Dicono che c'è la crisi, che la gente non compra, non spende, poi vengono tutti in questi posti e accattano, accattano, accattano. Si scimuniscono. Pare che non vedono l'ora di alleggerirsi 'o portafogli.»

«Capita pure a me, Miche'. È comme 'na frennesìa: pensi solo a comprare, senza sapere che stai comprando e perché lo stai comprando.»

«Capita a tutti.»

«Miche', ma chi controlla 'a situazione qua dentro?»

«Comandano quelli della zona vesuviana, è ovvio, ma delle quote so' state cedute alle famiglie alleate. Ci stiamo pure noi della Sanità. Don Pietro ci ha saputo fare.»

«Ma ci sta personalmente lui in società?»

A Michele scappò una risata: «Don Pietro? E mica è fesso! Quello è un figlio di puttana esagerato. Lui non compare. Ha messo dei prestanome, degli incensurati. La stessa cosa hanno fatto gli altri. Tutto trasparente come l'acqua, tutto regolare. Nessuno può fare contestazioni».

«E la merce da dove arriva?»

«Da ditte scelte, selezionate. Ditte amiche. A me prima di aprire m'hanno dato un elenco: "Questo ti fornisce il caffè e i liquori, questo ti porta le paste fresche, quest'altro ti viene a fare le pulizie".

Mi so' risparmiato 'a fatica di cercare i fornitori. Un'organizzazione perfetta. Lo vedi il ragazzo dietro al banco? Pure quello m'hanno segnalato, e io l'ho preso a lavorare, senza problemi. Contento io, contenti loro. *'O Sistema* funziona accussì.»

«Mi fa piacere per te, Miche', ti meriti ogni fortuna.»

«Me la piglio come viene. Stamme sotto 'o cielo, la fortuna gira. Tante volte gli equilibri si rompono per una stronzata, e scoppia 'a guerra. Toni', ci sono cose che a noi sfuggono. Cose che non sapremo mai. Ma va bene così, dico io. Va bene non farsi troppe domande, non sapere. Si campa meglio.»

Nel centro benessere Patrizia si fece un bagno turco, poi si distese in topless su un lettino per sottoporsi a un massaggio shiatsu. Col metodo Namikoshi. Il suo corpo sussultò più volte sotto le pressioni dei polpastrelli di due terapisti. Entrambi masculi napulitani.

Nella sala da bowling Olga collezionò, tra le ovazioni del pubblico, una dozzina di *strike*. Anche Genny ne fece uno, ma nella pista accanto a quella da cui aveva effettuato il tiro, grazie a una serie di carambole e salti che sfidarono i princìpi della dinamica. Il *frame* successivo non riuscì a completarlo perché gli si incastrarono le dita nei fori della boccia.

Ogni volta che Olga abbatteva i birilli, Tina le saltava al collo con esultanza.

«Sei bravissima, Olga! Dove hai imparato?»

«In Ucraina, nel paesino dove abitavo. C'era una pista da bowling, era l'unico divertimento per noi ragazze. Mi ci portava mia mamma.»

Nelle rare occasioni in cui parlava del suo Paese d'origine e del suo passato, Olga s'incupiva e diventava sfuggente, come se volesse allontanare dei ricordi spiacevoli.

«Dài, Tina, tocca a te» disse. «Anche tu sei in gamba.»

Alle quattordici gli Esposito si radunarono davanti all'ipermercato.

«Ti sei fatta massaggiare come si deve?» chiese Tonino a Patrizia con tono malizioso.

«Sicuro! M'hanno applicato 'o metodo Namicoscia.»

«E il personale era masculo o femmina?»

«Tutte femmine» mentì Patrizia.

«Guarda caso...»

Tina percepì che tra i genitori stavano per scoppiare scintille e deviò il discorso: «Mamma, lo sai che Olga ha fatto un sacco di *strike*?».

«Un sacco di che?»

«Si fa *strike* quando si buttano tutti i birilli a terra con un solo tiro» chiarì Olga.

«Brava, brava...» disse Patrizia senza aver capito.

«E Genny è rimasto incastrato con le dita nella palla» continuò Tina.

«Non è vero!» contestò Genny.

«Ma sì che è vero! Ti hanno visto tutti e ti hanno fatto pure un applauso.»

«Ok, guagliu',» intervenne Tonino «abbiamo capito che vi siete divertiti. Mo' vogliamo andare a mangiare?»

Genny fu categorico: «Io voglio 'a pizza».

«Ma qua non è come nelle pizzerie di Napoli» avvisò Patrizia. «La pizza la fanno 'na schifezza.»

Tonino prese le difese del Neapolis: «Ti sbagli, Patty. Ccà è tutto perfetto. Me l'ha detto pure Michele. Ccà nun se sgarra».

Fecero una fila di mezz'ora in una delle tre pizzerie dell'area ristorazione e attesero per tre quarti d'ora prima d'essere serviti.

Le margherite ordinate da Tonino e Genny arrivarono sotto forma di scricchiolanti ostie. Al centro avevano due foglioline di basilico bruciacchiate. La salsa di pomodoro sapeva di ketchup, e al posto della mozzarella c'era il fior di latte.

La quattro stagioni di Patrizia si presentò senza la primavera e l'inverno.

Olga e Tina dovettero spremere un intero tubetto di maionese per ammorbidire i loro panini ripieni di wurstel e patatine.

Al tavolo accanto c'erano tre ragazzi con l'aspetto da bulli di paese. Masticavano dei saltimbocca e bevevano birre direttamente dalle bottiglie. Parlavano ad alta voce, si davano manate, emettevano suoni primitivi.

Uno di loro guardò più volte con insistenza il petto di Patrizia, che indossava una maglietta aderente su cui c'era la scritta TOUCH ME. Il ragazzo vide che Patrizia non gli dava retta e cominciò a emettere dei fischi di richiamo e a dimenarsi la lingua tra le labbra.

Tonino partì in quinta: «'A finisci 'e rompere 'o cazzo?».

Sui due tavoli calò un silenzio irreale. Per una manciata di secondi si bloccarono tutti, come in un fermo immagine. Genny con la bocca piena, Patrizia con la forchetta a mezz'aria, Olga e Tina con i tovaglioli fra le mani, i ragazzi in tre pose sguaiate.

Il provocatore fissò gli amici come a dire: «Avete sentito pure voi?». Poi chiese conferma a Tonino: «Ce l'hai cu mme?».

Sembrava la copia cafona di De Niro in *Taxi Driver*.

«Eh, ce l'aggie cu tte» attestò Tonino.

«Toni', lascia stare, so' tre muccusielli» disse Patrizia.

«No, non lascio stare. Ti sta guardando le zizze da quando siamo arrivati.»

Il ragazzo mise in posizione verticale il suo metro e sessanta di altezza. Aveva i capelli raccolti in un codino, una t-shirt marrone e un paio di jeans strappati sulle ginocchia.

«Frate', ma staje pazzianne o staje facenne seriamente?» disse.

Prima che Tonino gli facesse presente di non avere un secondo fratello, Olga si alzò. Con una mano abbrancò i testicoli del ragazzo e con l'altra lo afferrò per il codino. Lo sollevò da terra di una trentina di centimetri. La misura necessaria per poterlo guardare negli occhi. «Sta facenne seriamente» gli disse sul muso.

Quando Olga parlava con tono iracondo, la sua voce diventava cavernosa e i lineamenti del viso le si contraevano in un'espressione terrificante.

«Mietteme 'nterra» borbogliò il ragazzo, con la faccia congestionata.

Olga lo mollò, e lui cadde carponi. I suoi amici si mossero.

«Non vi conviene» disse Olga afferrando un coltello dal tavolo. «Pigliatevi 'sto deficiente e andatevene, è meglio per voi.»

I due aiutarono il loro amico a rialzarsi, e senza fiatare lo trascinarono via. Gli avventori del locale, che avevano assistito alla scena con impassibilità, fecero spazio per lasciarli passare. Prima di uscire, il provocatore del terzetto si staccò una mano dagli zebedei doloranti e alzò il dito medio in direzione del tavolo degli Esposito. Tonino ricambiò col gesto dell'ombrello.

«Scusatemi, non sono riuscita a trattenermi» disse Olga. Guardò Genny e Tina: «Ragazzi, vi ho dato un cattivo esempio, perdonatemi. Non fate mai ciò che ho fatto io poco fa». Si mise le mani sugli occhi per fermare le lacrime.

«Olga, e di che ti devi scusare?» fece Patrizia. «Se non era per te, andava a fini' a pesci fetenti. E sempre per colpa di Tonino.»

«Mo' 'a colpa è 'a mia?» esclamò Tonino. «Io ti volevo difendere!»

«Ma che devi difendere? Non hai visto che ottusi erano? Noi siamo circondati dall'ignorantità. Bah, chissà dove andiamo a finire… Che ore so', guagliu'?»

«Le quattro» disse Tina.

«Jamme 'o cinema, almeno passiamo due ore tranquille» propose Patrizia.

Raggiunsero il multisala, studiarono i cartelloni e misero ai voti i film in programma. *Toy Story 3* ottenne quattro preferenze, *Predators* una. Quella di Tonino.

«Mo' mi lasciate un'altra volta da solo?» frignò.

«Papà, vieni a vederti anche tu *Toy Story*» suggerì Genny.

«No, sarà sicuramente 'na cazzatella. A me mi piacciono i film di guerra.»

Genny insisté: «*Predators* non è di guerra. È un film di paura, non ti piacerà. *Toy Story* è divertente».

«No, per una volta voglio fare di testa mia.»

«Allora ci vediamo tra due ore qua fuori, cia'!» troncò Patrizia.

Tonino si munì del biglietto, di un bicchierone di popcorn e di un'aranciata in barattolo, entrò nella sala e capitò seduto fra due giovani coppie.

Ben presto smarrì il filo della trama e pensò che forse Genny aveva ragione. Divorò i popcorn, si tracannò l'aranciata e si agitò sulla poltrona per cercare la posizione giusta. Le coppie ai suoi lati si misero a pomiciare.

Quando l'attore Adrien Brody, nei panni del mercenario Royce, disse «Questo pianeta è come una riserva di caccia, e noi siamo le prede», Tonino s'addormentò e cominciò a ronfare. Il ragazzo alla sua destra gli diede un paio di spinte per farlo svegliare. Tonino aprì gli occhi, si scusò e riprese sonno.

Dormì anche durante l'intervallo e sognò di trovarsi rinchiuso in un manicomio criminale, nella stessa stanza di Hannibal Lecter e Freddy Krueger. Quando seppe che il caporeparto era Dracula, interruppe il sogno e saltò dalla poltrona urlando.

Tutta la sala si voltò a guardarlo. La coppia alla sua sinistra si stava baciando, e per lo spavento lei morsicò la lingua al fidanzato.

Una maschera sparò in faccia a Tonino il fascio di luce di una torcia e lo invitò ad andarsene. Tonino alzò le braccia come se avesse una pistola puntata addosso e si fece scortare fino all'uscita.

Fuori comprò un'altra aranciata e andò a sedersi accanto alla sala in cui stavano proiettando *Toy Story*. Gli passarono davanti i tre bulletti della pizzeria ma non lo videro. Difficilmente avrebbero potuto, perché al loro apparire Tonino s'era nascosto dietro la sagoma cartonata dello sceriffo Woody.

Per prudenza, rimase lì in attesa dei suoi. Genny fu il primo a rintracciarlo: «Pa', che fai, giochi a nascondino?».

«Ma no, stavo riflettendo.»

Patrizia lo stuzzicò: «Dì la verità, *Pretatòrs* t'ha terrorizzato».

«Macché. E che vi siete persi! Nu grandissimo film!»

«Di che parlava?»

«Di un gruppo di guerrieri che combattono contro agli extraterrestri. Alla fine muoiono tutti quanti.»

Olga, che aveva visto il film, non disse nulla.

Per uscire dal parcheggio del Neapolis gli Esposito dovettero fare una coda di un chilometro.

«Papà, attacca 'o navigatore paesano» fece Genny.

«Non esiste proprio» rispose Tonino. «Domani mattina dico a Enzuccio di smontarmelo.»

Sbagliò strada e si ritrovò nel centro di Ottaviano.

«All'andata non mi sembra che siamo passati di qua» disse Patrizia.

«A me pare di sì. Per sicurezza, mo' domandiamo.»

Patrizia cominciò a tamburellarsi le cosce con le dita.

Su uno spiazzo c'era un posto di blocco dei carabinieri. Un giovane maresciallo in divisa, munito di paletta, era nei pressi della carreggiata. Alle sue spalle, accanto a una camionetta, due militari in mimetica imbracciavano delle mitragliette.

Tonino si accostò al sottufficiale e abbassò il vetro del finestrino: «Buonasera…».

«Patente e libretto» si sentì dire con un accento del Nord.

«Brigadie', io volevo solo chiedere un'informazione…»

«Non sono brigadiere.»

«Tengo tutto a posto, non c'è bisogno che controllate.»

«Se è tutto a posto, lo decido io. Patente e libretto» ribadì il maresciallo guardando all'interno del SUV. Patrizia gli fece un sorriso forzato.

Tonino si cavò di tasca la patente, prese da un cassetto la carta di circolazione e le diede al sottufficiale, che buttò un'altra occhiata nell'abitacolo: «Dove siete diretti?».

«A Napoli, al rione Sanità» specificò Tonino.

«Rione Sanità? Strano: state andando nella direzione opposta.»

«Infatti m'era venuto il dubbio, per questo mi so' fermato a chiedere informazioni.»

«Aspettatemi qui. Senza scendere dalla macchina.»

Il maresciallo andò verso la camionetta.

«Chiudi il finestrino» disse Patrizia a Tonino, a denti stretti.

«Perché, senti freddo?»

Patrizia alzò la voce di un'ottava: «T'ho detto chiudilo!».

Tonino ubbidì.

«Io mi domando e dico: le fai apposta?» chiese Patrizia stizzita.

«Che cosa?»

«'E strunzate.»

«Quali strunzate?»

«Numero uno: sbagli strada. Numero due: ti vai a fermare a un posto di blocco dei carabinieri. Numero tre: lo chiami brigadiere, quando minimo minimo è un maresciallo. Non t'è bastato tutto quello che hai combinato oggi? Ma 'a capa te funziona? Almeno 'e documenti 'e tieni a posto?»

«Sì, 'e documenti stanno a posto» rispose Tonino. «Non vedo l'ora che questa giornata finisce.» Aprì la portiera e uscì dallo Yeti per fumarsi una sigaretta. I due militari alzarono le canne delle mitragliette.

«Mammà, mo' ci sparano?» disse Genny.

«Statti zitto pure tu!» sbraitò Patrizia.

Il carabiniere terminò l'accertamento e si riavvicinò a Tonino: «Perché è sceso dall'auto?».

«Brigadie', mi volevo fuma' 'na sigaretta…»

«Le ho detto che non sono brigadiere.»

«Scusatemi, è per modo di dire…»

«Tenga, si riprenda i documenti. Le comunico che è in contravvenzione perché viaggiava, insieme a tutti gli occupanti della vettura, senza le cinture di sicurezza allacciate. E quando si è fermato non ha azionato la freccia.»

Il maresciallo cominciò a scrivere sul blocchetto delle multe.

Tonino si sentì intrappolato come una mosca sotto un bicchiere: «Aspettate un attimo, che fate? A Napoli camminano tutti quanti senza 'a cintura».

«Chi gliel'ha detto? Se anche fosse, starebbero comunque violando il Codice della strada e meriterebbero tutti una contravvenzione. Prima che le notifichi il verbale, vuole esprimere qualche osservazione?»

«No, non tengo niente da osservare.»

«Allora ecco a lei» disse il carabiniere porgendo il foglietto della multa. «Se vuole andare verso Napoli, torni indietro. Più avanti troverà le indicazioni.»

«Stasera avete commesso un'ingiustizia» squittì Tonino.

Il maresciallo si sollevò leggermente la visiera del berretto: «Faccio finta di non aver sentito. Vada. E cerchi di cambiare parere sui suoi concittadini. Non sono tutti come lei crede».

XII

DE JURE E DE FACTO

Lesioni personali aggravate. Con questa ipotesi di reato Pietro De Luca era imputato a piede libero per un episodio di violenza avvenuto una sera di marzo di tre anni addietro, quando Castrese Cozzolino, giovane pregiudicato della Sanità con precedenti per spaccio di stupefacenti, era stato ferito a colpi di pistola in piazzetta Stella.

L'agguato era stato ordinato da Gennaro Esposito. Cozzolino s'era messo a vendere droga sottobanco per conto suo, e questo non era piaciuto al boss, che aveva chiesto ai suoi di punire lo sgarro. A sparare era stato proprio il braccio destro di don Gennaro. Un lavoretto rapido, di routine. Quattro pallottole nelle gambe dello spacciatore e via in moto con Tatore *Mezarecchia*.

Le indagini della polizia avevano puntato dritto su De Luca, anche perché Cozzolino sotto interrogatorio lo aveva indicato come possibile esecutore degli spari, che gli avevano procurato la frattura scomposta di una tibia e di una rotula, tre interventi chirurgici, sei mesi di riabilitazione e un'invalidità motoria permanente. Ma in mancanza di prove *'o Tarramoto* era riuscito a evitare le manette e se l'era cavata con un avviso di garanzia. Prima di morire, don Gennaro gli aveva messo a disposizione Ernesto Borzacchiello, un esperto avvocato penalista al soldo del clan, e tre falsi testimoni con cui costruirsi un alibi: suo figlio Tonino, Ciruzzo *'o Schiattamuorto* e Sabatino *Bergerac*. Quest'ultimo era noto nel giro della malavita locale per il fiuto infallibile che dimostrava quando c'era da valutare la qualità di una partita di eroina o di cocaina.

Nelle udienze preliminari Cozzolino aveva confermato l'accusa e De Luca era stato rinviato a giudizio. Il dibattimento era stato fissato per il tre settembre nel Tribunale di Napoli, diciottesima sezione penale.

La mattina dell'udienza il teste Esposito Antonio, residente in salita dei Principi, coniugato, due figli, arrivò al Centro Direzionale in netto anticipo sull'orario previsto e si perse nella selva di grattacieli. Come molti napoletani, odiava quel luogo così avveniristico e straniante, così lontano dall'architettura e dalla storia della città. Ne aveva paura.

Procedendo per tentativi, trovò il Palazzo di Giustizia, passò sotto il metal detector all'ingresso e si smarrì per la seconda volta. Una moltitudine di avvocati, procuratori, avventizi, tutori dell'ordine, portaborse e sfaccendati si muoveva senza posa in un intrico di scalinate, androni, uffici e ascensori che neanche Escher sarebbe riuscito a concepire. La Legge era nel pieno esercizio delle sue disfunzioni.

Tonino domandò più volte in quale direzione andare, studiò gli avvisi sui display, fece un paio di code sbagliate e alla fine, guidato dall'ansia e dal caso, si ritrovò al quindicesimo piano della torre B, davanti all'aula in cui si doveva celebrare l'udienza. Lo capì dalla presenza nel corridoio di un quartetto familiare, di cui facevano parte il boss De Luca, l'avvocato Borzacchiello, Ciruzzo e *Bergerac*.

«Finalmente sei arrivato!» disse Borzacchiello, il cui gessato antracite faceva *pendant* con una cravattona rosa.

«Scusatemi tanto, m'ero perso» disse Tonino trafelato. «Chisto nun è nu tribunale, è nu labirinto.»

'O Tarramoto lo guardò con l'affettuosità della volpe che ha appena adocchiato una gallina eremita.

«Ti sei ripassato la parte?» chiese l'avvocato a bassa voce.

«Sì, 'a cunosco a memoria» rispose Tonino.

«Allora entriamo» fece Borzacchiello. «'O giudice sta già dentro.»

Nell'aula Castrese Cozzolino era seduto accanto al suo difensore, il giovane avvocato Nello Saporito. I due stavano confabulando fitto fitto, e si bloccarono quando Borzacchiello entrò con De Luca e i tre testimoni.

Il pubblico ministero Rossana Ruggiero, una quarantenne temuta negli ambienti giudiziari per la sua inflessibilità, alzò gli occhi dal faldone che stava scartabellando e si mise a studiare i suoi avversari.

Dopo cinque minuti fece il suo ingresso nell'aula Federico Passarelli, giudice prossimo alla pensione, incartato in una toga troppo grande per la sua corporatura sottile. Aveva sul capo un riporto di capelli color rosso tiziano che partiva dall'orecchio sinistro e terminava sul destro.

Tutti scattarono all'impiedi.

Borzacchiello fece di più. Si avvicinò al magistrato: «Federi', è un piacere rivederti!».

«Piacere mio, Erne'» disse il giudice stringendo la mano all'avvocato.

«Ti vedo bello abbronzato. Stai ancora andando in barca?»

«So' uscito sabato, ma il mare era mosso e non c'è stato sfizio. Riprovo domenica.»

«Fammi sapere: ci possiamo incontrare sotto i faraglioni di Capri. Me so' pigliato un cabinato nuovo e te lo voglio far vedere.»

Dopo la costituzione delle parti e la lettura dell'imputazione, Cozzolino fu chiamato a deporre.

Passarelli, assistito da due ausiliari, gli fece leggere la dichiarazione di rito: «Consapevole della responsabilità morale e giuridica che assumo con la mia deposizione, mi impegno a dire tutta la verità e a non nascondere nulla di quanto è a mia conoscenza».

«Signor Cozzolino, lei conferma la versione dei fatti fornita alle autorità inquirenti, relativa al suo ferimento verificatosi il quindici marzo duemilasette?» chiese il pubblico ministero.

«La confermo.»

«Ce la può brevemente esporre?»

«Erano le dieci e mezza di sera e mi trovavo in piazzetta Stella. Stavo tornando a piedi a casa, quando ho sentito dei colpi di pistola. Mi pensavo che erano fuochi d'artificio, invece mi stavano sparando nelle cosce. Cadendo a terra, vidi a uno con la rivoltella in mano che zompava sopra a una motocicletta dove c'era un suo compare. E con lui se ne scappò.»

«Che aspetto avevano queste persone? Ce ne potrebbe fare una descrizione?»

«Quello con la pistola aveva un fisico normale, quello che portava 'o mezzo era molto chiatto.»

Ciruzzo, seduto accanto a *Bergerac*, pensò subito a Tatore e allungò la parentesi tonda della bocca.

«Non riuscì a leggere il numero di targa del veicolo?» domandò la Ruggiero.

«No, perché ci stava poca luce. E poi, sinceramente, pensai subito a me e mi misi ad alluccare. Se l'autoambulanza non arrivava a tempo, morivo dissanguato.»

«Lei era solo?»

«Sì.»

«C'erano altre persone nella piazzetta?»

«Sì, ma dissero tutti di non aver visto niente.»

«Successivamente lei ha indicato con certezza come autore del reato il signor Pietro De Luca. Perché?»

«Perché quello con la pistola aveva proprio il suo stesso fisico. E poi perché due giorni prima, fuori a un bar, avevamo avuto 'na discussione e lui m'aveva detto: "Una di queste sere ti sparo".»

«Per quale motivo avevate litigato?»

«Davanti al bar era passata 'na guagliona che a lui piaceva, e io senza saperlo avevo fatto un apprezzamento.»

«In precedenza c'erano stati altri motivi di scontro con De Luca?»

«Piccole discussioni, ma niente di che. Non era mai arrivato a minacciarmi.»

La Ruggiero comunicò di non avere altre domande, e Passarelli diede la parola alla difesa.

«Ho da porre un solo quesito» disse l'avvocato Borzacchiello. «Signor Cozzolino, lei ha dichiarato e ribadito che quella sera in piazzetta Stella la visibilità non era delle migliori, e che quindi non poté vedere bene in viso i due attentatori. Giusto?»

«Giusto.»

«Mettiamo che ci fossero state condizioni di luce ottimali. Ecco, in questo caso lei avrebbe potuto riconoscere i volti dei suddetti?»

«No.»

«Come mai, signor Cozzolino?»

«Perché portavano i caschi integrali.»

Zoppicando, Cozzolino tornò dal suo avvocato, e il giudice Passarelli chiamò il primo dei tre testimoni: Sabatino *Bergerac.*

«Dottoressa Ruggiero, le dispiace se faccio prima io qualche domanda?» chiese Borzacchiello.

«Faccia pure, è un teste da lei citato» disse il piemme.

"Tutto come previsto" pensò Borzacchiello.

Con Sabatino, Ciruzzo e Tonino, separatamente, il difensore di De Luca nei giorni precedenti aveva provato e riprovato il copione fino allo sfinimento, come un regista che deve portare in scena una grande opera teatrale.

«Dove si trovava alle ore ventidue e trenta del quindici marzo duemilasette?» fu la prima domanda che fece a *Bergerac*.

«A casa mia» rispose Sabatino.

«Come fa a ricordarlo con tale certezza?»

«Nel pomeriggio di quel giorno mi venne una forte colica renale, e chiesi ai qui presenti amici Pietro, Ciruzzo e Tonino di venirmi a fare compagnia. Cosa che loro fecero.»

«A che ora si presentarono a casa sua?»

«Pietro alle nove, Ciruzzo e Tonino una mezz'ora dopo.»

«Come trascorreste la serata?»

«Ci facemmo prima una chiacchierata del più e del meno, poi una partita a pokèr.»

«Lei sa che il poker è un gioco d'azzardo?»

«Lo so, avvocato, ma non giocammo con i soldi. Non usiamo mai il denaro vero. Usiamo le fiscie.»

«Fino a che ora si trattennero a casa sua i suoi amici?»

«Fino a mezzanotte.»

«In tutto questo tempo il signor Pietro De Luca si allontanò dalla sua abitazione?»

«No, nemmeno per un istante.»

«Lei dove abita?»

«Sulla salita dello Scudillo.»

«Quanto dista il suo domicilio da piazzetta Stella?»

«A piedi, almeno venti minuti.»

«A parte lei e i suoi tre amici, c'erano altre persone in casa?»

«No, in quel periodo vivevo da solo. Poi mi sono sposato.»

«Auguri! Come si chiama la fortunata?»

«Loredana.»

«Avete figli?»

Prima che *Bergerac* rispondesse, l'avvocato Saporito si alzò: «Collega, non vedo la pertinenza di queste domande».

«Sono domande di cortesia» osservò Borzacchiello. «Il testimone è convolato a nozze e mi sembra giusto congratularsi.»

Saporito chiamò in causa Passarelli: «Presidente, la prego di invitare l'avvocato della difesa a fare domande attinenti al caso che stiamo dibattendo. Io e il mio assistito non siamo venuti qui a perder tempo».

«Borzacchiello, prosegua senza divagare troppo» disse il giudice sbuffando.

L'avvocato di De Luca si raddrizzò il nodo della cravattona e chiese a Sabatino: «Come terminò la partita a poker?».

«L'ultima mano fu fenomenale» raccontò con slancio *Bergerac*. «Io avevo un full, Tonino una scala semplice e Ciruzzo un tris, ma vinse De Luca con un bluff. Fece 'na serie di rilanci e ci fece spaventare. A uno a uno ci ritirammo, e lui si prese tutto il piatto. Quando girò le carte, volevamo morire: teneva solo 'na doppia coppia. Avvoca', e noi avevamo pensato che avesse fatto 'na scala reale!»

Irritato, Saporito chiese nuovamente l'intervento di Passarelli: «Insisto affinché il dibattimento venga riportato sul terreno dei fatti attinenti al caso. Le lezioni di poker non ci interessano».

Il magistrato ansimò: «Avvocato Saporito, sulla scorta della mia lunga esperienza giudiziaria, posso dirle che la ricostruzione dettagliata di quanto avvenne quella sera è utile ad appurare la veridicità delle dichiarazioni rese. A mio parere, le domande che sta ponendo il suo collega Borzacchiello seguono una precisa logica e sono da ritenersi pertinenti. Anzi, vorrei formularne una pure io al teste, fuori verbale. Si tratta di una curiosità che mi tormenta da anni: nel poker all'italiana, la scala reale massima batte la minima?».

Sabatino rispose convinto: «No, signor giudice, è l'esatto contrario: la minima batte la massima».

«Grazie, grazie di cuore» fece Passarelli. «Lei mi ha risolto un dubbio al quale i manuali forniscono risposte contraddittorie. Per me può tornare al suo posto, a meno che Borzacchiello o il pubblico ministero non vogliano trattenerla per ulteriori domande.»

«Io ho terminato» disse Borzacchiello.

«Se la difesa è d'accordo, vorrei porre qualche domanda al prossimo testimone» disse la Ruggiero.

«Nulla in contrario» rispose Borzacchiello con un filo di apprensione.

Il *prossimo testimone* era Tonino, che si alzò dall'ultima panca dell'aula, fissò la scritta LA LEGGE È UGUALE PER TUTTI sulla parete dietro al giudice Passarelli, e con le viscere attorcigliate diede il cambio a *Bergerac*.

«Signor Esposito, lei conferma quanto dichiarato dal teste che l'ha preceduto?» gli chiese a freddo la Ruggiero.

«Sì, confermo. Andai con Ciruzzo a casa di Sabatino perché ci aveva detto che gli era venuta una colica. Quando arrivammo, lo trovammo mezzo acciaccato, ma di buon umore. Ci stava già con lui il signor De Luca. Ci mettemmo a ragionare di vari fatti, poi Sabatino prese un mazzo di carte francesi e disse: "Che ne dite se ci facciamo 'na bella partitella per perdere un poco di tempo?". Noi dicemmo di sì, e ci sistemammo con le sedie attorno a un tavolino. A un certo punto...»

«Va bene, va bene» lo interruppe il pubblico ministero. «Questo lo sappiamo. Vorrei chiederle, piuttosto: quali rapporti intercorrevano tra lei e De Luca all'epoca dell'episodio delinquenziale di cui rimase vittima il signor Cozzolino? Vi frequentavate, eravate amici?»

«Amici stretti no. Ci conoscevamo e avevamo scambiato qualche battuta, tutto qui.»

«Da quanto mi risulta, lei è figlio di Gennaro Esposito, pluripregiudicato per reati contro la persona e contro il patrimonio, assassinato a Napoli poco più di due anni fa in un agguato. È esatto?»

«Sì.»

«Lei sa che l'imputato De Luca è rimasto implicato in alcune inchieste e processi che hanno coinvolto anche suo padre? Ha cognizione del fatto che una serie di resoconti di polizia hanno messo in luce il rapporto tra De Luca e l'organizzazione criminosa in cui suo padre ricopriva un ruolo di spicco? Le risulta che De Luca, per la durezza delle sue azioni, è conosciuto nel mondo malavitoso napoletano col soprannome *'o Tarramoto*? Lo sa o non lo sa?»

«No, non so niente di tutto questo» balbettò Tonino.

Borzacchiello saltò come una molla: «Dottoressa Ruggiero, sta formulando al testimone domande irriguardose, ingannevoli e fuorvianti!».

«Cosa glielo fa pensare, avvocato Borzacchiello?»

«Come, cosa me lo fa pensare? Che nesso c'è tra il ferimento del Cozzolino e la presupposta appartenenza di De Luca, a suo dire, alla presunta organizzazione criminosa del fu Gennaro Esposito? Per quale motivo sta rivolgendo tali interrogativi a un testimone che in tutta tranquillità è venuto a rendere la propria deposizione su un fatto completamente estraneo alle supposizioni da lei elencate? Il suo comportamento processuale mi sembra alquanto strano. È come se uno andasse a sostenere un esame di diritto civile e il professore gli chiedesse di esporre argomenti di diritto commerciale. Qual è la sua intenzione? Estorcere una confessione di chissà quali misfatti?»

«Non voglio estorcere alcuna confessione» obiettò il pubblico ministero. «Voglio solamente capire, per il bene della verità e della giustizia, se la presenza in quest'aula del signor Esposito sia eventualmente causata da una sorta di *dovere* nei confronti dell'imputato De Luca.»

«Ma quale dovere!» tuonò Borzacchiello. «Questa è una insinuazione del tutto inaccettabile! Signor presidente, per favore, dica la sua.»

Passarelli, che si stava piacevolmente divertendo per il battibecco tra il piemme e l'avvocato della difesa, intervenne a malincuore: «Invito il pubblico ministero a non fare inutili illazioni e a rivolgere al teste quesiti inerenti al contraddittorio che stiamo trattando».

«Ho concluso» disse la Ruggiero. E si sedette.

«L'avvocato Saporito vuole fare qualche domanda al testimone Esposito?» domandò Passarelli.

«No, sarebbero superflue» disse il difensore di Cozzolino.

L'ultima testimonianza, quella di Ciruzzo, mandò in sollucchero il giudice Passarelli. Ribadite le versioni esposte da *Bergerac* e da Tonino, *'o Schiattamuorto* navigò a vele spiegate sulle acque del diritto: «Vorrei far rilevare, in premessa, una incongruenza relativa al processo in corso in quest'aula. Se è vero che lo *ius puniendi* trova la sua giustificazione nel fatto che è stato innegabilmente commesso un reato ai danni degli arti inferiori del Cozzolino, e se è pur vero che il pubblico ministero ha l'obbligo di esercitare l'azione penale ai sensi dell'articolo centododici della Costituzione e dell'articolo cinquanta del Codice di procedura penale, va altresì detto che gli elementi raccolti durante le indagini preliminari non erano di per sé sufficienti per sostenere la richiesta di rinvio a giudizio a carico del signor De Luca».

La Ruggiero impallidì.

«Mi incuriosisce questa sua tesi» dichiarò Passarelli. «Vada avanti.»

Ciruzzo riallineò le natiche sulla sedia e proseguì: «Come si è potuto poc'anzi ascoltare, il Cozzolino, al quale va la nostra umana solidarietà, ha asserito che la sera fatidica del quindici marzo duemilasette le tenebre avvolgevano piazzetta Stella. In tali tenebre due loschi figuri, con le teste celate da copricapi protettivi, lo avvicinavano con efferati propositi. Uno di essi lo bersagliava a colpi d'arma da fuoco e poi si dava alla fuga con il correo mediante un mezzo di locomozione a due ruote. La comprensibile concitazione del momento non dava agio al Cozzolino di annotare il numero di targa del veicolo, né gli permetteva di cogliere con la dovuta precisione particolari utili a identificare la coppia di assalitori, eccetto la manifesta pinguedine di colui che era alla guida del predetto mezzo di locomozione. Lo stesso alterco che due sere avanti sarebbe avvenuto tra il Cozzolino e il signor De Luca per futili motivi non poteva validamente ritenersi probante ai fini di un'imputazione. Pertanto, Vostro Onore, il sottoscritto è del modesto avviso che il dibattimento di cui oggi siamo attori si regga, *de jure* e *de facto*, su una manifesta infondatezza. Per dirla breve, è fuffa».

Seguirono attimi di religioso silenzio.

L'avvocato Saporito e la Ruggiero chiusero le copertine dei loro faldoni.

'O Tarramoto continuò a masticare un chewing gum senza mostrare emozioni.

Bergerac si voltò verso Tonino: «Qual è l'ultima parola che ha detto Ciruzzo?».

«Fuffa.»

«E che è 'sta fuffa?»

«Boh, sarà qualcosa che puzza.»

Passarelli guardò i suoi assistenti come per cercare un sostegno, poi chiese a Ciruzzo: «Ma lei come fa ad avere queste conoscenze e questa proprietà di linguaggio? È avvocato?».

«No, Eccellenza, non esercito la professione forense. Fin dalla pubertà ho avuto una passione per le materie giuridiche, ma a causa dell'indigenza della mia famiglia non mi è stato possibile dedicarmi agli studi accademici. Tuttavia, da autodidatta ho potuto assecondare la mia inclinazione negli anni in cui ho prestato servizio presso lo studio di un mio zio, il notaio Pellecchia.»

«Il notaio Pellecchia? Arturo Pellecchia?»

«Proprio lui.»

«Oh, che combinazione!» esclamò il giudice. «Arturo Pellecchia era in classe con me al liceo, e studiammo insieme anche all'università, nella facoltà di Giurisprudenza della "Federico II". Poi lui fece il concorso notarile e io quello in magistratura. Da quanti anni non lo vedo! Gli porti i miei più affettuosi saluti.»

«Credo di non poter assolvere a questo onorevole compito» disse Ciruzzo con tono desolato.

«Perché?»

«Mio zio è passato a miglior vita.»

«Arturo? Il mio caro amico Arturo?»

«Sì, Eccellenza.»

«È morto?»

«Sì.»

«E quando?»

«Sette anni fa, per un colpo apoplettico.»

«Come mi dispiace! Esprimo a lei e alla sua famiglia le mie condoglianze.»

«Grazie, Vostro Onore.»

Nella fase conclusiva dell'udienza il pubblico ministero e l'avvocato di Cozzolino, pur coscienti di avere scarse probabilità di successo, chiesero la condanna di De Luca.

Borzacchiello avanzò la richiesta di proscioglimento dell'imputato.

Pensando con sconforto al suo amico Pellecchia defunto, Passarelli si ritirò in camera di consiglio e ne uscì dopo pochi minuti per pronunciare la sentenza: «Il Tribunale di Napoli, nella persona del dottor Federico Passarelli, in funzione di giudice nel procedimento penale a carico del signor Pietro De Luca, accusato di lesioni personali aggravate di cui agli articoli cinquecentottantadue, cinquecentottantatré e cinquecentottantacinque del Codice penale, sentito il pubblico ministero e le parti, considerata l'assenza di elementi probatori certi, visto l'articolo cinquecentotrenta comma due del Codice di procedura penale, assolve l'imputato dal reato a lui ascritto».

La Ruggiero raccolse le sue carte e abbandonò l'aula.

L'avvocato Borzacchiello corse a salutare affettuosamente il giudice: «Federi', allora ci vediamo domenica a mare!».

«Senz'altro, Erne'.»

'O Tarramoto si premunì di lasciare una notiziola riservata in un orecchio di Cozzolino: «Se mi dovesse ricapitare di incontrarti di sera, alzerò la mira».

Poi il boss, in un raro momento di spiritosaggine, si rivolse ai suoi tre testimoni: «Guagliu', jamme 'o bar a festeggia', che ci siamo levati un altro pensiero dalla testa. Offre Borzacchiello! *De jure* e *de facto*, come ha detto Ciruzzo».

L'avvocato gongolò: «E qual è 'o problema? Senza offesa, vi posso pure portare a fare un pranzo a base di pesce. Offre Napoli!».

XIII

UN MATRIMONIO ALLA GRANDE

Dopo l'udienza Tonino non ricevé segnali di perdono da De Luca. *'O Tarramoto* lo congedò con una pacca su una spalla, senza dirgli quando si sarebbe fatto risentire.

Tonino ci rimase male, e per un paio di giorni si perlustrò le meningi con il proposito di scovare un guizzo geniale, un'invenzione che potesse farlo tornare in pista. Trovò solo idee di scarto e pensieri mediocri.

Poi una telefonata di suo fratello Raffaele lo obbligò a pensare ad altro.

«Toni', ti devo dare una notizia che per metà è buona e per metà è cattiva.»

Quando doveva esporre un fatto o un'opinione, Raffaele non veniva subito al dunque. Creava un po' di suspense, per stimolare la curiosità dell'interlocutore. Questa tecnica lo aiutava molto nel suo mestiere di commerciante. A Mondragone, nell'area casertana, gestiva il rinomato caseificio L'Olimpo della Mozzarella, il cui slogan era: «Non la facciamo col latte, la facciamo con la cioccolata!».

«Rafe', vieni al dunque, dammi 'sta notizia» sollecitò Tonino.

«Gennariello si sposa.»

«Gennariello?!»

«Eh, Gennariello. Ha fatto 'o guaio. Ha messo incinta a 'na guagliona e stiamo organizzando in fretta e furia 'o matrimonio.»

Gennariello, figlio unico di Raffaele, era un ragazzotto di diciannove anni buono come un pezzo di pane appena sfornato.

Dopo la terza media aveva abbandonato gli studi e s'era messo a lavorare col padre nel caseificio.

«E chi è la fortunata?» chiese Tonino.

«Si chiama Giustina, ha da poco compiuto diciotto anni. È 'a figlia di un campagnuolo di Grazzanise.»

«Un campagnuolo? Allora tiene i soldi.»

«La famiglia sta bene posizionata. Tengono le terre e un allevamento di bufale. E stanno pure bene imparentati.»

«In che senso?»

«Il padre della guagliona è fratello del capozona di Mondragone e Castel Volturno.»

«Mi sa che hai fatto un bell'affare, Rafe'.»

«'O cazzo, Toni'! Sto spendendo 'na barca di denari per organizzare 'o spusalizio!»

«Ma tu i soldi li tieni, che t'importa? Gennariello come l'ha pigliata la cosa?»

«È cuntento, 'o scemone. Dice che vuole il masculo.»

«Da quanto tempo è incinta 'a guagliona?»

«Due mesi.»

«E 'o matrimonio quando si farà?»

«Il diciotto di settembre.»

«Il diciotto di settembre dell'anno prossimo?»

«Ma che anno prossimo! 'O diciotto di questo mese!»

«Comme?! Tra manco due settimane? E tu mo' me lo dici?»

«E quando te lo dovevo dire, Toni', a Natale? Io il fatto l'ho saputo dieci giorni fa, e subito mi so' dato da fare. Non farmi storie proprio tu che sei il mio unico fratello. Avvisa tu a mammà e venite tutti quanti, nessuno escluso, che ci tengo assai.»

«Pur'io ci tengo assai, Rafe'. Anche tu sei il mio unico fratello. Però il tempo è poco. Adesso che lo dico a Patty, le vengono le mosse epilettiche.»

«E che dovrei dire io? Aggie già prenotato 'a chiesa, 'o ristorante, 'e pumpiniere, 'e partecipazioni, 'e vestiti, 'e fotografi, 'o viaggio 'e nozze e i mobili.»

«Tutto tu?»

«Tutto io. 'A famiglia della sposa ha messo a disposizione la casa, il resto spetta a me.»

«E il compare d'anello?»

«Quello l'ho fatto scegliere a loro.»

«Bravo. Almeno un fastidio te lo sei tolto.»

A Patrizia le *mosse epilettiche* durarono tre giorni. Quando tornò a essere trattabile iniziarono i preparativi, dedicati soprattutto all'acquisto di abiti, calzature e accessori per l'intera famiglia, Olga compresa. Il matrimonio di Gennariello era un avvenimento di eccezionale importanza, e gli Esposito erano moralmente e materialmente tenuti a fare un figurone.

Assunta tentò di sottrarsi all'ardua prova di miglioramento del proprio look, ma fu trascinata a forza dalla figlia e dal marito in una boutique di via Toledo, dove provò, fra strilli e parolacce, una trentina di vestiti. La scelta finale ricadde su un calibrato a fiori talmente sgargiante da poter rimorchiare anche uno sciame di calabroni non vedenti.

Sul regalo da fare agli sposi non ci fu discussione: una busta con dentro tremila euro in contanti.

Il diciotto settembre, prima del sorgere del sole, Patrizia saltò dal letto.

Alle sei ricevette nelle sue stanze il parrucchiere Sasà, che tra moine e pettegolezzi le confezionò una pettinatura da matrona romana.

Alle sette donna Carmelina *'a Forbice*, titolare della migliore bottega sartoriale della Sanità, la aiutò a indossare un abito nero lungo tempestato di strass che era stato confezionato, a suo dire, in esclusiva internazionale.

Alle otto bussò donna Amalia *'a Pennellessa*, truccatrice, manicurista e pedicurista, che sottopose Patrizia a un intervento di restauro e risanamento conservativo.

Intanto il resto della famiglia era alle prese con specchi, deodoranti, abluzioni, depilazioni e vestizioni.

Erano le nove quando davanti alla palazzina si sentì il *poti-poti* del pulmino inviato da Raffaele per il trasbordo dei familiari, con tanto di chauffeur in alta uniforme. Così Tonino e Patrizia, i loro figli e genitori e Olga, tutti agghindati e odorosi, partirono per l'evento mondano dell'anno.

Giggetto li salutò dal balconcino della cucina.

Sansone unì le zampe anteriori per rivolgere un augurio virtuale ai promessi sposi.

Era dal giorno della cresima che Tonino non indossava un completo con cravatta, per cui non aveva minimamente pensato di staccare da un polsino della giacca la targhetta in stoffa con la scritta CUCITO A MANO.

Fu sua madre a farglielo notare durante il viaggio: «Tonino, dovresti toglierla».

«No, mammà, ce la lascio, così si capisce che non è un vestito da bancarella.»

Il rito religioso si svolse a Licola, nella chiesa di San Decubito tormentato dai dolori. Oltre ai duecento invitati ufficiali si presentarono parecchi curiosi. Raffaele aveva fatto affiggere lungo tutto il litorale domizio centinaia di manifesti giganti a colori che ritraevano i nubendi nell'atto di scambiarsi uno sguardo affettuoso. Sotto la foto c'era il messaggio: GENNARIELLO E GIUSTINA CORONANO IL LORO SOGNIO D'AMORE. ACCORRETE NUMEROSI!

Giustina, tondeggiante non solo per la gravidanza e dotata di

aucuro a mia nipota e al marito, che sono ancora puletri, di diventare presto cavalli!».

«Così vanno a correre all'ippodromo di Agnano» commentò a voce bassa Gaetano.

«Questo spusalizio» proseguì *'o Cavallaro* «formerà una parentela di sangue tra la nostra famiglia, da secoli e secoli riconosciuta e rispettata, e la famiglia Esposito, una delle più onorate di Napoli. Sono convinto che questo lecame darà frutti sapuriti come le pummarole e le angurie delle nostre campagne.»

«Questo è ignorante con la i maiuscola» aggiunse Gaetano.

«Papà, finiscila, che ti sentono» bisbigliò Patrizia.

«Viva Giustina, viva Gennariello, vivaddio, pip pip urrà!» concluse Gioacchino tra gli applausi.

Little Pony glossò l'intervento con un jingle.

La situazione precipitò ulteriormente dopo i secondi piatti.

Molti maschi, accaldati e avvinazzati, si tolsero le giacche e le cravatte per mettere in mostra camicie sgargianti su cui risplendevano decorazioni di sugo, olio e sudore.

Con le pettinature flosce, le donne, stuzzicate dalle proposte musicali di Little Pony, cominciarono a dimenarsi al centro della sala, come prese da un raptus.

Il movimento ondulatorio e sussultorio di tette e apparati lombari ipnotizzò Gaetano, che espresse l'intenzione di partecipare alle danze. Assunta non gli accordò il permesso.

Patrizia si lanciò anche lei in pista per i balli di gruppo, e invitò Olga e Tina a fare altrettanto. Entrambe rifiutarono. Olga per pudore, Tina per orrore.

In un clima da caciara, celluliti e smagliature si esposero senza ritegno al pubblico sguardo, e molti le trovarono eccitanti.

Di grande raffinatezza fu il momento del karaoke, che diede

modo a una decina di invitati di trucidare celebri canzoni della musica leggera italiana e straniera.

Gennariello e Giustina, con il codazzo di fotografi e cineoperatori, approfittarono del momento canoro per farsi un giro fra i tavoli.

«Siete 'na coppia fantastica» disse Tonino quando se li trovò a fianco.

«Grazie, zio Toni'» rispose Gennariello. «Sei sempre buono con me. Se ci nascerà un maschietto, voglio che tu fai il compare di battesimo.»

«Onore e piacere» confermò Tonino.

«Dove andrete in viaggio di nozze?» chiese Manuela.

Gennariello fece un'espressione rammaricata: «Nonna, io volevo andare in crociera ai Caraibi, ma Giustina tiene paura dell'aeroplano e non vuole affaticarsi. Ci facciamo 'na settimana in Sicilia e torniamo, perché devo aiutare a papà nel caseificio».

«Strada facendo, andiamo pure a vedere il Colosseo» disse Giustina.

«Non perdetevi la torre di Pisa!» motteggiò Gaetano.

«E ora la sposa tirerà il mazzo!» annunciò Little Pony al microfono.

Accalorati, molti maschi affluirono sul luogo del lancio, e rimasero delusi quando videro volare in aria soltanto il bouquet di Giustina, che fu ghermito da una sua cugina tardona.

Più suggestivo fu il momento in cui la sposina, stimolata dalla musica di *9 settimane e ½*, si alzò la gonna, si sfilò una giarrettiera rossa da una delle sue cosciotte non depilate, la fece roteare e la scagliò verso gli invitati. Dopo una lunga parabola, l'inverecondo indumento andò a impigliarsi nella cresta di Genny.

«Farai una carriera sexy!» disse Gaetano al nipote.

A tarda sera Little Pony, allo stremo delle forze, fu sfrattato dai camerieri e soppiantato dal trio di cabaret Los Domizianos, reduce da una tournée pomeridiana in sette ristoranti situati tra il Garigliano e il Volturno. Il gruppo, composto da due attori molto amatoriali e da una signora di mezza età che fungeva da spalla, propose alcuni sketch da cui ogni maschilista degno di questo nome avrebbe potuto trarre motivi d'ispirazione.

Tina inorridì: «Ce ne andiamo?».

«Non possiamo, sembra brutto» rispose Tonino.

«Questa è una fiera della cafonate!»

«Dobbiamo rimanere. Raffaele m'ha detto che ci sono ancora delle sorprese.»

Una di queste fu l'arrivo di una coppia di cantanti neomelodici: i gemelli Tommy e Nick Love, al secolo Tommaso e Nicola Amato. Uno biondo e l'altro bruno, indossavano camicie da boscaiolo aperte su canottiere rosa, jeans a vita bassa da cui spuntavano gli elastici delle mutande, occhiali a specchio e scarpette slacciate. Entrambi camminavano con le punte dei piedi rivolte verso l'esterno, a segnare le dieci e dieci.

Tra i gridolini di gioia delle ragazzette presenti, i due interpretarono *Passerotta mia* e *Sei bella quando piangi*, hits del loro repertorio, per poi raggiungere l'apoteosi con il brano *Tua mamma è più bona di te*. Firmarono autografi, posarono per foto ricordo e si congedarono con un lapsus elogiativo: «Grazie, siete un pubblico stupefacente, e noi vi odoriamo!».

Dopo la mezzanotte Gennariello e Giustina si cambiarono d'abito, tagliarono la torta nuziale, una millefoglie a cinque piani con belvedere sulla cima, e rifecero il giro dei tavoli per la consegna delle bomboniere, che riproducevano dei Pulcinella in varie posizioni e occupazioni.

'O Cavallaro e il compare d'anello, don Samuele Marruzza, vecchio commerciante caseario, ricevettero due grosse cornucopie in argento.

Prima di abbandonare le postazioni pappatorie, molti invitati si fecero preparare dai camerieri i tipici *cartocci* contenenti parte dei cibi avanzati, da portare a casa.

Per il gran finale, i consuoceri Raffaele e Faustino, insieme agli sposi, invitarono tutti a trasferirsi in spiaggia, dove Peppe *'o Sistimato* accese le micce di tre mortai da cui partirono bombe pirotecniche che illuminarono a giorno il litorale e si conclusero con la scritta aerea W GLI SPOSI.

"Questa me la potevo risparmiare" pensò Tonino. E andò a chiedere spiegazioni al fratello: «Rafe', perché non m'hai detto che avevi fatto preparare questa sorpresa a Peppe?».

«Non sono stato io a domandargliela. Me l'ha proposta isso.»

«Bene…»

«Nun t'è piaciuta?»

«Sì, proprio assai» rispose Tonino masticando amaro.

Con gli arabeschi creati dai fuochi d'artificio e i riflessi della luna sulle onde e sui liquami fognari, il mare di Varcaturo per qualche minuto sembrò addirittura bello.

XIV

UN BICCHIERE DI VINO ALLA MIA SALUTE

«Signor Scognamiglio, l'ecografia parla chiaro: la sua prostata è diventata troppo grossa. Sembra una palla da tennis.»

Col cognome che si ritrovava, il dottor Passalacqua non poteva che fare l'urologo. E lo faceva anche bene, portando avanti una tradizione di famiglia. Una foto su una parete del suo studio lo mostrava tra il padre e il nonno, che avevano svolto la stessa professione. Ognuno dei tre aveva in mano un bisturi e sorrideva.

Da quando, un anno prima, aveva cominciato ad avere problemi con la vescica, Gaetano si affidava alle cure di Passalacqua. Il medico aveva tentato una terapia farmacologica, ma la prostata di Gaetano s'era rifiutata di mettersi a dieta.

«La dobbiamo asportare chirurgicamente, altrimenti lei non riuscirà più a urinare» avvisò Passalacqua. «E devo informarla che la rimozione della ghiandola la renderà sterile.»

«Hai capito, Assu'? Ci sta il pericolo che non posso più cambiare l'acqua alle olive» disse Gaetano a sua moglie, che lo aveva accompagnato per la visita. «E non potrò più procreare.»

«E che tieni da procreare?» fece notare Assunta. «Ormai quello che dovevi fare l'hai fatto. Godetevi la pensione, tu e il tuo pisellino.»

«La settimana prossima può ricoverarsi all'ospedale Cardarelli» disse l'urologo. «L'intervento lo eseguirò io stesso.»

Gaetano sospirò: «Dotto', la mia prostata è nelle sue mani».

«Non ancora. Dopo l'operazione, sì.»

La mattina dell'undici ottobre Gaetano, sottobraccio con Assunta e Patrizia, imboccò le scale del reparto Urologia del Cardarelli.

«Che tristezza, che tristezza...» disse con tono lagnoso.

«E dài, papà, è un'operazione da niente!» fece Patrizia, che trasportava un valigione.

«Lo so, ma gli ospedali mi mettono tristezza. Mi fanno pensare alla morte.»

«Uuuh, 'a morte!» esclamò Assunta. «Tu stai pieno di salute. Dobbiamo stare insieme altri cento anni!»

Gaetano scrutò la moglie: «Che tristezza, che tristezza...».

Sbrigate le formalità burocratiche all'ufficio accettazione, raggiunsero la camera di degenza assegnata: due posti letto con bagno.

Su una sponda del letto accanto alla finestra era seduto un signore della stessa età di Gaetano. Indossava un pigiama a righe larghe, aveva il capo chino, un'aria tristanzuola, la barba incolta e le braccia penzolanti lungo i fianchi. Pareva un fantoccio.

«Buongiorno» salutò Gaetano.

L'uomo spostò di cinque gradi la testa e si fece uscire dalle labbra un malinconico, avvilito «Buongiorno».

«Patri', per caso abbiamo sbagliato reparto?» chiese cautamente Gaetano. «Invece che all'Urologia, fossimo finiti in Neurologia?»

«No, papà, non abbiamo sbagliato.»

«Che tristezza, che tristezza...»

Assunta fu sbrigativa: «Jamme, Gaeta', nun fa' 'o criaturo. Patri', piglia 'a roba dalla valigia, che la sistemiamo nell'armadietto e nel comodino».

La *roba* corrispondeva a un kit da viaggio per una crociera nel Baltico: mutandoni, canottiere, calzini e cappelli di lana, pantaloni e pigiami di panno, pullover a collo alto, camicie di flanella, sciarpe, fazzoletti, asciugamani, pantofole imbottite, un giaccone di riserva e un plaid. A parte, in un beauty-case, c'era tutto il necessario per l'igiene personale.

Gaetano s'era portato dietro anche tre papillon, una biografia di Gioacchino Murat, un mazzo di carte napoletane e un'immagine in grande formato di san Vincenzo Ferrer, che attaccò con lo scotch sulla spalliera del letto.

«Papà, allora ci vediamo stasera» disse Patrizia.

«Mettiti comodo e socializza» aggiunse Assunta indicando l'uomo immobile.

Appena Patrizia e Assunta andarono via, Gaetano tentò un primo approccio con il suo compagno di stanza: «Ma non vi sentite bene?».

Molto a rilento, come se stesse spostando un macigno, l'uomo sollevò il capo.

«Nessuno si può sentire bene in questa vita, siamo nati per soffrire» disse.

"Ccà 'o caso è grave" pensò Gaetano sedendosi di fronte al pessimista cosmico. Allungò una mano per presentarsi: «Io mi chiamo Gaetano Scognamiglio».

L'uomo ricambiò con una stretta molliccia: «Piacere, Longobardi Cesare».

«Tenete il nome del più famoso tra gli imperatori romani! E il cognome di un antico popolo.»

«Dite?» mormorò l'uomo.

«Non è che lo dico io, lo dice la storia» affermò Gaetano. «Da quanto tempo state qua, signor Longobardi?»

«Più di tre settimane.»

«Così tanto? Che vi dovete fare?»

«'A prostata. Mi devono togliere la prostata.»

«Anche a voi? Complimenti! E come mai non v'hanno ancora operato?»

Longobardi si tirò su le maniche del pigiama e mostrò gli avambracci pieni di lividi: «Guardate qua. M'hanno tirato tanto di quel sangue che non me ne sarà rimasta manco 'na goccia. So' già quattro volte che mi fanno gli esami. Dicono che i valori mi escono alterati. Non ce la faccio più, mi sta venendo 'a depressione».

«E avete ragione. Io per questo tengo lo schifo per gli ospedali. Vi sbattono in una stanza o su una barella, e chi s'è visto s'è visto. Non avete nessuno che vi viene a fare compagnia?»

«So' vedovo, e tengo un solo figlio. Ma è come se non lo tenessi. È sposato, vive a Venezia. Lo vedo un anno sì e uno no.»

«Altri parenti?»

«Meglio perderli che trovarli.»

«Dove abitate?»

«Non molto lontano da qui, a Chiaiano. Prima era 'na bella zona, piena di verde. Poi l'hanno abboffata di case e ci hanno fatto pure 'a discarica. Le cose belle sono le più esposte alla rovina.»

«Se non sono indiscreto, posso chiedervi come campate?»

«C'ho una piccola pensione. Facevo 'o pasticciere.»

Gaetano saltò: «'O pasticciere?!».

Il volto di Longobardi assunse una sfumatura verdognola: «Ho detto qualcosa di male?».

«No, anzi! Pur'io so' pensionato. E pur'io facevo 'o pasticciere!»

«Davvero? Dove?»

«Alla Sanità.»

«Mi ripetete il vostro cognome, per piacere?»

«Scognamiglio.»

Longobardi si grattò il mento e fece appello ai suoi ricordi: «Alla Sanità c'era la premiata ditta Scognamiglio. Era vostra?».

«Sì.»

«Che onore! Voi eravate un maestro. I vostri dolci erano delle opere d'arte. Mi viene da piangere per la commozione.»

«No, Cesare, non piangete. Abbracciamoci.»

«Non troppo forte, però. Mi fanno male le ossa.»

In meno di quarantott'ore Gaetano diventò il beniamino del reparto. Girava per le stanze, tirava su di morale gli altri pazienti, raccontava barzellette e aneddoti. Organizzò anche un torneo di briscola ed entrò sempre più in confidenza con Longobardi, stimolandolo a essere meno disfattista. Un pomeriggio lo utilizzò come uditore per un monologo sui rapporti tra i napoletani e la scaramanzia, al termine del quale l'ex pasticciere di Chiaiano si grattò le basse sfere. Gaetano apprezzò il gesto. "La cura sta facendo effetto" pensò.

La sera veniva a trovarlo Patrizia, che portava con sé a turno un familiare.

Tonino gli regalò un berretto da notte con pompon.

Genny lo rifornì di *Biscotti del Nonno*.

Tina gli rivelò di aver parlato con Sansone e Giggetto: «Ti mandano tanti saluti e ti augurano di guarire presto».

«Ma che gentili!» disse Gaetano. «Dagli un bacio da parte mia. Ma attenzione a Sansone: potrebbe mozzicare le tue labbra belle.»

Il dottor Ciotola, primario del reparto, passava per la visita ogni mattina, in compagnia di due giovani dottoresse che auscultavano, palpavano, segnavano appunti sulle cartelle cliniche. Longobardi ne era perdutamente invaghito: «So' proprio bbone, eh, Gaeta'?».

«Cesare caro, non t'offendere se te lo dico: io le trovo insignificanti. So' troppo gelide, sembrano dei robot senza sentimento. Per me la femmina dev'essere carnale, formosa, appassionata. Deve farti venire i brividi addosso, deve toglierti il respiro. Prendi a Barbara, per esempio. Quella sì!»

Barbara era una delle infermiere del reparto. Efficiente, puntuale, con la battuta pronta. La più gentile e professionale. E la più prosperosa. Il suo camice sembrava sempre sul punto di esplodere sotto la pressione di fianchi, glutei e tette. Aveva l'aria della dominatrice. Ma di una dominatrice buona, che si faceva desiderare e rispettare.

«Sei troppo bella e brava» le disse Gaetano una mattina. «Se avessi trent'anni di meno, ti porterei con me a fare il giro del mondo.»

«E io me lo farei volentieri, perché voi siete un vero maschio e un vero gentiluomo» rispose Barbara. «Questi baffetti vi rendono ancora più affascinante. Oggi è una fortuna trovare uno del vostro stampo. Gli uomini so' diventati come i cioccolatini prossimi alla scadenza: su cento, solo uno è buono.»

La degenza diede modo a Gaetano di affinare le sue conoscenze sulla creatività partenopea. Il Cardarelli, luogo di sofferenze e cure, brulicava di persone che s'inventavano di tutto per rimanere aggrappate alla vita. C'erano ammalati che aiutavano altri ammalati in cambio di piccoli compensi. Volontari che accudivano i pazienti più bisognosi. Venditori ambulanti che entravano a tutte le ore per piazzare la loro mercanzia: fazzolettini, calzini, svegliette, saponi, cerotti, orologi, sigarette.

Fra tutti, si distingueva un tipo mingherlino, anziano, con un porro su una guancia e le mani magre magre. Distribuiva santini in cambio di qualche spicciolo.

«Voi mi state simpatico» gli disse Gaetano un giorno.

«Grazie» rispose timidamente il vecchietto.

«Che santo tenete oggi?»

«Sant'Ambrogio.»

«Ma sant'Ambrogio è del Nord. Non vi conviene portare qualche santo più conosciuto dalle nostre parti?»

«Li ho finiti, me li devo procurare. E comunque un santo vale l'altro.»

«Non diciamo fesserie: volete mettere sant'Ambrogio con san Vincenzo Ferrer? Non c'è proprio paragone.»

«I miracoli come li fa uno li fa pure l'altro.»

«Sì, ma un miracolo fatto a Napoli vale dieci volte di più di un miracolo fatto a Milano. Quindi per noi ci vuole un santo più tenace, più potente.»

«Va bene, ho capito: sant'Ambrogio vi sta antipatico.»

«Fatemelo vedere.»

Il vecchietto passò un santino a Gaetano, che lo studiò con aria critica: «Che bella barba teneva. Era proprio un bell'uomo. Come morì?».

«Non lo so. Posso farvelo sapere domani.»

«Non importa. Lo prendo e gli faccio fare amicizia col *Munacone*. Chissà che ne esce. Quanto vi devo?»

«Un'offerta a piacere.»

Gaetano tirò fuori una banconota da cinque euro.

«Vi devo dare il resto?» domandò il vecchietto.

«No. Bevetevi un bicchiere di vino alla mia salute.»

Dopo una settimana di degenza Gaetano ricevette la visita del dottor Passalacqua, il quale lo invitò a tenersi pronto. L'operazione sarebbe stata effettuata di lì a tre giorni.

Gaetano chiese all'urologo di prodigarsi affinché fossero accelerate le procedure per Longobardi: «'Sto poveraccio sta buttato qua sopra da un mese, diamogli 'na mano».

Passalacqua promise il suo interessamento e fu di parola: nella mattinata del ventuno la prostata di Gaetano e quella di Longobardi avrebbero finito di ingrassarsi.

«Sei contento, Cesare? Andiamo in sala operatoria uno dietro all'altro» disse Gaetano. «Prima io e poi tu. Ma se vuoi ti do la precedenza.»

«Ne sono lusingato, Gaeta', ma già hai fatto tanto per me» rispose Longobardi. «Fai prima tu con comodo, così se vedo che qualcosa va male, me ne scappo.»

«Ma dove scappi? Pensa ai vantaggi: potremo di nuovo fare *piscipisci* come una volta.»

La mattina dell'intervento tutto lo stato maggiore degli Esposito, compresi i cadetti Genny e Tina, invase la stanza di Gaetano e Cesare.

Mentre Barbara lo faceva salire su una lettiga mobile, Gaetano strinse la mano alla moglie: «Assu', se mi succede qualcosa, voglio che sulla mia tomba ci sia scritto: QUI GIACE GAETANO SCOGNAMIGLIO, DELLA PATRIA IL MIGLIOR FIGLIO».

«Va bene» garantì Assunta. «Ti faccio dire pure 'na bella messa cantata in suffragio.»

Gaetano toccò ferro e si girò verso Longobardi: «Guaglio', io vado in avanscoperta. Poi muoviti tu con le truppe».

«Agli ordini, comandante!» rispose Longobardi facendo un saluto militare.

Olga aiutò Barbara a trasportare Gaetano verso la sala operatoria. A Patrizia e Tonino scapparono le lacrime. Molti ospiti del reparto fecero sentire le loro voci di incoraggiamento.

«Gaeta', non farli spaventare troppo, quando ti tolgono le mutande!» disse un paziente che circolava con l'asta portaflebo e l'ago infilato in un braccio.

L'operazione durò un'ora e andò per il meglio.

Passalacqua fece saggiare i suoi ferri anche a Longobardi, e i due degenti, addormentati per l'anestesia e attaccati a tubi di drenaggio, cateteri e lavaggi, furono riportati nella loro stanza.

Al risveglio, Gaetano si rivolse ai suoi protettori ultraterreni: «San Becienzo, grande *Munacone*, aiutami tu! San Gaetano Thiene, mettici la mano tua! San Gennaro e padre Pio, provvedete voi! Sant'Ambrogio vescovo, soccorrimi!».

«Da dove è uscito, 'sto sant'Ambrogio?» fece Assunta.

«Sarà un nuovo acquisto» commentò Patrizia.

Longobardi riprese conoscenza dopo qualche minuto e si lamentò con una cantilena laica: «Mamma mia mamma mia mamma mi'… Mamma mia mamma mia mamma mi'… Mamma mia mamma mia mamma mi'…».

Gaetano interruppe le litanie e salutò il compagno: «Ave, Cesare. Il dado è tratto. Anzi le prostate sono tratte. Come ti senti?».

«Me fa male 'a ferita. E mi brucia sotto. Ahhh!»

«T'hanno messo 'o catetere?»

«È proprio *quello* che mi brucia!»

«Sapessi a me. Me sento 'o ffuoco 'e sant'Antonio. A proposito: sant'Antonio da Padova, prega per noi!»

«Mamma mia mamma mia mamma mi'…»

«Fanno un bel concerto, tutti e due» osservò Tonino.

«Stanotte te lo senti tu, questo concerto» disse Patrizia.

«Devo venire io a fare la notte?»

«E chi sennò?»

Tonino andò a procurarsi una sedia a sdraio e la sera la piazzò in mezzo ai letti dei due infermi. Tra un gemito e l'altro, Gaetano e Cesare non la smettevano di scambiarsi battute.

«Non ridete troppo, che siete freschi operati e si possono aprire i punti» consigliò Tonino.

«Vostro suocero mantiene allegri» disse Longobardi. «Pure a casa fa così?»

«È 'o comico d' 'a famiglia.»

Gaetano era irrefrenabile: «Ci hai pensato, Cesare? Per la prima volta da quando eravamo bambini, ce la possiamo fare addosso in libertà!».

I due ripresero a sghignazzare, alternando le risate ai lamenti.

«Mo' mettetevi sotto 'e coperte e dormite» disse Tonino.

«Ci racconti prima 'na favola?» scherzò Gaetano.

«Ma che v'hanno messo nei lavaggi, il vino?»

«Eh, magari!» rispose Longobardi.

Mezz'ora più tardi Gaetano e Cesare si acquietarono, abbassarono le palpebre e si misero a ronfare. Tonino controllò le loro flebo, calò la tapparella della finestra e chiuse la porta. Si avvolse nel plaid di Gaetano, si accucciò sulla sdraio e iniziò a pensare. All'inverno che stava arrivando; all'estate trascorsa, la più brutta della sua vita; a Tina che non gli rivolgeva la parola; alla chiamata del boss che non arrivava mai; a una banconota falsa da cui era iniziato un anno di merda.

Gli apparvero scene, gesti, volti. Sansone che ballava. Enzuccio sotto la pioggia. Le mani di don Armando *'o Raggiuniere*. Il teschio del Capitano. I cobra di Rosario *'o Serpente*. Gli occhi strabuzzati di Osvaldo Galera dopo l'assaggio dei peperoncini. Il riporto del giudice Passarelli. *'O Fringuello* che alzava le braccia proprio nel momento in cui il Napoli stava andando in gol.

Il sonno gli portò via i pensieri e lo fece precipitare in uno dei suoi incubi surreali.

Nel reparto Urologia del Cardarelli non s'erano mai sentite urla acutissime e strazianti. Destandosi dall'incubo, Tonino inaugurò la tradizione.

Gaetano ne fu la prima vittima. Saltò dal cuscino come un grillo e diede uno strappo al tubicino della flebo. Il flacone si staccò dall'asta e gli cadde preciso sulla ferita.

«Santa Filomena vergine e martire, perdonami!» implorò.

Longobardi volle esagerare. Si arrotolò su se stesso e cascò dal letto. Giusto sulla sacca collegata al catetere, che esplose.

«Mamma miiiaaa!» gridò.

Tonino provò a mettersi in piedi, inciampò nella sedia a sdraio, perse l'equilibrio e finì con la testa nella spalliera del letto di Gaetano, sull'immagine di san Vincenzo Ferrer. *'O Munacone* lo respinse con sdegno e Tonino andò a fare *cheek to cheek* con Gaetano.

Il medico di guardia e un infermiere li trovarono in questa posizione e subito pensarono a qualche giochetto erotico: «Che state combinando, sozzoni?».

«Ma che dobbiamo combinare?!» urlò Gaetano. «Aiutateci! Santa Brigida di Svezia, che ddulore!»

Dalle altre stanze accorsero vari pazienti, che aiutarono Longobardi a rialzarsi e diedero una mano a ripulire il pavimento.

Tonino si mise in castigo in un angolo.

Chiarita la dinamica dell'accaduto, il medico ispezionò le ferite dei due pazienti. Quella di Gaetano non presentava problemi. Era Longobardi ad aver avuto la peggio: il catetere era fuori uso e il tubo di drenaggio si era spostato. Con l'aiuto dell'infermiere, il dottore lo portò velocemente in medicheria.

I degenti accorsi tornarono ai loro letti.

Gaetano e Tonino rimasero soli, nell'imbarazzo.

«'O solito incubo, eh, Toni'?»

«Sì.»

«Stavolta chi hai sognato?»

«'O mostro di Alièn. Mi voleva mangiare.»

«Ah, bene. Sei andato nello spazio, stai facendo progressi.»

«Io queste brutte figure non le vorrei fare, ma è cchiù forte 'e me...»

«Patrizia m'ha detto che hai interrotto la cura. Forse hai fatto bene, perché sarebbe servita a poco. Devi prima risolvere i dubbi con te stesso.»

«Voi sapete, no?» alluse Tonino.

«Certo che so. Dal primo momento. Non t'ho voluto mai dire

niente per rispetto a te e a mia figlia. Ma sappi che quello che fai non mi trova per niente d'accordo.»

«Mo' mi fate pure voi 'a predica?»

Gaetano usò un tono paterno: «Nessuna predica, Toni'. Sei adulto e vaccinato. Sto dicendo la mia opinione, per il bene tuo e della tua famiglia. Se me ne stessi zitto, non farei il mio dovere. Ascolta chi ti sta vicino. Rifletti. Non fare cose sconsiderate. Chi prima non pensa, dopo sospira».

Gaetano restò in ospedale altri cinque giorni, facendo coppia fissa con Longobardi. Tra di loro si rafforzò l'affiatamento. Prima di essere dimessi organizzarono nella loro stanza un party a base di acqua diuretica e piccola pasticceria. Intervennero tutti gli ammalati deambulanti del reparto. Quelli non deambulanti furono serviti in camera.

La festa ebbe alcuni ospiti d'onore: il dottor Passalacqua, il primario Ciotola, il personale medico e paramedico in servizio, tra cui Barbara, e il vecchietto che distribuiva santini.

«Gaeta', in te ho trovato un amico vero e sincero» disse Longobardi emozionato. «Grazie per tutto quello che hai fatto per me. Stavo cadendo in una voragine e tu m'hai acchiappato in tempo.»

«Sei tu che con la tua spensieratezza hai fatto un regalo a me» rispose Gaetano. «Immagina se capitavo con uno depresso.»

Longobardi rise reggendosi la pancia.

«Cesare, mo' non facciamo che non ci vediamo più. Almeno a Natale gli auguri ce li scambiamo?»

«Ti porto il panettone fino a casa, Gaeta'.»

«'O panettone? O vieni con gli struffoli fatti con le tue manine o non ti faccio entrare.»

XV
PAPÀ

Tonino parcheggiò lo scooter e andò verso la guardiola. Era il primo visitatore della giornata. Una giornata speciale: il due novembre, commemorazione dei defunti.

Mimmo, il custode del cimitero delle Fontanelle, gli diede la sediolina pieghevole: «Potete stare quanto tempo volete, don Toni'. Prima di un'ora sicuramente non arriva nessuno. E se arriva, lo faccio attendere».

Come di consueto, Tonino gli consegnò venti euro ed entrò nella grotta di tufo.

Il Capitano lo stava aspettando.

«Buongiorno, Tonino. Sapevo che saresti venuto.»

«E come potevo mancare?» disse Tonino sedendosi di fronte al teschio dell'egregio defunto. «Oggi è il giorno dei morti, se non fossi passato vi avrei fatto un affronto imperdonabile.»

«Già. Questo è il giorno dei morti. Il *mio* giorno.»

«Come avete iniziato la giornata, Capita'? Che stavate facendo?»

«Pensavo. Cos'altro potrei fare? Pensavo ai poveretti qui abbandonati, che non ricevono mai una visita. Pensavo che oggi tutti i cimiteri di Napoli saranno pieni di gente, mentre da noi verrà solo qualche pia persona ad accendere un lumino o a deporre un fiore. Noi siamo i morti di tutti e i morti di nessuno.»

«Vi sento scoraggiato.»

«Le ingiustizie mi indignano, mi fanno andare in collera. A te no?»

«Il mondo è pieno di ingiustizie. Ormai non ci faccio più caso.»

La voce del Capitano si fece aspra: «Male! Fai male a pensarla così! Non potrai mai dirti veramente uomo, se non migliori te stesso e il mondo che ti circonda. L'indifferenza e la mediocrità abbrutiscono. Non vedi come ti sei ridotto? Hai sulla bocca pieghe sempre più amare».

«Lo sapete: non ho avuto un anno facile.»

«E l'anno non è ancora finito, caro Tonino.»

«Avrò altri guai?»

«Può darsi. Dipende da te.»

«Cosa devo fare?»

«Redimerti. Salvarti finché sei in tempo. Eludere tutto ciò che non è nelle tue possibilità. La conosci la leggenda di *Colapesce*?»

«No.»

«Ascolta. Si narra che molto tempo fa sia vissuto, tra Napoli e Messina, un giovane dall'aspetto selvaggio, dotato di una forza sovrumana. Aveva barba e capelli lunghi, il corpo villoso e gagliardo. Si chiamava Niccolò Pesce, ma tutti lo chiamavano *Colapesce*. Faceva il pescatore. Si vantava d'essere capace di scendere negli abissi e raccontava di aver visto, nelle profondità del Tirreno, navi colate a picco, luccicanti tesori, città sommerse. Diceva che per viaggiare sott'acqua si faceva inghiottire da enormi pesci e, giunto alla meta, ne tagliava il ventre con un grosso pugnale e si liberava. Un re venne a sapere della sua esistenza e volle metterlo alla prova. Fece sparare una palla di cannone in mare e chiese a *Colapesce* di andarla a recuperare. Senza indugi, il giovane si tuffò e la inseguì con la forza delle braccia e delle gambe. Andò sempre più a fondo, arrivò quasi a toccare il proiettile, poi si fermò e guardò in alto. Vide sopra di sé la massa scura e pesante dell'acqua. Capì che non sarebbe riuscito a riemergere e si lasciò morire.»

«Un bellissimo racconto» commentò Tonino.

«Lo appresi nel periodo in cui vissi a Napoli. Mi meraviglio che tu non lo conosca. Se ti rechi in via Mezzocannone, puoi vedere *Colapesce* raffigurato su un bassorilievo, con un pugnale nella mano destra. La sua è una storia con un finale tragico ma ricca di insegnamenti.»

«Per questo me l'avete raccontata?»

«Sei libero di pensare ciò che vuoi. Io più di lanciarti dei segnali non posso fare. *Colapesce* volle superare i suoi limiti e perse la vita. Tu vuoi imitarne la sorte?»

Tonino scrollò le spalle: «Io non tengo la forza di *Colapesce*».

«Mi fa piacere che tu lo riconosca. È un consapevole passo in avanti.»

«Mio padre: lui sì che teneva quella forza.»

«E tu non sei come tuo padre.»

«Capita', ancora non l'avete incontrato?»

«Sì.»

Tonino cambiò espressione: «Come? Avete detto sì?».

«Ho detto sì. L'ho incontrato.»

«E come sta?»

«Puoi vederlo tu stesso. Eccolo. Girati alla tua sinistra.»

Col cuore in gola, Tonino si voltò e lo vide. Lo spettro di suo padre. Il fantasma di don Gennaro Esposito. Era in piedi sotto le tre croci della sala del Tribunale, con un vestito elegante sporco di sangue. Il vestito chiaro che indossava il giorno in cui era stato assassinato. Aveva uno sguardo raccapricciante, e i palmi delle mani rivolti in avanti. Anch'essi insanguinati.

Tonino gelò. Tentò di dire qualcosa ma le parole gli si strozzarono nel petto. Allungò un braccio, come a voler afferrare quell'immagine, quel volto che gli era così caro. Non riuscì a fare altro. Si sentì la testa girare, girare. Poi la sua mente sprofondò nel buio.

Mimmo lo trovò riverso per terra, nella polvere. In un primo momento pensò che fosse morto. Si abbassò su di lui, sentì che respirava e lo scosse. Cercò di rimetterlo seduto, lo schiaffeggiò per farlo riprendere.

«Papà» fu la prima parola che disse Tonino riaprendo gli occhi.

«Don Toni', che vi è venuto?» chiese Mimmo agitato. «M'avete fatto piglia' uno spavento!»

«Papà, addò stai?» fece Tonino guardandosi attorno. «Papà!»

«Avete avuto una visione?»

«Papà!»

«Eh, papà, papà... Non ci sta nessun papà, don Toni'. Forza, provate ad alzarvi, vi do io una mano. Mannaggia 'a capa vosta, mannaggia. Andiamo là fuori, così prendete aria.»

In stato confusionale, sorretto da Mimmo, Tonino uscì all'aperto.

«Che mi è successo, Mimmo, che mi è successo?»

«Non lo so, me lo dovete dire voi. Io non vi vedevo uscire e vi so' venuto a cercare. Vi ho trovato svenuto davanti al Capitano. Chi avete visto? Vostro padre?»

Tonino si passò le mani sul viso: «Sì, mio padre».

«Vi ha detto qualcosa? Vi ha dato dei numeri da giocare?»

«No, non mi ha detto niente. Quant'era bello. Bello e terribile. Teneva le mani e il vestito sporchi di sangue. Papà!»

«Calmatevi. Vi vado a prendere un poco d'acqua e zucchero?»

«No, no, non voglio niente.»

«In queste condizioni come ve ne tornate a casa? 'O mezzo come lo guidate?»

«Ce la faccio» disse Tonino. «Devo solo ripiglia' 'e forze.»

Cominciavano ad arrivare i primi visitatori. Una signora con un mazzo di garofani. Un uomo con un lumino. Due giovani turisti.

Tonino fece qualche passo di prova. Si sentiva le gambe molli e la testa confusa. Pensò all'immagine del padre. Al suo sguardo agghiacciante. Al sangue.

Mimmo gli chiese di nuovo se avesse bisogno di aiuto. Lui rispose di no. Salì sullo Scarabeo e se ne andò con i suoi tormenti.

«Tieni la faccia bianca bianca, non ti senti bene?» chiese Patrizia a Tonino appena lo vide rientrare.

«Ho preso freddo sopra al mezzo» inventò Tonino.

«Dove sei andato così presto?»

«A fare un servizio con Enzuccio. Voi siete pronti?»

In ossequio alla ricorrenza del due novembre, gli Esposito, come tutte le famiglie napoletane, dovevano andare a rendere omaggio ai loro defunti.

«Tua madre sta già vestita» disse Patrizia. «A Olga ho dato la giornata libera, si è andata a fare un giro con delle amiche. Mammà e papà non vengono.»

Coccolato da Assunta, che gli preparava brodini e pappine e lo viziava come un bambino, Gaetano si stava godendo a casa la convalescenza post operatoria.

«E i guagliuni?» domandò Tonino.

«Genny si sta preparando. Tina vo' rimane' ccà.»

«Perché?»

«Vaccelo a chiedere. Sei il padre, no?»

Tonino entrava raramente nella cameretta di Tina. Tutte le volte che lo faceva, avvertiva la sensazione di violare un mondo di purezza e semplicità. Sua figlia incarnava per lui un ideale di bellezza sacro, infrangibile. Il diverbio avuto con lei in vacanza gli aveva lasciato dentro una profonda amarezza.

Trovò Tina in pigiama, davanti al computer.

«Posso?»

Lei gli rivolse un'occhiata fugace: «Sì, puoi».

La stanza rispecchiava i gusti e il carattere di Tina. Dolcezza e vivacità insieme. Colori pastello, mensole piene di pupazzetti di peluche. Libri, fumetti. La copertina in formato gigante di *Viva la Vida* dei Coldplay. Un poster di Dylan Dog. Un'immagine in bianco e nero di Giancarlo Siani, il giornalista ucciso dalla camorra. E tante fotografie che la ritraevano bambina e adolescente, con il suo irresistibile sorriso.

Tonino si sedette accanto a lei. «Che stai facendo?» le chiese.

«Sto chattando.»

«Che significa chattare? Una volta me l'hanno spiegato ma me lo sono scordato.»

«Significa dialogare, comunicare, scambiarsi messaggi tramite il computer.»

«Come se si parlasse al telefono?»

«Al telefono senti la voce dell'altra persona. Con la chat no: leggi quello che ti scrive e rispondi in tempo reale.»

«È 'na conversazione, insomma.»

«Sì.»

«E ora possiamo conversare, io e te?»

«Conversiamo» disse Tina continuando a picchiettare sulla tastiera.

«Perché non vuoi venire al cimitero?»

«Non mi va.»

«Ci sei sempre venuta...»

«Quest'anno non me la sento.»

«Dobbiamo onorare i nostri morti.»

Tina avvampò: «Quali morti?».

«Nonno Gennaro.»

«Nonno Gennaro? Perché dovrei onorarlo? È la persona che ha rovinato la nostra reputazione e la tua vita.»

«Lui ti voleva bene, non è giusto che ne parli così.»

«Non me ne frega niente che mi voleva bene! Che cosa mi ha lasciato con il suo bene? Per strada la sento, la gente che mormora: "Chella è 'a nipote 'e don Gennaro". E cosa ha lasciato a te? Ragionando per assurdo, almeno lui nella sua malvagità aveva uno scopo. Tu, invece, sei la sua brutta copia. Hai la testa annebbiata, non ti accorgi di quello che ti succede attorno. Ti rendi conto che sei rimasto solo? Io non condivido quello che fai, e i nonni altrettanto. Genny è ancora troppo piccolo per capire. Zio Raffaele è un cafonazzo. Chi ti resta? Mamma? Lei non ti dice niente per comodità, e ti tratta come un poppante. Sei solo, papà, lo vuoi capire? Solo.»

Tonino non replicò. Sentì il desiderio di abbracciarla, di farle una carezza, ma si trattenne, anche perché dal corridoio arrivò la voce di Patrizia: «Toni', andiamo?».

«Sì, sto arrivando!» Si alzò e guardò la figlia con mestizia: «Un giorno forse mi capirai».

«Pure tu un giorno forse capirai e mi capirai» rispose Tina.

Tonino parcheggiò lo Yeti in via Santa Maria del Pianto e con Patrizia, Manuela e Genny si avviò a piedi verso il cimitero di Poggioreale.

Manuela acquistò un mazzo di crisantemi bianchi e un bouquet di orchidee.

Entrarono nell'area monumentale e raggiunsero il mausoleo in cui era sepolto Gennaro Esposito: un parallelepipedo in marmo nero lucido, alto un paio di metri e sormontato da due angeli in alabastro. Sulla parte superiore c'era l'iscrizione dorata GLI ESPOSITO. Poco più sotto, la foto a mezzobusto del boss, il suo nome e cognome e l'epitaffio COME VISSE COSÌ MORÌ: CON ONORE.

Manuela depose i fiori davanti alla tomba e Tonino con un fazzoletto ripulì dalla polvere la foto del padre. Gli venne in mente l'apparizione mattutina e si sentì le gambe fare giacomo giacomo. Per paura di cadere, si strinse a Patrizia.

«Stanno arrivando zio Raffaele e zia Virginia!» annunciò Genny. «Ci sta pure Gennariello e quella chiattona che ha sposato!»

«Non gridare...» fece Patrizia.

Raffaele reggeva due grossi portafiori in alluminio pieni di garofani. Dopo i saluti generali, li poggiò sotto il sepolcro, si fece il segno della croce e sospirando pronunciò tre memorabili asserzioni: «Povero papà. È passato un altro anno. Sembra ieri».

Tutti annuirono.

Tonino si soffiò il naso.

«Giusti', questo è il nonno di cui ti ho tanto parlato» fece Gennariello alla moglie mostrandole la tomba.

Con una mano sul pancione e l'altra su una basetta, Giustina osservò la foto sul mausoleo ed esclamò: «Me lo immaginavo più alto».

"Ma chesta è scema o fa 'a scema?" pensò Patrizia.

«Come procede la gravidanza?» chiese Manuela.

«'O criaturo mi mena un sacco di calci nella panza» comunicò Giustina. «Speriamo che non mi lascia le lividure.»

"È scema" si rispose Patrizia da sola.

Virginia fissò la nuora e poi la cognata, con l'espressione afflitta di chi vorrebbe dichiarare al mondo: «Vi prego, fatemi morire!».

Raffaele si portò Tonino in disparte: «Novità?».

«Niente, Rafe'. Continuo a stare in aspettativa.»

«Ancora? 'Stu De Luca è proprio tuosto!»

«Viene da una buona scuola.»

Il cellulare di Tonino attaccò l'*Ave Maria* di Schubert. La suoneria del momento.

«Scusami, Rafe'... Pronto...»

La voce di Tatore *Mezarecchia*: «Il capo rende i suoi omaggi a don Gennaro e ti manda a dire che a fine mese puoi tornare a cucinare». Clic.

«Chi era?» domandò Raffaele.

«Uno dei guardaspalle di De Luca» fece Tonino con aria pensierosa. «So' stato riabilitato. Ho finito l'aspettativa.»

Raffaele gli diede una botta su una spalla: «'A bonanima 'e papà t'ha purtato furtuna, hai visto? Si' cuntento?».

«Non lo so, Rafe', se è una fortuna. Ci devo riflettere. 'A situazione è difficile.»

Nei giorni seguenti, all'insaputa di Tonino, la situazione passò dal difficile al drammatico. I commercianti di via dei Cristallini vennero a sapere che sarebbe stato di nuovo lui l'esattore del pizzo e, conoscendone le debolezze, intrapresero fitte confabulazioni per adottare un'iniziativa a difesa dei loro interessi. Ci furono riunioni segrete, telefonate notturne, messaggi in codice. Un principio di rivolta. Un ammutinamento contro le vessazioni di De Luca.

Primo obiettivo: l'anello debole del clan. Tonino.

Il macellaio Oreste fu eletto rappresentante e messaggero della categoria, e la mattina del venti novembre Tonino ricevé una sua telefonata a casa.

«Scusatemi se vi disturbo, don Toni', ma vi dovrei parlare con una certa urgenza.»

«Di che cosa?»

«Preferisco dirvelo da vicino. Vengo io da voi o mi potete raggiungere al negozio?»

«Ci vediamo al negozio.»

Un'ora più tardi don Oreste, tutto cerimonioso, fece entrare Tonino nel retrobottega della macelleria e gli parlò: «Don Toni', voi siete padre di figli come a me, quindi potete capirmi. La vita si fa ogni giorno più cara, arrivare a fine mese è 'na faticata. Non ce la facciamo più a campare con serenità. La maggioranza della gente va a spendere nei supermercati, e 'o piccolo commercio sta cadendo in un pozzo senza fondo. E poi ci sono le tasse, le stramaledette tasse, che non ci fanno respirare. Malgrado questo, abbiamo sempre onorato i nostri impegni con don Pietro e lo continueremo a fare. Ci siamo meravigliati che per un po' di tempo al posto vostro e di Enzuccio sono venute altre persone, e con piacere abbiamo appreso che dal prossimo ventisette tornerete voi».

«Don Orc', non capisco dove volete arrivare» disse Tonino con diffidenza.

«Vi parlo franco, senza giri di parole. Non voglio rubarvi tempo. Il vostro tempo è denaro. A nome di tutti noi negozianti di via dei Cristallini, vi chiedo un piccolo sconto sul contributo che vi diamo ogni mese.»

«A nome di *chi*?»

«Di tutti i commercianti di questa strada. Mi hanno delegato a parlarvi, ed eccomi qua.»

«Che intendete per *piccolo sconto*?»

Don Oreste intrecciò le dita grassocce sul ventre: «'Na cosa 'e niente. Il venti per cento».

«Azz, 'na cosa 'e niente!» sbottò Tonino. «E perché 'sta cosa 'e niente la state chiedendo a me e non a don Pietro?»

«Perché siete una persona perbene, con cui si può parlare a cuore aperto. E perché siete il figlio di don Gennaro, pace all'anima sua. Voi siete tale e quale a lui: un vero signore come non se ne trovano più.»

La *corda* paterna vibrò in Tonino come un diapason. E produsse i suoi effetti.

«Don Ore', mi assicurate che state parlando a nome di tutti i vostri colleghi della zona?»

«Sì.»

«Me lo giurate?»

«Se non sto dicendo 'a verità, 'o Padreterno mi deve far morire in questo momento.»

Per un minuto scarso, i due attesero l'eventuale manifestarsi di punizioni divine. Ma il Padreterno si astenne dal prendere provvedimenti, e don Oreste restò vivo, vegeto e sorridente.

Così Tonino, col petto in fuori, poté comunicare la sua decisione: «Anche se non potrei farlo, mi piglio 'a responsabilità di accogliere la proposta, perché mi sembra regolare e giustificata. So' convinto che don Pietro avrebbe fatto 'a stessa cosa. Gli spiegherò io tutto».

Il macellaio, stazza a parte, salì al settimo cielo: «Don Toni', sapevo che avreste accettato. Lasciate che vi baci le mani!».

Tonino si ritrasse: «Ma che mani e mani! Mica so' 'na femmina! Fatemi finire di parlare. Accetto la proposta, però la percentuale dev'essere abbassata. Lo sconto sarà del dieci per cento. Il venti è assai. Prendere o lasciare».

Don Oreste aveva previsto il ribasso e finse sottomissione: «Come volete voi. Gli amici capiranno. Avete già fatto uno sforzo importante. In segno di gratitudine, vi posso offri' un pullastro?».

«Ma tenete la fissazione, con questi pullastri? Non lo voglio, mi fa impressione!»

Per una settimana Tonino provò felici sensazioni. Aveva finalmente agito in autonomia, senza dover consultare *'o Tarramoto*. Suo padre ne sarebbe stato orgoglioso. .

Per di più, era convinto d'aver compiuto una buona azione a favore degli esercenti di via dei Cristallini e delle loro famiglie. Gli venne la tentazione di raccontare il fatto a sua madre Manuela, al Capitano, a Tina, al suocero, a Patrizia, a tutta la Sanità: «Guardate come so' stato generoso, che gesto magnanimo ho fatto. Pensavate che fossi un rammollito cacasotto, eh? Vi ho dimostrato il contrario!».

Si confidò con Enzuccio. Gli riferì dell'incontro con don Oreste e dell'accordo preso per la riduzione del *contributo per la sicurezza*.

«Non avete detto niente a don Pietro?» fu la naturale domanda di Enzuccio.

«No. Gli voglio fare un'improvvisata.»

«E se si arrabbia?»

«Perché dovrebbe arrabbiarsi? I commercianti m'hanno chiesto lo sconto del venti per cento e io gliel'ho fatto solamente del dieci. Lui al posto mio avrebbe saputo fare 'na cosa migliore?»

"Avrebbe applicato un aumento del trenta per cento" pensò Enzuccio. Ma non lo disse per non mortificare Tonino, che era su di giri.

«Enzu', non so che cosa mi sta succedendo, ma mi sento 'na persona diversa. Più buona e più forte. Sarà perché si sta avvicinando Natale, o perché comincio a ragionare a modo mio?»

L'euforia durò fino alla mattina del ventisette. Accompagnato da Enzuccio, Tonino si fece il giro dei negozi di via dei Cristallini per raccogliere le mazzette da portare a don Armando. I commercianti furono più gentili del solito. Di un dieci per cento almeno. Alcuni abbozzarono un risolino.

Al momento della conta del denaro, Tonino capì che qualcosa gli era sfuggito. Qualcosa come tremila euro.

«Hai contato bene, Enzu'?»

«Sì, ho contato e ricontato. Sono ventisettemila euro.»

«Mi aspettavo di più.»

«Don Toni', noi dovevamo raccogliere trentamila. Voi avete fatto lo sconto del dieci per cento, che è pari a tremila. Trentamila meno tremila fa ventisettemila. È matematico.»

«Tremila è 'na cifra bella grossa.»

«Bella grossa sì» confermò Enzuccio. «Non voglio fare l'uccello del malaugurio, ma credo che don Pietro non la prenderà molto bene.»

Il panico si disegnò sul volto di Tonino. «E mo'?» si chiese grattandosi il naso. Enzuccio allargò le braccia.

Tonino rifletté a voce alta: «Se ci presentiamo da don Armando con tremila euro mancanti, De Luca ci fucila. Vuol dire che ce li rifondo io, che devo fare? Vieni, Enzu', accompagnami in banca a fare un prelievo».

«Don Toni', oggi è sabato, le banche stanno chiuse.»

«Cazzo! E mo' comme facimme?»

Enzuccio riallargò le braccia.

«Allora i soldi li consegno lunedì» decise Tonino. «Ormai 'a frittata è fatta.»

Verso sera arrivò la telefonata di *Mezarecchia*: «Toni', *'o Raggiuniere* ci ha informato che non sei passato a fare la consegna. Qual è 'o motivo?».

«Nun so' riuscito a passa' perché ho avuto un grave problema in famiglia: mia suocera s'è sentita male» escogitò Tonino. «L'abbiamo dovuta portare 'o pronto soccorso.»

«Che ha avuto?»

«Nu piccolo collasso. Deve stare sotto controllo fino a domani sera. Avvisa chi di dovere che lunedì provvedo a fare la consegna.»

Il lunedì mattina Tonino fu il primo cliente della filiale del Banco di Napoli di via Arena alla Sanità. Prelevò dal suo conto tremila euro in banconote da cinquecento, li aggiunse ai ventisettemila che aveva in tasca e corse al vico Traetta a casa di don Armando.

'O Raggiuniere era ancora in pigiama. In déshabillé sembrava più vecchio e più magro.

«Che è, Toni', sei caduto dal letto?»

«Scusatemi, tenevo il pensiero.»

«Bravo, così si fa. La precisione è la prima cosa.»

Entrarono nello studiolo e don Armando contò i soldi. Trentamila euro.

«Cifra esatta» disse allineando le banconote. «Come sta tua suocera?»

«Meglio. Ce la siamo riportata a casa.»

«Lo vuoi un caffè?»

«No, don Arma', grazie. Voglio tornarmene a casa.»

A casa come E.T. Ma senza astronave. E con tremila euro in meno sul conto corrente che aveva aperto sul pianeta Terra.

XVI

'O PULLASTRO S'È BRUCIATO

Ogni anno, nel giorno dell'Immacolata, Assunta andava a sentirsi la prima messa nella chiesa di San Severo fuori le mura. Per nessuna ragione al mondo avrebbe rinunciato a questa consuetudine, ereditata dalla sua defunta madre Immacolata Bianco in Russo.

Una motivazione identica spingeva Ciruzzo *'o Schiattamuorto* a sospendere nel medesimo giorno, con il *placet* di De Luca, tutte le sue attività criminali. La sorella Immacolata glielo aveva imposto in punto di morte.

Così alle sette del mattino dell'otto dicembre la mamma di Patrizia e il pistolero del boss capitarono gomito a gomito davanti al bassorilievo della *Madonna col Bambino*.

«I miei ossequi, signora Assunta» salutò Ciruzzo. «È un caso triste e al contempo lieto ritrovarsi qui, a ogni giro completo di calendario, per rimembrare le nostre dilette consanguinee.»

«È vero» rispose Assunta, che faceva uno sforzo enorme per capire il linguaggio burocratico di Ciruzzo.

«Lei come sta? Si è ripresa dal malanno?»

«Lei chi?»

«Lei *lei*» disse Ciruzzo con l'indice puntato su Assunta.

«Ah, io *io*? E sto bene, non lo vedete? Di quale malanno state parlando?»

«Di recente non è stata ricoverata in un nosocomio?»

«In un che?»

«In un nosocomio, ossia in un ospedale.»

Assunta fece il gesto delle corna: «Non voglia mai Iddio! Je sto fresca comme 'na rosa. L'ultima volta che mi so' ricoverata è stato quando ho dovuto partorire a mia figlia Patrizia».

«Mi perdoni, avevo avuto una informazione errata. Faccia conto che non le ho detto nulla. Arrivederla.»

Ciruzzo uscì dalla chiesa con alcuni tarli nella testa. Assunta non era stata in ospedale, dunque Tonino aveva raccontato una frottola a Tatore. Perché? C'era un legame tra la bugia e il ritardo nella consegna dei soldi a don Armando?

Di lì a pochi passi, i tarli si moltiplicarono.

Mentre montava sulla moto che aveva parcheggiato accanto alla chiesa, Ciruzzo vide avvicinarsi il suo barbiere Marittiello Scapece, che aveva il negozio al vico Carlotta.

«Buongiorno, Ciru', quando vieni a farti un taglio?»

«Appena posso. Negli ultimi tempi ho avuto un gran daffare.»

«Aspettavo di incontrarti per chiederti 'na cosa» disse il barbiere.

«Chiedimela ora.»

«De Luca farà lo sconto anche nella zona nostra?»

«Quale sconto?» chiese Ciruzzo corrugando la fronte.

«Jamme, nun fa' finta che non lo sai. Lo sconto del dieci per cento che hanno avuto i commercianti di via dei Cristallini. Se è stato dato a loro, è giusto che lo abbiamo pure noi.»

Bingo.

Ciruzzo fece un rapido ragionamento e diede una risposta elusiva: «Non sono decisioni che rientrano nella sfera delle mie competenze».

«Posso immaginare. Però mettici la buona parola, con don

Pietro. È giusto che siano tutti a beneficiare di questa deduzione fiscale, se così la possiamo chiamare.»

Tenendo fede alla promessa fatta alla sorella trapassata, *'o Schiattamuorto* rimase in ozio per l'intera giornata. Passeggiò per il rione, incontrò amici, andò a piangere a un funerale.

A mezzanotte e un secondo tornò a svolgere il suo lavoro abituale e si sentì in dovere di recarsi nella villa di De Luca per fare la spiata. Raccontò al boss quanto appreso durante gli incontri casuali con Assunta e Marittiello e aspettò.

'O Tarramoto non ebbe una reazione particolarmente violenta. Prima maledisse il momento in cui aveva giurato a don Gennaro Esposito che avrebbe protetto Tonino. Poi mandò in frantumi un cigno in ceramica alquanto sgraziato che aveva ricevuto in dono da una delle sue morose.

Un dettaglio non quadrava: Tonino aveva portato a don Armando trentamila euro. Se davvero aveva concesso un abbuono del dieci per cento ai commercianti di via dei Cristallini, come era riuscito a coprire la cifra per intero?

De Luca ordinò a Ciruzzo di indagare e fargli sapere. «Non dare nell'occhio e fa' in fretta» raccomandò.

Ciruzzo si mosse come un'ombra. Contattò tutti i suoi informatori, investigò, appurò, verificò. In poche ore ripercorse a ritroso tutti i passi di Tonino, e riuscì anche a sapere che aveva prelevato tremila euro dal suo conto corrente.

Il cerchio era chiuso.

Conclusa l'indagine, andò a riferire tutto al capo.

«Oltre a essere strunzo, è pure deficiente!» disse De Luca appena il suo guardaspalle finì il resoconto. «Isso e chillu mentecatto 'e Enzuccio. Ma stavolta nun 'a passano liscia. Devono ave' 'na bona lezione! Ciru', vammi a chiamare Tatore e fallo veni' subito qua. Tu appostati vicino alla casa di Tonino. Se esce, seguilo.»

Mentre Ciruzzo usciva, *'o Tarramoto* fracassò un portasigarette a forma di matrioska, regalo di una sua ex fidanzata russa. Tanto lui non aveva mai fumato.

Molte persone hanno paura della felicità. Sanno che è imprevedibile, fugace, per cui la trattano con diffidenza. E quando arriva, quasi non se ne accorgono.

Tonino apparteneva a questa categoria di persone. Per colpe proprie e per l'intrecciarsi di circostanze ostili, i suoi lampi di gioia erano assai rari. Ora ne stava vivendo uno, ma non se ne rendeva conto. Patrizia gli stava lisciando la schiena, come solo lei sapeva fare. Erano soli in casa, nudi sul lettone matrimoniale. Nessuno avrebbe potuto disturbarli. Eppure la sensazione di piacevolezza era guastata da cattivi presentimenti. Tonino pensava e ripensava. *Qualcosa* sarebbe ancora accaduto. Qualcosa di grave. Se lo sentiva. Il Capitano era stato chiaro: «L'anno non è ancora finito». E il Capitano non sbagliava.

«Ti senti rilassato?» domandò Patrizia.

«Abbastanza.»

Con i termosifoni accesi, nella stanza c'era un bel calduccio. Ma il vero tepore arrivava dal corpo di Patrizia. Da qualche mese, ogni volta che si presentava l'occasione favorevole, trascinava Tonino sotto le coperte e a puntate gli faceva ripassare il *Kamasutra*, con alcune focose varianti di sua invenzione. Per la coppia era stato un autunno molto caldo.

«Prima che i guagliuni tornano da scuola, ci facciamo un altro *cìcchete-ciàcchete*?» fece Patrizia.

Tonino acconsentì.

Nel momento clou, mentre erano nella posizione del fagiolino in umido, Giggetto si presentò sulla soglia, vide la scena lussuriosa e si allontanò scandalizzato.

Dopo l'orgasmo Patrizia tornò alle tenerezze. «Ti devo dire 'na cosa importante...» sussurrò a Tonino mordicchiandogli un orecchio.

«Importante importante?»

«Sì.»

Patrizia prese fiato per parlare, ma il cellulare del marito la bloccò emettendo il verso di una mucca.

«La nuova suoneria» disse Tonino. «Ti piace?»

«Tanto tanto» rispose Patrizia con tono di scherno.

Tonino rispose alla chiamata.

Tatore, ancora una volta. Con una voce che non ammetteva repliche: «'O capo ti vuole immediatamente a rapporto. A te e a Enzuccio. Portatevi 'na scorta 'e fazzoletti, guagliu', che so' lacrime amare. 'O pullastro s'è bruciato».

Fine delle comunicazioni. Un allarme rosso. *'O pullastro s'è bruciato* era il peggior messaggio in codice che un affiliato al clan potesse ricevere. Una iattura dalla quale si usciva, nella migliore delle ipotesi, con le ossa rotte.

Per alcuni secondi Tonino non spiccicò parola.

Patrizia capì che c'erano guai in arrivo: «Era 'o solito cacacazzo 'e Tatore?».

Tonino annuì.

«Tiene un'abilità, a rompere 'e palle!»

«Lui non ci azzecca niente, viene comandato. Mo' perdonami, Patty, devo telefonare a Enzuccio.»

Imprecando, Patrizia raccolse i suoi indumenti e uscì dalla stanza.

Tonino cercò nella rubrica del cellulare il numero di Enzuccio e lo chiamò: «Tieniti pronto. 'O pullastro s'è bruciato».

«Che vo' dicere, don Toni'?»

«Che stiamo per finire nella merda. Nun te movere da casa. Aspettami. E non parlare con anima viva.»

Davanti agli occhi di Tonino si profilò il calvario del Moiariello. Con la sagoma di De Luca ad attenderlo sulla cima.

"Devo salire fino a là sopra, fino alla sua villa, per subire un'altra umiliazione" pensò. "Io e quel povero Cristo di Enzuccio, che per cinquanta euro passa un sacco di guai a causa mia. *'O Tarramoto* avrà saputo quello che è successo con i commercianti di via dei Cristallini e mi vuole punire. Comme minimo me spacca 'a faccia e mi spezza un braccio, senza complimenti. Con altri ha fatto peggio, non mi meraviglierei. *Chi va per questi mari, questi pesci piglia*. Eh già. Se ne fotte che sono il figlio di don Gennaro. Ma io i trentamila euro a don Armando li ho portati, che pretende? Mi vuole vedere morto?"

Rapidamente si rivestì, seguitando a ragionare con un misto di ansia e turbamento. Andò avanti e indietro nella camera per farsi venire un'idea.

D'un tratto si fermò, chiuse a chiave la porta, si avvicinò al canterano e ne aprì l'ultimo cassetto in basso, quello che conteneva la sua biancheria intima. Ci infilò il braccio e spostò un listello di legno. Il cassetto aveva un doppio fondo.

Prese ciò che cercava. Un oggetto nero, metallico. Lucido. La pistola di suo padre. Una semiautomatica Beretta calibro nove con matricola abrasa. Nessuno sapeva che fosse lì. Nessuno avrebbe dovuto mai saperlo. Don Gennaro l'aveva affidata a lui pochi giorni prima di essere ucciso. Come se avvertisse la morte imminente. «Tienila tu, io non la voglio più usare, provo dolore soltanto a guardarla» gli aveva detto.

Tonino si girò l'arma tra le mani e sganciò il caricatore. Estrasse quindici proiettili, li allineò sul letto e li guardò.

Dalla cucina giunsero le voci di Genny e Tina, appena tornati da scuola.

"No, non ce la posso fare" pensò Tonino. "Non è per me, nun tengo 'o curaggio."

Rimise a posto i colpi e il caricatore. Ripose la pistola nel nascondiglio.

Con la forza della disperazione afferrò il cellulare e telefonò a suo fratello: «Rafe', sto in mezzo agli impicci. Impicci seri. Tengo bisogno del tuo aiuto. Questione di vita o di morte».

«Nientedimeno? Ti sei appiccicato con qualcuno?»

«Mi vogliono fare la pelle, Rafe'. Mi devi trovare 'na sistemazione, finché non si calmano le acque. Fallo per la buonanima di papà.»

«Mettiti in macchina e vieni da me.»

Con le mani tremolanti, in dieci minuti Tonino si preparò la valigia. Poi chiamò Patrizia.

«Per un poco di tempo devo stare lontano da casa» le disse con la faccia triste come una cambiale.

Patrizia scorse la valigia pronta e si mise le mani nei capelli: «Uh Maronna santa! E perché?».

«Perché se resto qua mi possono uccidere.»

«Chi?» domandò Patrizia lasciandosi cadere sul letto.

«Pietro.»

«Che gli hai fatto?»

«Certe cose che non gli so' piaciute. Cose gravi.»

«San Becienzo mio…»

«Vado da Raffaele. Mi nasconde lui da qualche parte. Ma non dirlo a nessuno. Con me mi porto a Enzuccio, è in pericolo comme a me. Mo' fammi andare. Voglio saluta' 'e guagliuni. Ogni momento che passa è 'na minaccia.»

Genny si stupì di vedere il padre in tenuta da viaggio: «Papà, dove vai?».

«Ho un impegno di lavoro fuori Napoli. Torno tra qualche giorno.»

«Mi porti 'na bella cosa?»

Tonino lo strinse a sé: «Anche due. Basta che almeno una volta mi fai vincere a PlayStation».

Tina uscì dalla sua cameretta.

«Cia', piccere'» le disse Tonino. «Fai la brava.»

«Buona fortuna» gli rispose Tina.

«Me piglio 'o SUV» disse Tonino a Patrizia nel garage. «Salutami tu a mia madre, ai tuoi genitori e a Olga. Non me la sento di vederli.»

«Accorto a quello che fai» lo esortò Patrizia.

Si abbracciarono.

Con gli occhi umidi, Tonino caricò la valigia sullo Yeti, mise in moto e se ne andò.

A una cinquantina di metri dalla palazzina, Ciruzzo era nascosto dietro un'auto con la sua enduro. Appena vide uscire il SUV, si infilò il casco e scattò all'inseguimento.

Tonino raggiunse la parte bassa del rione, si fermò in via Sanità e fece una chiamata a Enzuccio: «Preparati presto presto 'na valigia. Dobbiamo scappare».

«Don Toni', ma che dite?»

«Dico quello che dico, muoviti! Ti aspetto all'angolo del vico Palma.»

Pochi minuti dopo, Enzuccio arrivò con un borsone e la faccia stravolta. Tonino lo fece salire a bordo del SUV e partì.

Ciruzzo contò fino a cinque, poi diede gas alla moto.

Enzuccio chiese spiegazioni, e Tonino lo informò della telefonata di Tatore.

«Stamme 'nguaiati, Enzu'. Ma prima di affogare, lottiamo per salvarci. Mi dispiace di averti messo in mezzo alle mie tarantelle. Che ha detto tua mamma?»

«S'è messa a piangere.»

«Povera femmina. Quando tutto sarà finito, vengo a casa tua a domandarle perdono.»

«Don Toni', ma siamo sicuri che non ci stanno seguendo?»

«Penso di no» disse Tonino puntando la vista sugli specchietti retrovisori.

Ciruzzo era a duecento metri di distanza. Per non farsi vedere, faceva in modo che tra la sua enduro e il SUV ci fossero almeno due o tre veicoli.

Erano da poco passate le quindici quando lo Yeti varcò il cancello della villetta in cui abitava Raffaele, a Mondragone.

Ciruzzo andò ad appostarsi più avanti, sotto un albero.

Raffaele accolse i due fuggiaschi nella tavernetta dell'edificio e si fece raccontare da Tonino la sua odissea.

«Sei proprio finito nei cazzi storti, Toni'» disse dopo aver ascoltato le sciagurate imprese del fratello. «E pensare che t'avevo consigliato di venirtene qua. Ad ogni modo, pensiamo all'oggi. Mia moglie Virginia non saprà niente. Ingenua com'è, si può far scappare qualcosa di bocca. Mo' non ci sta in casa: l'ho portata da Gennariello con una scusa, accussì potevamo stare tranquilli. O SUV lo lasci a me, te lo faccio conservare in un posto sicuro. Quanto a te e a questo tuo amico Enzuccio, vi porto a Sparanise in un'azienda agricola di un mio conoscente. È un allevatore di bufale. L'ho avvertito, e per non scatenare sospetti non gli ho detto che sei mio fratello. Si chiama Vitaliano, tiene un carattere un poco rozzo, ma è sempre meglio ca niente.»

«E là che facciamo?» chiese Tonino.

«Vi mettete a lavorare, perciò non v'aspettate di andarvi a fare 'na villeggiatura. Vitaliano tiene già degli operai a servizio. Sarà lui a dirvi quali compiti dovrete svolgere.»

«Grazie, Rafe'. Senza 'e te staremmo già con le spalle al fresco.»

«'E spalle vanno sempre protette» sentenziò Raffaele. «A volte per un colpo d'aria si finisce a ingrassa' 'e vermi.»

I due Esposito ed Enzuccio uscirono dal cortile della villetta a bordo del furgoncino che Raffaele usava per il trasporto di prodotti caseari e si diressero verso l'entroterra casertano. Con Ciruzzo a fare da scorta invisibile.

Dopo una trentina di chilometri entrarono nell'azienda agricola di Vitaliano, nelle campagne di Sparanise.

Ciruzzo intuì che quella fosse la destinazione finale. Difatti, dopo una breve attesa vide Raffaele allontanarsi da solo col furgoncino. Quindi prese il cellulare, telefonò a Tatore e gli espose i dettagli della fuga di Tonino ed Enzuccio.

Mezarecchia era nella villa al Moiariello con De Luca, e gli riferì tutto in diretta.

«Dì a Ciruzzo che ha fatto un buon lavoro e che se ne può tornare» esclamò il boss girandosi fra le dita uno stiletto tagliacarte.

Un minuto più tardi, Tonino ricevé un sms che gli fece venire la pelle d'oca: È GUERRA!

Più che rozzo, Vitaliano era preistorico. Aveva una quarantina d'anni, era scapolo, viveva allo stato brado e si preoccupava di una sola cosa: le sue cento bufale dovevano stare bene in salute e produrre latte in abbondanza. Punto.

Fisicamente sembrava un incrocio tra King Kong e un ippopotamo. Puzzava di sudore marcio, aveva cespugli di peli su ogni centimetro quadrato del corpo e le unghie delle mani nere come la carbonella. Di rara bellezza era quella del mignolo sinistro, molto più lunga delle altre. La utilizzava per grattatine e pulizie di precisione.

Enzuccio e Tonino lo presero a schifo dal primo momento, ma dovettero fare buon viso a cattivo gioco. Vitaliano li sistemò in una baracca di legno accanto alle stalle. All'interno c'erano quattro letti con le coperte sudicie, una vecchia stufa a gas, un tavolo, tre seggiole, un paio di armadietti e un bagno grande quanto una cabina doccia.

«Sistimatevi 'a robba e po' venito da me» disse Vitaliano.

Oltre alla baracca e alle stalle, l'azienda comprendeva una vecchia masseria in cui abitava Vitaliano e svariati ettari di terreno destinati al pascolo, con pozze acquitrinose, rigagnoli e cespugli. In una zona recintata c'erano galline, conigli, caprette, maiali.

Tutt'intorno, il deserto.

Nella baracca vivevano due giovani immigrati clandestini che si occupavano delle operazioni di mungitura e di pesanti lavori manuali in cambio dell'alloggio, di un vitto frugale e di cento euro a testa alla settimana.

«Niente da invidiare a un albergo a cinque stelle, eh, Enzu'?» fece Tonino poggiando la valigia su uno dei letti.

«E io che mi lamento del basso dove vivo con mia madre» commentò Enzuccio. «Qua è peggio d' 'o terzo mondo.»

Uscirono per andare a parlare con l'allevatore. Lo trovarono davanti alla masseria con una bottiglia di vino in mano. Ai suoi piedi era accucciato un Mastino napoletano.

Tonino ed Enzuccio guardarono il cane con timore.

«Tranquilli, Bric mozzica sulamente se glielo dico io» disse Vitaliano. «Mi ha detto Rafelo che vi debbo tenere a fatica' da me per un certo periodo e che non dovete spostarvi da ccà perché siete ricercati. Io nun voglio sape' che avete fatto. Nun me ne fotte proprio. Però nun voglio ave' fastidi, va bene?»

Tonino ed Enzuccio fecero di sì con la testa.

«Io vi do a magnare, a bevere e a durmi', e pure qualche cosarella 'e soldi» proseguì Vitaliano. «Quando Rafelo deciderà di venirvi a pigliare, voi ve ne andreto. Fino a quando stareto nella mia proprietà, fareto quello che dico io, va bene?»

Le teste di Tonino ed Enzuccio diedero nuovamente il loro assenso.

«Pe' culazione avreto latte di bufala e biscotti. 'O pranzo ve lo cucino io. A cena se magna quello che è avanzato a pranzo. Dovreto tenere pulite 'e stalle e levare da terra con le pale 'a merda delle bufale, e con le carriole la dovete portare dentro a un cassone, che poi io me la vendo come concime. A tempo libero mi andate a pigliare pure quella che le bufale hanno cacato in mezzo alla campagna. 'A merda me fa fa' nu sacco 'e denari!»

Rise mostrando una dentatura marrone.

Furono tempi cupi, per Tonino ed Enzuccio.

A ritmo continuo, la mandria di bovini produceva quintali su quintali di sterco, la cui rimozione richiedeva molte ore di lavoro. Enzuccio venne preso a calci e a schiaffi da Vitaliano per aver fatto rovesciare una carriola colma di letame, mentre Tonino più volte scivolò nelle stalle, insozzandosi di escrementi e rischiando di fratturarsi un braccio o una gamba.

La baracca, poi, era una ghiacciaia fetida. La stufa funzionava male e rendeva l'aria irrespirabile. La tazza del gabinetto emanava miasmi di fogna.

Nei letti dimoravano parassiti amanti delle novità. Una notte Tonino, dopo aver schiacciato un paio di animaletti che avevano deciso di traslocare dal materasso alle sue mutande, dormì sul pavimento.

I due immigrati erano lì dall'estate. Si chiamavano Mohammed e Ibrahim, avevano una ventina d'anni e venivano dal Ghana. Negli occhi portavano i segni delle sofferenze subite.

«Come fate a rimanere in queste condizioni?» chiese loro Enzuccio.

«E cosa possiamo fare?» rispose Ibrahim allargando le mani.

«Per venire in Italia abbiamo speso tutti i nostri soldi. Tornare indietro è morte.»

Col passare dei giorni, le telefonate di Tonino a Patrizia si fecero sempre più angosciose.

«Patty, 'na cosa è a dirlo e 'na cosa è a provarlo: questo è un campo di concentramento. Pieno di merda di bufale.»

«Che faccio, ti vengo a trovare?»

«No, ti potrebbero seguire. 'E guagliuni che dicono?»

«A scuola stanno pigliando buoni voti. Genny domanda sempre 'e te. Tina è di poche parole, lo sai.»

«E mammà?»

«Da quando te ne sei andato non è più uscita di casa.»

«Tu mi ami sempre?»

«Sì, Toni'. Per Natale torni?»

«Speriamo, Patty, speriamo.»

Enzuccio, invece, non faceva che piangere al cellulare con la madre.

La sera della vigilia di Natale, dopo l'ennesima sfuriata di Vitaliano, Tonino ed Enzuccio tentarono la fuga. Con una scala recuperata nelle stalle, salirono zitti zitti sul muro di cinta dell'azienda, alto tre metri, e saltarono sulla strada. Enzuccio toccò il suolo col piede destro piegato, si slogò la caviglia e gridò dal dolore.

Il Mastino Bric, accovacciato davanti alla masseria a sognare una Cockerina che aveva conosciuto quand'era cucciolo, alzò una palpebra, mosse all'indietro un orecchio, fiutò l'aria e si mise a latrare.

«Ce vuleva pure 'o cane» disse Tonino aiutando il suo compagno di sventure a sollevarsi.

Intirizziti, procedendo lentamente nel buio, dopo neanche mezzo chilometro di cammino sentirono un colpo di fucile e poi la voce di Vitaliano: «Va', Bric, va'!».

Bric andò. E in pochi attimi raggiunse un polpaccio di Tonino. Quello con il volto di Maradona.

Si sentì un'altra schioppettata.

«Don Vitalia', non sparate, siamo Tonino ed Enzuccio!» urlò Tonino mentre Bric, ignaro di commettere un sacrilegio, gli addentava la *Mano de Dios*.

Con falcate da orco e una doppietta a tracolla, Vitaliano raggiunse i due evasi e ordinò al Mastino di mollare la presa.

«Stavate scappanto?» chiese.

Enzuccio, seduto a frizionarsi la caviglia slogata, e Tonino, curvo a massaggiarsi il polpaccio azzannato dal cane, non dissero niente.

«Volevate fare i lupinari? Alzatevi e andate nella baracca, subito! Dalla mia proprietà non si escio senza 'o permesso mio!»

Tonino ed Enzuccio, claudicanti, tornarono nel lager bufalino e andarono a distendersi sui loro letti nella baracca. Mohammed tirò fuori una cassettina di pronto soccorso e con l'assistenza di Ibrahim disinfettò il polpaccio di Tonino e strinse una benda sulla slogatura di Enzuccio.

Poi tutti si addormentarono. Senza dire una parola.

Passò il Natale. Passò Santo Stefano.

Vitaliano non concesse vacanze. Fece sgobbare i due ragazzi ghanesi e pretese che Tonino ed Enzuccio, nonostante gli acciacchi, tenessero le stalle pulite. Fino all'ultima spalata di letame.

Tonino intensificò le telefonate a Patrizia.

«Patty, è stato 'o Natale più triste della vita mia.»

«Sapessi qua a casa» disse Patrizia. «Pareva nu campusanto. Nemmeno per Capodanno t'autorizzano 'a libera uscita?»

«Ce vulesse nu miracolo» mormorò Tonino.

Ce vulesse nu miracolo.

Patrizia rifletté per tre giorni e tre notti sulle parole di Tonino. Infine si decise a farlo lei, il miracolo.

La mattina del trenta si fasciò di pelle nera come la hacker Trinity del film *Matrix*, e con la Smart raggiunse la zona del Moiariello, sotto un cielo plumbeo. Parcheggiò accanto alla villa di De Luca e suonò al videocitofono.

Poco dopo, i battenti del cancello si aprirono, e Tatore le andò incontro: «Buongiorno, signora Patrizia».

Lei lo guardò con ribrezzo. «Pietro ci sta?» chiese.

«Sì, sta sopra» disse *Mezarecchia*. «Aspettate, che vi annuncio.»

«Ma che cazzo devi annunciare, levati da mezzo!» fece Patrizia dandogli uno spintone. Con passo da guerriera entrò nella villa, salì le scale fino al secondo piano e varcò la soglia dello studio di De Luca.

'O Tarramoto era in piedi davanti alla vetrata, di spalle. Guardava fuori. «Ti aspettavo, Patty» disse senza girarsi.

Ferma in mezzo alla stanza, con le mani sui fianchi, Patrizia non rispose.

De Luca si voltò. Aveva il solito sguardo glaciale. Fece un mezzo ghigno: «Il nero ti dona. Ti fa più femmina. Siediti. Posso mettere un po' di musica?».

«Qua puoi fare quello che ti pare e piace, stai a casa tua» fece Patrizia sedendosi davanti alla scrivania.

Il boss inserì un disco nel lettore stereo. Si sentì uno scroscio di pioggia, poi un tuono, la musica dei Doors e la voce di Jim Morrison. *Riders on the storm.*

De Luca si sedette di fronte a Patrizia. Incrociò le braccia dietro la testa, sicuro di sé. Era a casa sua, nel suo mondo. «Sei sempre bella» disse.

«Non sono venuta qua a farmi fare i complimenti da te» esclamò Patrizia. «So' venuta a domandarti quando la finisci di rompere le palle a Tonino. Tu e quei due coglioni che ti fanno da leccapiedi.»

«*Io* rompere le palle a Tonino?» sbottò *'o Tarramoto*. «*Io*? Le palle le sta rompendo lui a me da un sacco di tempo!»

«Che ti ha fatto?» chiese Patrizia.

«Non lo sai?»

«Tonino non mi dice niente di quello che fa, per non farmi preoccupare.»

«E sbaglia, perché tu gli potresti dare qualche consiglio buono. Ne combina una appresso all'altra.»

«Cioè?»

«Ti dico solo le ultime, tanto per darti un'idea. Giusto un anno fa si fece rifilare dai commercianti di via dei Cristallini 'na banconota falsa da cinquecento euro. Lo feci venire qua e gli proposi di levare mano. Ma lui niente. Gli dissi che gli avrei trovato un altro lavoro e che gli avrei aumentato il sussidio mensile da cinquemila a seimila euro. Rifiutò. Ad aprile ha trattato come 'na pezza da piedi 'o messicano che è stato pure a casa tua, con cui dovevo concludere un affare di milioni. A quel punto l'ho dovuto bloccare, e fino a novembre non gli ho fatto fare più niente, con la speranza che potesse comprendere gli errori commessi. 'O mese passato l'ho riabilitato. E lui sai che ha fatto? Senza informarmi, ha concesso ai commercianti uno sconto del dieci per cento. 'Na cosa folle, che non s'è mai vista nella storia della criminalità. Poi ha capito che aveva fatto 'na cazzata, è andato nella sua banca a prelevare la cifra mancante, tremila euro, e l'ha aggiunta ai soldi che dovevano arrivare a me. Mi sai dire, Patty, chi è che rompe le palle? Io o tuo marito?»

Patrizia chinò lo sguardo. «È un ingenuo» disse.

«Ah, è un ingenuo?» si scaldò De Luca. «Però quando si tratta di pigliarmi per il culo se mette a fa' 'o furbacchione! L'avevo convocato da me e se n'è scappato. Lui e quel fesso di Enzuccio. E so' finiti tutt'e due nella merda delle bufale.»

«Allora sai dove stanno...»

«Patty, tu mi conosci, lo sai che non sono fesso» affermò il boss alzandosi. «Stanno a Sparanise dal nove dicembre. Tuo cognato Raffaele li ha piazzati proprio bene. So che si stanno divertendo assai. E quando la gente si diverte, je so' cuntento. Anzi, mo' che lo senti, al tuo caro Tonino, fagli fare 'na risata in più: digli che ho scoperto chi è che gli aveva dato i cinquecento euro falsi. Don Oreste 'o macellaio. Quello che guarda caso era stato eletto rappresentante dei commercianti per avere lo sconto. Me lo sono messo un poco sotto torchio e l'ho fatto cantare. Che melodie ha tirato fuori dalla panza, lo dovevi sentire! E alla fine della cantata, gli ho fatto bruciare 'o negozio. Puff! 'Na bella grigliata.»

«Tu non perdoni, eh? Ti piace essere feroce.»

«Come don Gennaro» disse De Luca osservando, sulla parete di fronte alla libreria, l'ultima opera che aveva acquistato. Un dipinto di Rafal Olbiński raffigurante un ruscello su cui nuotava un cigno e, su una riva, un filare di cipressi che avevano i profili di volti umani.

«È stato un bravo maestro, mio suocero» disse Patrizia. «Come allievo ti sei messo di puntiglio per superarlo. Non mi meraviglierei se venissi a sapere che l'hai fatto uccidere tu, per far vedere meglio tutta la tua cattiveria. Tutto 'o mmale che tieni dentro.»

'O Tarramoto le si accostò da dietro e iniziò ad accarezzarle la nuca: «Dentro non ho solo il male, lo sai. Io ti voglio ancora bene, Patty».

«Sì, sì, vallo a dire a chi non ti conosce, va'!» fece Patrizia ritraendosi. «Mi hai fatto scema 'na volta, mo' non ci casco più. Quattro anni fa per te stavo per abbandonare la mia famiglia, e meno male che non l'ho fatto.»

«È stato bello, però. A te è piaciuto.»

Patrizia socchiuse gli occhi: «Sì, mi è piaciuto, è vero. E ti ho amato. Ma poi ho capito che sei solo uno sciupafemmine. Mi hai illusa, come hai fatto con chissà quante altre. Mi hai fatto gira' 'a capa come 'na giostra. Ti sei pigliato la mia carne e i miei pensieri. Per te ho rischiato la vita. Se Tonino o mio suocero avessero scoperto che eravamo amanti, m'avrebbero massacrata».

«Adesso cosa vuoi?»

«Voglio che fai tornare a Tonino. Sarà pure imbranato, distratto, arruffone, ma me vo' bene. So' disposta a qualsiasi cosa per riaverlo a casa.»

De Luca guardò verso la vetrata. Verso il cielo e il mare di Napoli.

«Qualsiasi cosa? Va bene, Patty. 'O faccio turna'.»

Fuori cominciò a piovere.

Tonino fece un salto di gioia, quando lesse sul cellulare il messaggio telefonico di Tatore: SEI PERDONATO, PUOI TORNARE.

Avvisò subito Enzuccio e chiamò suo fratello per dirgli di venire a scarcerarlo.

Raffaele arrivò col suo furgoncino un'ora dopo e parlottò con Vitaliano davanti alla masseria. Poi insieme andarono nelle stalle, dove Tonino ed Enzuccio erano al lavoro.

«Sieto liberi, ve ne poteto andare» annunciò l'allevatore.

Enzuccio e Tonino lasciarono cadere per terra le pale e si sfregarono le mani sui pantaloni.

«Mi hanno dato quacche pobblema, ma so' bravi guagliuni» disse Vitaliano a Raffaele.

Tonino non riuscì a trattenersi: «*Quacche pobblema*? Un uomo più merdaiuolo di te non l'avevamo mai incontrato!».

Con un grugnito, Vitaliano fece per scattare, ma Raffaele lo fermò in tempo: «Calma, calma. Non facciamo cose sconsiderate. Toni', Enzu', jammuncenne».

«Dobbiamo prima fare 'na cosa» disse Tonino. «Enzu', vieni, andiamo a salutare a Mohammed e a Ibrahim.»

I due ghanesi erano dietro la masseria. Stavano segando e accatastando dei pezzi di legno sotto una tettoia.

«Vi lasciamo nella baracca i nostri abiti, vi potranno servire» fece Tonino. «Siamo stati bene con voi. Vi auguriamo di trovare qualcosa di molto meglio, perché ve lo meritate.»

«Lotteremo, fratello, lotteremo sempre» rispose Ibrahim.

Nel pomeriggio, al rientro a casa, Tonino fu accolto dagli Esposito in seduta plenaria nella stanza da pranzo.

Patrizia lo abbracciò a lungo, piangendo.

«Papà, m'hai portato 'na bella cosa?» domandò Genny.

«Sì, so' tornato io, questa è la bella cosa» rispose Tonino.

«E dove sei stato? Tieni la barba lunga e i vestiti tutti sporchi.»

«Ho dovuto salvare Toyotomi Hideyoshi da una banda di ninja. Che battaglia, Genny! Alla fine ho vinto io.»

Manuela gli prese le mani: «Tonino, te ne sei andato senza neanche salutarmi...».

«Perdonami, mammà, non ne ho avuto la forza. Ma mo' è finito tutto. Tutto.»

Tina gli diede un pacchetto: «Il regalo che ti avevo preso per Natale, papà».

Tonino lo aprì. Era un libro. *Kafka sulla spiaggia* di Haruki Murakami.

«Il protagonista è un ragazzo che ha più o meno la mia età» disse Tina. «Se lo leggi, capirai qualcosa di me.»

«Grazie, figlia mia. Lo leggerò sicuramente. Pure se ci dovessi mettere 'na vita.»

Intanto Gaetano faceva il misterioso, con le mani dietro la schiena. Genny e Olga, ai suoi lati, ridacchiavano.

«Che state architettando, tutti e tre?» domandò Tonino.

«Sansone e Giggetto ti vogliono salutare» disse Gaetano.

«E dove stanno?»

«Qua!» fece Gaetano. E come un prestigiatore portò in avanti le braccia, sulle quali erano adagiati l'iguana e il coniglio.

«Uh mamma mia, Sansone è libero!» si stupì Tonino.

«Lo sto ammaestrando» spiegò Gaetano. «È un animale intelligente assai. Guarda, Toni', guarda che sa fare. Sanso', dai un bacio al padrone!»

L'iguana saltò su una spalla di Tonino e gli leccò una guancia.

Assunta arricciò il naso: «Tutto avrei pensato, tranne di avere un marito domatore».

Tonino si fece una doccia, si sbarbò, mangiò un piattone di gnocchi alla sorrentina preparati da Olga e andò a ficcarsi, esausto, sotto le coperte.

Dormì a lungo, e concluse il sonno con un incubo *sui generis*. Stavolta non gli apparvero, come nelle altre occasioni, personaggi del cinema, dei cartoni animati o della tv, ma persone comuni e anonime. Fatta eccezione per una che conosceva, o credeva di conoscere, molto bene: sua moglie Patrizia. Nuda e popputa. Accerchiata e indotta in tentazione da maschioni dotati di pistolotti da pornostar.

Si svegliò con un urlo spaventoso. Aprì gli occhi e non si orientò subito. Nella stanza c'era una luce soffusa. Ci mise diversi secondi per capire che non era più nella baracca con Enzuccio e i due ragazzi ghanesi, ma nella camera da letto di casa sua. Si girò e trovò Patrizia al suo fianco. Ben desta, nuda e popputa.

«Buongiorno, Toni'.»

«Buongiorno? Che ore so'?»

«Le sei del mattino.»

«Di quale giorno?»

«Del trentuno di dicembre. Hai dormito quasi dodici ore.»

Tonino si rizzò a sedere al centro del letto: «'O trentuno 'e dicembre?! Devo anda' a piglia' 'e bbotte! Peppe *'o Sistimato* m'aspetta!».

«E fallo aspettare» miagolò Patrizia accarezzandogli la schiena. «Le botte spariamole noi. Adesso.»

«E 'o capitone? L'avete comprato?»

«No. A Tina non piace. Accontentiamola.»

«Va buo', accontentiamola.»

«Che t'è capitato alla gamba?»

«Un cane. Non era tifoso del Napoli.»

«Toni', 'o cenone lo facciamo sopra, nel salone delle feste. Teniamo due ospiti.»

«Chi sono?»

«Uno è quel Longobardi che stava in ospedale con papà. È vedovo e solo. Chissà che non nasce qualcosa con tua mamma.»

«La vedo difficile, ma non si può mai sapere. Che ne pensi se faccio venire pure a Enzuccio e a sua mamma?»

«Sì, invitali. Enzuccio è uno di famiglia. E donna Filomena è 'na brava femmina.»

«E l'altro ospite chi è?»

«Padre Francesco.»

«'O parroco?»

«L'ho invitato io personalmente. Ti fa piacere?»

«Certamente. Mentre stavo recluso a Sparanise ho pensato pure a lui. Quando stai da solo ti vengono in mente tanti ricordi, tanti dubbi. Patty, in questi giorni mica m'hai fatto le corna?»

«No, che vai pensando…»

«Qual era quella cosa importante che mi volevi dire prima che me ne scappassi?»

«Ah, è 'na sciocchezza: so' incinta.»

Tonino sentì un tonfo al cuore: «Come?!».

«Aspetto un bambino. Diventerai papà per la terza volta.»

«Ma è 'na cosa bellissima!» fece Tonino prendendole il viso tra le mani. «Ne sei sicura?»

«Al cento per cento. Ho fatto le analisi due volte.»

«E quando nascerà?»

«Alla fine di giugno.»

«Comme so' cuntento! Se è 'na femmina, non voglio senti' ragioni: si chiamerà Manuela come a mammà.»

«E se è nu masculillo, si chiamerà Gaetano come a papà.»

«Pensandoci bene, anche Sansone è un bel nome» disse Tonino sorridendo.

NOTA E RINGRAZIAMENTI DELL'AUTORE

Cu 'a camorra nun se pazzeja. Con la camorra non si scherza.

Quante volte ho sentito questa affermazione. Insieme a un'altra, più perentoria e inquietante: *'A camorra nun pazzeja*. La camorra non scherza.

Chi è integrato in un contesto criminale ed è ossessionato dall'idea di procurarsi denaro e favori con metodi illegali e violenti, ha poco tempo per *pazziare*. Il suo comportamento è in prevalenza serioso, arrogante, brutale. Se ride, ride in modo beffardo, con malignità e sarcasmo. Con un ghigno.

Ma un camorrista è pur sempre una persona. È un essere umano, anche se spesso lo dimentica e si trasforma in belva. Possibile che non riesca ad apprezzare il valore di un sorriso o di un atto di bontà? Questa è stata la prima domanda che mi sono posto quando ho iniziato a plasmare gli Esposito.

Poi di domande ne sono arrivate tante altre. Può un componente della camorra essere vittima della camorra stessa? Se è un perdente, fino a che punto gli è consentito di far parte di un clan malavitoso? È capace di avere dei sentimenti, di amare, provare serenità, vivere momenti felici? Che cosa fa nella vita quotidiana? Va in vacanza e a fare la spesa, ha frequentazioni e amicizie, conduce una vita *normale*? Come agisce nella rete sociale che lo circonda? Come si comportano i suoi parenti? Nel suo nucleo familiare ci sono voci di dissenso?

La storia degli Esposito ruota principalmente attorno a questi interrogativi. Nel libro sono confluite, sia in modo consapevole che inconscio, le mie numerose curiosità. L'ho scritto come se fossi in trance, muovendomi tra il passato e il presente, alla ricerca di risposte esaurienti. Pensavo di poter trovare conforto nella tradizione, nei grandi autori e attori comici partenopei: Totò, Massimo Troisi, i fratelli De Filippo, Antonio Petito, Eduardo Scarpetta, Raffaele Viviani, Nino Taranto, i Giuffrè. Niente da fare. Nelle loro opere compaiono malviventi e fuorilegge, ma si tratta di *guappuncielli* (elementi secondari della manovalanza criminale), *guappi di cartone* (delinquentucci senza consistenza) o *guappi d'onore*, come il don Antonio Barracano della commedia *Il sindaco del rione Sanità* di Eduardo. Poco a che vedere con i camorristi e con la camorra, che pure hanno un vissuto antico e radicato.

Gli stessi comici partenopei delle ultime generazioni, del «post Troisi», si sono tenuti distanti dall'argomento, lasciando che a trattarlo fossero scrittori, saggisti, attori e registi «non comici». Non per paura, ma perché hanno ritenuto che affrontare in chiave ironica una tematica del genere potesse contribuire a legittimarla oltre il necessario e a rafforzare l'immagine mediatica negativa di Napoli.

Su queste scelte, e sulle motivazioni che le hanno accompagnate, bisognerebbe aprire una discussione approfondita.

Per necessità, dunque, ho rivolto lo sguardo verso le mie esperienze personali. In fondo, si scrive ciò che si è vissuto, nel bene e nel male.

Nella prima metà del 1985, anno cruciale per la mia vita, seguii a Napoli un corso di giornalismo diretto da Amato Lamberti, sociologo ed esperto di fenomeni di devianza criminale. Un uomo di grande umiltà e cultura. Un vero maestro. Il corso era coordinato da Giancarlo Siani, che il 23 settembre di quell'anno fu barbaramente ucciso dalla camorra.

Aveva solo ventisei anni, Giancarlo, e il suo sorriso mi è rimasto impresso in modo indelebile nel cuore e nella mente. La memoria dei bei momenti trascorsi insieme, i suoi insegnamenti e il suo esempio influenzarono tutte le mie scelte future, comprese quelle di diventare io stesso, nel 1986, come Giancarlo, corrispondente del quotidiano *Il Mattino*, e di impegnarmi a fondo nelle iniziative anticamorra.

In quel periodo collaborai con l'Osservatorio sulla camorra, struttura di servizio dedita allo studio dei fenomeni della delinquenza organizzata, dell'emarginazione e della devianza. Dal 1993 al 1995 lavorai al Comune di Napoli al fianco di Lamberti, in quello che lui denominò Assessorato alla Normalità. Sotto la sua guida, mi occupai di una serie di attività pubbliche di prevenzione dei fenomeni di illegalità: la Consulta Anticamorra, la Linea Antiusura, la Cassetta Anticamorra.

Nel '95 mi diedi anche alla politica, e a Mugnano di Napoli, dove abitavo, fui eletto consigliere comunale e presidente della commissione Trasparenza e Legalità. Quanti ricordi, belli e brutti. Durante una seduta consiliare dedicata proprio alla legalità, dal pubblico un personaggio in odore di *malavita* interruppe un mio intervento gridandomi contro: «Ma che cazze vaje dicenne? 'A camorra ccà nun esiste! 'A camorra nun è mai esistita!».

Già. *'A camorra nun esiste, nun è mai esistita*. La camorra non gradisce riconoscimenti ufficiali. Non vuole neanche essere chiamata col proprio nome. È diventata *'o Sistema*, come Roberto Saviano ha raccontato. Meno se ne parla, e più essa può proliferare indisturbata. Paradossalmente, è molto più pericolosa quando non fa notizia, quando non impugna le armi e non uccide. Se non fa morti, vuol dire che gli affari le stanno andando bene. La camorra non vuole pubblicità intorno a sé. Ama il silenzio, l'ombra.

Ecco perché, volutamente e simbolicamente, ho fatto in modo

che tutti i personaggi di questo romanzo, anche quelli «positivi», non utilizzassero mai la parola *camorra*. Chi vive di camorra o ne avverte intorno a sé la minacciosa presenza, non la può nominare.

Sia ben chiaro, però, che *Benvenuti in casa Esposito* non è un libro *sulla* camorra, ma *dentro* la camorra. Ne esplora la sua quotidianità. Ne offre una visione dal basso, non dall'alto.

Certo, è un romanzo, e come tale va considerato. In alcune parti potrà sembrare eccessivo. Credetemi, non è così. Io non ho fatto altro che registrare e illustrare, mediante il formidabile strumento dell'ironia, fatti e personaggi che a Napoli si verificano e si incontrano tutti i giorni. Chiamatelo *realismo comico*, se volete. Più che in qualsiasi altro posto del mondo, a Napoli la realtà supera ogni fantasia.

Spero, cari lettori, che in compagnia degli Esposito abbiate riso e anche riflettuto. Ho cercato di trasmettere a queste pagine il mio desiderio di donare sorrisi. È il mio primo romanzo, è un sogno che si realizza. Voglio gioirne con voi.

Da piccolo, come tantissimi bambini italiani, ho studiato e giocato con i libri della Giunti. Mai avrei immaginato di diventarne un autore, di entrare a far parte di questa realtà editoriale così affascinante e ricca di storia.

Alla Giunti ho trovato una seconda famiglia. Persone meravigliose, di grande professionalità e umanità, che mi hanno accolto con entusiasmo e gioia. I miei ringraziamenti vanno innanzitutto a loro. In particolare a Martina Donati, straordinaria Fiction editorial director, che ha creduto in questo libro dal primo istante. Alla dolce Donatella Minuto, che è talmente entrata nella trama da innamorarsi del protagonista, Tonino. A tutte le splendide *Ladies* della redazione di Narrativa: Alida Daniele, Ippolita Douglas Scotti, Cecilia Lascialfari, Annalisa Lottini, Marila Rizzica, Marta Tucci, Silvia Valmori, Adria Villa. A Cristina *Blue Eyes* Galeani dell'Ufficio Stampa.

A Sonia Maria Luce Possentini, che con il suo estro ha illuminato la copertina.

Un ringraziamento speciale, per i suoi preziosi consigli, a Maurizio de Giovanni, amico fraterno e magico scrittore. E a Massimo Moffa, mio fedele paladino.

Un grazie di cuore ai primi entusiasti lettori del libro: Edgardo Bellini, Giusy Clausino, Giancarlo De Simone, Anna Laura Folena, Giuliana Gaudyer, Rosanna Meglio, Carla Pantaleone, Elena Paoloni, Aldo Putignano, Katia Quaranta, Laura Rossetti, Silvia Todesca. Sono dodici. Non li inviterò mai a cena tutti insieme.

Grazie a Napoli, teatro vivente e città d'amore. Alle mie adorate figlie Arianna e Ilaria. E a Giancarlo e al Capitano, che mi hanno guidato con le loro mani invisibili.

Pino Imperatore

INDICE

Stampato presso Giunti Industrie Grafiche S.p.A.
Stabilimento di Prato